Chère lectrice,

Et voilà, c'est la rentrée… Une fois de plus, l'éphémère été aura passé bien vite. Est-ce justement parce qu'il est si fugace et si incertain (beau temps, mauvais temps ?), que les chansonniers s'efforcent d'en saisir les derniers moments ? En tout cas, Septembre inspire bien des textes superbes.

Dans ces textes — de Brassens à Barbara en passant par Sinatra ou Bryan Ferry —, il est toujours question d'un déchirement. Car si septembre est le temps où l'on récolte les fruits de l'effort, celui des grappes lourdes vendangées sous le soleil, temps des réjouissances et du vin, il est aussi le mois où le cœur chavire et pleure, celui des adieux et des ruptures. Et les amours estivales s'enfuient comme les hirondelles — « Beau temps pour un chagrin », dit la chanteuse Barbara.

Pour les retrouver, il faudra désormais attendre la reverdie des poèmes du Moyen Age. Et Barbara de conclure : « L'amour nous reviendra peut-être, Peut-être un soir au détour d'un printemps, Ah quel joli temps, le temps de se revoir. »

La responsable de collection

La fleur du mensonge

C. J. CARMICHAEL

La fleur du mensonge

éMOTIONS

éditions Harlequin

Si vous achetez ce livre privé de tout ou partie de sa couverture, nous vous signalons qu'il est en vente irrégulière. Il est considéré comme « invendu » et l'éditeur comme l'auteur n'ont reçu aucun paiement pour ce livre « détérioré ».

Cet ouvrage a été publié en langue anglaise sous le titre :
A LITTLE SECRET BETWEEN FRIENDS

Traduction française de
ISABEL WOLFF-PERRY

HARLEQUIN®

est une marque déposée du Groupe Harlequin

Photos de couverture
Fleur : © MEDFORD TAYLOR / GETTY IMAGES
Bébé : © ALBERT NORMANDIN / MASTERFILE

Toute représentation ou reproduction, par quelque procédé que ce soit, constituerait une contrefaçon sanctionnée par les articles 425 et suivants du Code pénal.
© 2005, Carla Daum. © 2006, Traduction française : Harlequin S.A.
83-85, boulevard Vincent-Auriol, 75013 PARIS — Tél. : 01 42 16 63 63
Service Lectrices — Tél. : 01 45 82 47 47
ISBN 2-280-07986-0 — ISSN 1768-773X

1.

— Fais attention avec ce couteau, Sally. Tu vas encore te blesser.

Sally Stowe se figea. Elle ne s'était pas attendue à entendre la voix de son ex-mari, et son ton sarcastique la fit frissonner.

Sans se retourner, elle se remit à couper son poivron rouge en tranches nettes et régulières, le plus calmement possible. Lorsqu'elle eut retrouvé son sang-froid, elle répondit, glaciale :

— Tu sais, Neil, il existe une vieille coutume en Amérique du Nord. Elle consiste à frapper à la porte avant d'entrer chez les gens...

Si elle ne paraissait pas perturbée par cette intrusion — du moins elle l'espérait —, son esprit s'était mis à battre la campagne. Que faisait Neil chez elle ? Avait-elle oublié de lui dire que Lara était à un anniversaire et qu'elle ne rentrerait pas, ce soir-là ? Parce que dès qu'il était question de leur fille, elle devait absolument lui demander la permission pour le moindre détail ; si elle s'était avisée de lui prendre, ne serait-ce qu'un rendez-vous chez le dentiste sans son accord, Neil lui aurait fait une scène terrible.

— La porte n'était pas fermée à clé.

La belle excuse !

Elle s'accroupit pour rassurer le chiot de six mois qui, inquiet de cette présence inhabituelle, gémissait à ses pieds. C'était lui, le responsable de la situation : il demandait à sortir si souvent que la jeune femme ne se donnait plus la peine de fermer le loquet, d'autant que celui-ci ne se mettait en place que selon un angle bien précis.

— Tout va bien, Armani, souffla-t-elle en lui grattant l'arrière des oreilles, avant de le forcer doucement à s'allonger sur le flanc.

— Armani ? répéta Neil de son ton le plus méprisant. On n'a pas idée de donner le nom d'un grand couturier à un chien !

Sally fit de son mieux pour garder son calme.

— C'est une idée de ta fille, répondit-elle en évitant de le regarder dans les yeux.

Et Neil était bien placé pour savoir pourquoi. C'est lui qui encourageait Lara dans ses goûts de luxe en matière de vêtements. Fort heureusement toutefois, il se refusait encore à l'habiller chez Armani.

— Au moins, c'est un chien noir.

Certes. Et avec cette tache blanche sur la poitrine, on aurait presque pu croire qu'il portait un smoking. Sally s'abstint néanmoins de confier ce détail à Neil ; elle ne voulait rien partager avec lui qui ne soit directement lié à la garde conjointe de leur fille.

En sa qualité d'avocat, elle connaissait parfaitement les termes de leur accord. Neil aussi d'ailleurs, qui exerçait le même métier qu'elle et avait personnellement rédigé le contrat. Au cordeau.

Sally s'avança vers l'évier pour se rincer les mains et jeta un coup d'œil par la fenêtre. En ce mois d'avril, la neige commençait à fondre, et si l'herbe était toujours brunâtre, les saules blancs seraient bientôt couverts de feuilles. Des morceaux de glace se brisaient dans la rivière bordant l'extrémité ouest de la propriété.

Elle était venue s'installer dans la petite commune d'Elbow Valley, en bordure de Calgary, deux ans auparavant, lorsque Lara avait eu quatorze ans, souhaitant tenir sa fille à l'écart des centres commerciaux et des salles de jeux vidéo qui, elle le savait, étaient souvent malfamés.

Si leur pavillon de pierre comptait parmi les plus petits du lotissement, il était entouré d'un demi-hectare de terrain et donnait directement sur l'Elbow. Par ailleurs, Sally se félicitait du fait que la bourgade ne soit pas considérée comme faisant partie de l'agglomération de Calgary tout en étant située à vingt-cinq minutes seulement de son bureau.

Ce paysage campagnard aurait été parfait si l'isolement ne l'avait quelque peu angoissée. C'est ce qui l'avait amenée à céder aux prières de Lara qui réclamait un chien depuis toute petite. Avec un peu de chance, Armani finirait par acquérir des instincts de chien de garde. La personne qui le leur avait confié, au refuge pour animaux, leur avait affirmé qu'il descendait d'un colley, une race à la fois protectrice et douce avec les enfants.

Sally ferma le robinet et alla jusqu'à la cuisinière qui était encastrée dans une table, au centre de la cuisine. Elle décrocha le wok de son support et le posa sur le feu avant droit dont elle porta la flamme à son maximum. Se décidant enfin à relever la tête, elle se tourna vers Neil.

Il se tenait toujours près de la porte d'entrée, entre la salle de séjour et la cuisine, et la regardait d'un air ironique.

— Tu ne m'invites pas à dîner ? Il y a largement assez pour deux personnes, à ce que je vois.

Il avait raison sur ce point. Par habitude, elle avait préparé suffisamment à manger pour Lara et elle. Toutefois, même si elle avait eu de quoi nourrir un régiment, elle n'aurait certes pas invité son ex-mari à sa table.

— Que veux-tu exactement, Neil ? Tu n'as quand même pas oublié que Lara passait la nuit chez Jessica ?

Neil lui sourit et, l'espace d'un instant, il retrouva le charme qui l'avait caractérisé étant jeune. Pourtant, tout comme elle, il avait passé quarante ans.

— Je n'ai pas le droit de faire une petite visite de courtoisie à mon ex-épouse adorée ?

Sally soupira. Il était toujours d'une élégance nonchalante, son ex-mari, et d'une politesse excessive parfois. Mince et de taille moyenne, il portait le costume à merveille. Ses cheveux épais étaient noir jais, et un reste d'accent britannique ajoutait encore à son charme trompeur.

— En fait, je suis venu t'apporter le formulaire à signer pour la demande de passeport de Lara, poursuivit-il en posant le document devant elle, ainsi qu'un stylo en argent, celui qu'elle lui avait offert à Noël, de la part de leur fille.

Toute la famille de Neil était originaire d'Angleterre. Son père, qui travaillait pour une banque d'investissement, était venu au Canada pour deux ans. Il était décédé d'une attaque cardiaque peu de temps après son arrivée, et sa femme était retournée dans le Kent. Neil, qui venait d'être admis à la faculté de droit de l'université d'Alberta, était resté là.

Cet été, Neil devait emmener Lara voir sa grand-mère en Angleterre. L'idée que sa fille parte à l'étranger sans elle déplaisait fortement à Sally. D'un autre côté, elle ne pouvait décemment s'opposer à ce que Lara fît la connaissance de sa grand-mère.

Elle signa le document, terminant par la boucle caractéristique à la fin de son nom de famille et laissa retomber le stylo sur la feuille de papier, que Neil replia soigneusement avant de la glisser dans la poche avant de son veston, un mince sourire aux lèvres.

— Tu t'es versé un verre de vin, à ce que je vois. Tu bois toute seule maintenant, Sally ?

La bouteille ouverte était posée sur le comptoir, derrière elle, à côté de la planche sur laquelle reposaient les morceaux de poulet, le poivron et les oignons qu'elle venait de découper. Sally ne tourna pas la tête, pas plus qu'elle ne répondit à sa question. Il avait eu ce qu'il voulait. A présent, il était temps qu'il s'en aille. A son grand désarroi cependant, elle le vit se rapprocher d'elle.

— Allons Sally… C'est l'occasion ou jamais de boire un verre, non ? A ta future promotion !

Il leva un sourcil, l'air faussement étonné.

— Quoi ? Tu ne t'imaginais tout de même pas que j'ignorais que mon ex-épouse adorée avait été pressentie pour le remplacement du juge Kendal ?

Aie ! La rumeur lui était parvenue. Elle aurait dû s'en douter. De même, elle aurait dû savoir qu'il ne tarderait pas à réagir. De tous temps, sa réussite professionnelle avait mis Neil dans les pires dispositions d'esprit.

Un peu tardivement, elle songea qu'elle aurait dû lui dire qu'elle attendait du monde pour dîner. A présent, il était trop tard. D'autant qu'elle n'avait sorti qu'une assiette qui trônait sur le comptoir, à côté de l'unique verre de vin.

Peut-être était-il encore temps d'improviser…

— Neil, je voudrais que tu t'en ailles à présent. Je dois manger sans tarder. C'est le soir de mon club de lecture et tout le monde doit se retrouver ici à 19 heures.

Il lui sourit d'un air goguenard.

— Sally, allons, je sais très bien que ces rencontres ont lieu le *deuxième* vendredi du mois. Pas le troisième…

— Nous avons dû modifier notre calendrier pour avril, répondit-elle en s'efforçant de garder son calme. A cause des vacances de printemps.

— Je ne te crois pas. Tu n'as jamais su mentir. Et c'est tant mieux : les juges ne sont pas censés mentir, n'est-ce pas, Sally ?

— Ne précipite pas les choses, Neil. Willa ne prend sa retraite que dans deux mois et il y a certainement d'autres candidats tout aussi méritants que moi pour ce poste.

— Quelle humilité ! Tu me prends vraiment pour un idiot, Sally !

Son expression avait brusquement changé et il avait aux lèvres ce sourire que Beth avait un jour qualifié de « sourire de glace », celui qu'il utilisait parfois au tribunal, lorsqu'il s'apprêtait à anéantir sans pitié un témoin vulnérable. Pour sa part, Sally ne trouvait jamais ce rictus aussi cruel et sans merci que lorsqu'elle sentait qu'il lui était destiné.

— Si tu le dis.

— Madame le juge… Le juge Stowe. C'est distingué, tu ne trouves pas ?

— Neil…

— Membre de longue date du conseil d'administration de ce stupide refuge pour femmes battues. Ex-présidente de la confédération des avocats… Toujours prête à intervenir dans la résolution des conflits. Ton côté Mère Teresa porte enfin ses fruits.

La jeune femme s'efforça de garder son calme. Neil avait commencé à s'échauffer tout seul, au fur et à mesure qu'il parlait. D'expérience elle savait qu'elle ne pourrait plus éviter la scène à présent. Un mot, un geste ou même un regard de sa part suffirait à le faire exploser.

Alors, autant en terminer tout de suite.

— Tu as parfaitement raison, Neil. Cela finit toujours par payer. Avec un peu de chance, d'ici à deux mois, je serai nommée juge. C'est pour cela que tu es passé ce soir ? Pour me féliciter ? Je n'en attendais pas moins de toi.

Comme prévu, Neil changea du tout au tout. D'abord il fronça les sourcils puis son rictus se durcit encore. Pour finir, ses yeux se rétrécirent jusqu'à ne devenir que deux minces fentes d'où jaillissaient des éclairs de colère.

Il contourna la table de cuisson et se rapprocha encore de Sally qui se retrouva coincée contre le comptoir.

— Des félicitations ? vociféra-t-il. Tu crois que tu mérites des félicitations pour avoir renié ta véritable fonction, qui était d'élever notre enfant et d'être une bonne épouse ?

— Je ne suis plus ton épouse.

— A mes yeux, si ! J'ai peut-être signé ces papiers mais ils n'ont aucune signification à mes yeux !

Cela, la jeune femme ne le savait que trop. Ces papiers, il avait été forcé de les signer. Le connaissant suffisamment, elle les lui avait soumis en pleine réunion de travail, et il avait été obligé de faire bonne figure devant ses collègues. Du coup, il avait agi comme si c'était lui qui avait été à l'origine de ce divorce. Mais Sally n'en avait eu cure. L'important, à l'époque, avait été de se libérer légalement de cet homme.

Malheureusement, treize ans plus tard, elle n'était toujours pas libre et ne le serait jamais. Du moins pas tant qu'ils partageraient la garde de Lara. Neil s'occupait d'elle un week-end sur deux, ainsi que le mercredi soir. Il allait la chercher à son entraînement sur neige artificielle, au Centre Olympique, l'emmenait dîner et la ramenait vers 21 heures.

— Tu seras toujours à moi, Sally. Tu es restée très attirante, tu sais. D'une certaine manière, tu l'es presque plus que quand tu étais jeune... En fait, nous devrions fêter ta promotion au lit. Qu'en penses-tu ?

Malgré elle, la jeune femme eut un mouvement de recul. Le souvenir des nombreuses fois où, pendant leur mariage, elle avait fait l'amour avec lui pour éviter une dispute lui revint à l'esprit. Et avec lui, une certaine honte. Qu'est-ce qui lui avait pris de se marier si rapidement et de manière aussi irréfléchie ?

Avec le recul, elle se rendait compte qu'aucune de ses raisons de l'époque n'aurait dû lui suffire pour lier son destin à celui de Neil Anderson.

Et cela jusqu'à la fin de ses jours...

— Ne me regarde pas comme ça, poursuivit-il. Tu n'as pas toujours dit non. Si ma mémoire est bonne, tu aimais plutôt cela, non ? Seulement maintenant que tu vas devenir juge, je ne suis plus assez bien pour toi. C'est ça ?

Il était à présent si près qu'il la touchait presque.

Armani se remit à gémir.

— Va-t'en, Neil. Tu as beau faire peur au chien, il y a bien longtemps que tu ne me fais plus peur, à moi !

Il pouvait se mettre à hurler et à fulminer tant qu'il voulait. Cela lui était égal. Du moment que Lara ne risquait pas d'en souffrir, cela n'avait strictement aucune importance.

Du moins c'est ce que sa raison lui disait. Son corps, lui, se refusait à accepter la présence d'un homme aussi imposant et aussi hargneux dans sa cuisine. Son cœur battait la chamade, ses mains étaient moites et elle commençait à suffoquer. Elle se força à inspirer profondément et à expirer lentement.

Neil la dévisageait avec une froideur clinique.

— Tu n'es qu'une garce impitoyable. Tu as toujours eu un préjugé sur les hommes et à présent, tu vas leur régler leur compte au tribunal. Tu vas les anéantir et les envoyer en prison pour autant d'années que la loi le permet. Je ne voudrais pas être à la place des pauvres types qui attendront de toi un minimum de mansuétude.

Sally ne l'écoutait pas. Elle avait l'habitude de ce genre de diatribes.

Neil avait quelques thèmes favoris ; cela allait de son absence d'instinct maternel à sa haine des hommes en général et de lui en particulier. Elle était frigide, elle n'était qu'une garce et parfois pire encore…

A un moment donné, il se mettrait à jurer, puis il casserait quelque chose, à moins qu'il ne donne un grand coup dans le mur, avant de s'en aller comme il était venu.

Ce soir néanmoins, il était dangereusement calme.

Et bien trop près d'elle.

Si Neil était d'une propreté maladive, ni son savon, ni son après-rasage, ni son dentifrice ne suffisaient à masquer son odeur naturelle. Or cette odeur, qui lui était aussi familière que la moindre de ses expressions, la rendait malade.

Pas question de reculer cependant. Sally releva la tête et le regarda droit dans les yeux. Et tant pis s'il voyait tout le mépris qu'elle éprouvait pour lui.

— Tu as toujours pensé que tu étais trop bien pour moi, n'est-ce pas ? Depuis le début.

Il avait prononcé ces mots avec calme. Mais Sally vit la sueur qui perlait à son front et remarqua son poing serré et sa mâchoire crispée.

— Sors de chez moi, Neil, s'il te plaît, laissa-t-elle tomber de sa voix la plus douce.

— Chez toi ? *Chez toi* ? hurla-t-il.

Ses yeux se voilèrent et Sally comprit que c'était fini. Elle aurait peut-être pu lui faire entendre raison auparavant mais à présent, ce n'était plus possible.

Comme dans un film au ralenti, elle le vit lever la main. La bouteille de vin était à proximité. Elle savait exactement ce qui allait se passer. Il allait casser la bouteille, la jetant sur le carrelage ou pire, à travers la pièce.

Et le vin rouge souillerait sa belle cuisine toute neuve.

Hélas, la main de Neil ne s'arrêta pas à la bouteille. Elle continua de monter et, moins d'une fraction de seconde avant de retomber, Sally comprit que c'était sur elle que la main allait s'abattre.

Puis Neil laissa échapper un chapelet de jurons et poussa la jeune femme violemment en arrière.

— Non ! hurla-t-elle en sentant qu'elle perdait l'équilibre.

Elle chercha un point d'appui pour se rétablir et l'une de ses mains atterrit sur le wok brûlant.

Elle hurla de douleur et Neil la poussa une deuxième fois avec une violence accrue. La jeune femme sentit ses jambes se dérober sous elle. Au moment où elle tombait, sa tête heurta le rebord du comptoir de granit avec un bruit sourd.

L'espace d'une seconde, elle fut étourdie par le choc puis, presque aussitôt, elle retrouva ses sens. Et une douleur terrible s'empara d'elle.

Elle s'effondra sur le carrelage froid et ne put réprimer un gémissement. Son sang battait dans ses tempes et elle s'étonna d'être encore consciente. Elle porta une main sur son crâne et sentit la chaleur poisseuse de son propre sang.

— Neil…, gémit-elle.

Elle aurait voulu lui demander d'appeler une ambulance mais les mots ne sortaient pas.

« Ma tête, ma tête. Aide-moi, Neil. Je suis sûre que tu ne l'as pas fait exprès. »

— Tu as toujours été maladroite, Sally, ricana-t-il. En particulier dans une cuisine.

Elle ne le voyait pas mais elle sentait son souffle près de

son oreille. Il devait être accroupi sur le sol, auprès d'elle. Elle essaya d'ouvrir les yeux et tout ce qu'elle vit fut le noir le plus complet ; l'obscurité et de petits points lumineux qui la transperçaient comme des épingles chauffées à blanc.

— Tu ne seras jamais juge, espèce de garce. Quand j'en aurai terminé avec toi, tu auras de la chance si tu restes seulement inscrite au barreau.

Sally entendit le bruissement de son pantalon tandis qu'il se relevait et craignit soudain qu'il ne la roue de coups de pied. Elle était si vulnérable, là, sur ce carrelage, se tordant de douleur à ses pieds. Elle se força à rester immobile, à cesser de geindre. Et tant pis si elle pouvait à peine respirer, avec ce battement dans ses tempes qui lui donnait envie de hurler. L'important était que Neil ne la voie pas totalement brisée, totalement à sa merci.

Les secondes s'écoulèrent avec une lenteur insupportable. Qu'allait-il faire ? La frapper ? Lui jeter un objet quelconque au visage ?

Enfin elle entendit les semelles de ses chaussures claquer sur la tomette. Le bruit s'éloigna, s'interrompit. La porte de derrière s'ouvrit et se referma bruyamment.

Il était parti. Dieu merci, il était parti...

Elle essaya de reprendre une respiration normale, puis ramena ses jambes vers son torse et tenta de relever la tête. Impossible. C'était comme si une grande main de plomb la maintenait clouée au sol.

Les petites pattes d'Armani résonnèrent sur le carrelage et bientôt, elle sentit une langue douce et chaude sur sa main.

— C'est bien mon chien, souffla-t-elle, d'une voix à peine audible.

L'obscurité. La douleur. L'odeur du sang.

« Il faut que je me lève. »

Malheureusement, elle en était incapable. Armani continuait à gémir, à lui frotter la main du bout du museau.

Sa main brûlée lui faisait mal. Elle avait mal partout. Elle avait besoin d'aide.

« Beth ! »

De sa main indemne, elle saisit le téléphone portable accroché à sa ceinture. Du bout du pouce, elle appuya sur un numéro préenregistré bien familier.

Ses doigts étaient poisseux de sang, ses mouvements désordonnés. L'appareil lui échappa de la main et glissa sur le parquet, près de son crâne. La maison était si calme qu'elle entendit vaguement les sonneries.

Une… deux… trois…

Une voix répondit à l'autre bout de la ligne. La voix d'un homme. Non. Elle ne voulait pas parler à un homme.

Beth. C'est à Beth qu'elle voulait avoir affaire.

Elle essaya de parler, sans savoir si ses lèvres laissaient passer un son.

— Beth… A l'aide Beth…

Puis ce fut le noir total.

2.

Colin Foster, le procureur de la Couronne, regardait le match de hockey à la télévision, lorsque le téléphone sonna, lui arrachant un grognement de mécontentement. Il s'était fait chauffer une mixture de bacon et d'oignons pour dîner, et une assiette de crème fermentée était posée sur son repose-pied, à côté d'une cannette de bière à moitié vide. Les Flames venaient d'égaliser et jouaient les prolongations contre les Canucks pour assurer leur place en championnat, et il n'avait aucune envie de prendre l'appel. Toutefois, en voyant le nom qui s'affichait sur l'écran, il changea brusquement d'avis.

Sally Stowe. Quel honneur pouvait lui valoir ce coup de fil ? A la vérité, la jeune femme aurait plutôt eu toutes les raisons de ne pas l'appeler.

Il pressa l'une des touches de la télécommande pour couper le son et la pièce lui parut étrangement silencieuse, tandis que le match se poursuivait sur l'écran. Il se pencha en avant et appuya sur le haut-parleur du téléphone.

— Allô ?

Tout d'abord, il n'entendit rien. Puis des bruits sourds et difficilement identifiables lui parvinrent.

— Sally ? C'est toi ?

Il crut percevoir un sanglot et tressaillit.

— Sally ? Tout va bien ?

S'ensuivirent d'autres sons étouffés, et enfin un nom, prononcé d'une voix extrêmement faible : « Beth ».

Pourquoi Sally demandait-elle à parler à sa femme ? Que se passait-il ?

— Sally ?

Mais à l'autre bout du fil, c'était de nouveau le silence.

Il attendit quelques secondes, peut-être même une minute entière. Comme il ne se passait rien, il finit par raccrocher.

Il devait y avoir une explication. Sally avait été la meilleure amie de sa femme et l'avait souvent appelée.

Pas ces six derniers mois cependant...

Peut-être s'agissait-il d'une erreur. C'était facile, il suffisait d'appuyer sur la mauvaise touche. A ce détail près toutefois que Sally se serait excusée dès l'instant où elle aurait compris sa méprise.

En outre, que devait-il penser de ces bruits de fond ? De ce « Beth », murmuré d'une voix à peine audible ? La jeune femme pleurait, il n'avait pas rêvé.

Il avait dû se passer quelque chose.

Sally n'habitait pas très loin. Mieux valait aller jusque chez elle, afin de s'assurer que Lara et elle n'avaient pas d'ennuis.

Colin s'extirpa de son fauteuil de cuir, éteignit le téléviseur et alla chercher le trousseau de clés de Beth. Il y avait de fortes chances pour que sa femme ait eu un double des clés de Sally. Lorsque l'une des deux femmes partait en voyage, l'autre allait arroser ses plantes et relever le courrier.

Deux amies.

Oui, elles avaient été les meilleures amies du monde et cela depuis qu'il les connaissait, l'une et l'autre. Elles célébraient leur anniversaire ensemble, se teignaient mutuellement les cheveux et, selon un rituel immuable, prenaient chaque année une semaine de vacances « entre filles », comme elles disaient. Elles étaient même allées jusqu'à s'installer dans des lotissements voisins, afin de pouvoir être près l'une de l'autre.

Colin n'avait rien trouvé à y redire. Il aimait bien la maison que Beth et lui avaient choisie, dans la vallée. Quant à la commune elle-même, avec son réseau de pistes cyclables, ses espaces verts qui s'étendaient à l'infini et son bassin pour patiner en hiver, elle aurait été un endroit idéal pour élever des enfants.

A condition bien sûr que Beth et lui aient réussi à en avoir.

Colin chassa de son esprit ces pensées nostalgiques, et traversa la buanderie pour gagner le garage.

Au moment où il passait devant la Miata décapotable que Beth avait tant aimée, il éprouva un pincement de remords. Il avait négligé tant de choses, ces derniers temps. La carte grise de la Miata avait expiré, tout comme l'assurance probablement. Les vêtements de Beth étaient toujours dans son armoire, son courrier s'empilait, toujours fermé. Il était même pratiquement certain qu'il restait un pot de son fromage blanc préféré au fond du réfrigérateur...

Il fallait absolument qu'il s'occupe de tout cela. Qu'il rassemble enfin les morceaux de ce qu'il restait de son existence.

Il sauta dans son 4x4 et fit marche arrière pour sortir du garage en se promettant de dresser une liste des choses à faire. Et de s'y atteler.

Bientôt. Très bientôt.

Pas ce soir, mais dès demain.

Dans l'immédiat, il lui fallait se rendre chez Sally Stowe afin de comprendre pourquoi elle avait essayé de joindre une femme qui était morte depuis six mois.

***

Lorsqu'elle entendit frapper à la porte de devant, Sally n'avait aucune idée du temps qu'elle avait passé là, gisant sur le carrelage. Un quart d'heure ? Vingt minutes ?

Sa première pensée cohérente fut qu'il ne pouvait pas s'agir de Neil. Il serait entré sans s'annoncer.

Alors, qui cela pouvait-il bien être ? Elle n'attendait personne.

Sans doute un représentant quelconque.

Elle essaya de se redresser et laissa échapper un gémissement. Sa tête la faisait terriblement souffrir. Elle devait avoir un traumatisme crânien. Ses blessures ne devaient pas être trop graves cependant : elle était consciente et elle avait les idées à peu près claires. Du moins elle l'espérait.

Voyons… elle s'appelait Sally Stowe, on était le 23 avril et la capitale de la province d'Alberta était… Edmonton.

Oui. Elle allait bien et même très bien. Seulement elle n'arrivait pas à se relever.

On frappa de nouveau, cette fois-ci à la porte de la cuisine. L'espace d'un instant, elle fut prise de panique. Pourvu que ce ne soit pas Neil, venu voir si elle était toujours en vie.

Armani se mit à geindre d'une voix plaintive et elle le rassura d'une petite caresse sur le dos.

C'était la première fois que Neil s'en prenait physiquement à elle, et elle ne savait trop que penser de ce changement spectaculaire et perturbant.

La porte s'ouvrit et quelqu'un lança :

— Sally ? Tu es là ?

Dieu merci ce n'était pas Neil. Néanmoins, son soulagement fut de courte durée ; elle avait reconnu la voix de Colin Foster et se demanda ce qu'il faisait chez elle.

De là où il se trouvait, il ne pouvait pas la voir. Avec un peu de chance, et à condition qu'elle se fasse toute petite, il repartirait comme il était venu. La dernière chose qu'elle voulait était qu'il la trouve dans cet état-là.

D'un autre côté, elle avait indéniablement besoin d'aide.

Elle n'eut cependant pas besoin de prendre une décision : Colin pénétra dans la cuisine. Il avait dû voir la flamme de la cuisinière qui brûlait toujours car il contourna en toute hâte la table de cuisson et faillit trébucher sur la jambe de la jeune femme.

— Sally ! Mon Dieu ! Qu'est-ce qu'il t'arrive ?

Il s'agenouilla auprès d'elle, tout comme Neil un peu plus tôt, la différence étant que cette fois-ci, elle n'en ressentit aucune peur.

Armani avait dû sentir une présence amie lui aussi, car, cessant de gémir, il s'allongea au côté de sa maîtresse.

— Ma tête…, murmura-t-elle.

Elle avait à peine la force de parler. Elle souleva légèrement la main.

— Et ma…, poursuivit-elle.

Colin se redressa et éteignit la cuisinière.

— C'est une méchante brûlure. Et tu t'es cogné la tête. Tu saignes encore.

Il se mit à ouvrir tous les tiroirs à la recherche de torchons propres. Lorsqu'il les eut trouvés, il en sortit plusieurs, fit une compresse qu'il appliqua sur la blessure et noua l'un des torchons autour du visage de la jeune femme pour maintenir le pansement de fortune en place.

Il s'empara ensuite d'un saladier, le remplit d'eau froide et y plongea la main tuméfiée.

— Sally ? Parle-moi ! Ça va ?

— Ça va. Je m'appelle Sally Elizabeth Stowe et on est le vendredi 23 avril.

Colin eut tout d'abord l'air décontenancé puis sourit.

— Bien. Cela prouve au moins que tout fonctionne correctement, là-haut... Ce qui a toujours été le cas, d'ailleurs !

Venant d'un homme qui passait son temps à la contredire en tout point ou presque, c'était un sacré compliment. Sally en avait parfaitement conscience, mais elle n'eut pas la force de faire la moindre remarque à ce sujet.

— Tout ce sang...

Il était très pâle et Sally remarqua qu'il avait vieilli depuis la mort de Beth. Pas de manière déplaisante toutefois ; ses cheveux châtains étaient désormais saupoudrés de gris, et quelques rides supplémentaires s'étiraient en étoile autour de ses yeux interrogateurs.

— Les blessures à la tête saignent toujours abondamment, tu sais, Colin, murmura-t-elle d'une petite voix.

Un jour, lorsqu'elle n'avait encore que deux ans, Lara s'était ouvert le crâne sur l'âtre de pierre de leur premier logement. Sally se souvenait de la quantité impressionnante de sang qu'elle avait perdue en un temps relativement court. Et si, à l'époque, Sally avait paniqué, l'interne des urgences s'était contenté de faire trois points de suture à la fillette, avant de la renvoyer chez elle avec ses parents.

Au retour, Neil lui avait amèrement reproché sa négligence, oubliant au passage qu'elle lui avait demandé de surveiller leur fille pendant qu'elle pliait le linge.

Cela avait été leur dernière dispute, celle qui avait achevé de la convaincre qu'elle ne pouvait passer sa vie auprès de l'homme qu'elle avait épousé aussi inconsidérément. Elle avait déménagé la semaine suivante, après avoir rédigé un accord de séparation que Neil avait fini par signer de mauvaise grâce.

— Tu as dû faire une sacrée chute, dis-moi. C'est en te brûlant que tu as perdu l'équilibre ?

Sally ferma les yeux et revit le sourire cynique de Neil,

juste avant qu'il ne la pousse pour la seconde fois. Ce fameux rictus de glace…

Elle doutait fort que les confrères de Neil puissent croire un seul instant que cet homme courtois, aux manières si policées, et qui se trouvait être un des avocats de la défense les plus en vue de la ville ait une autre facette, beaucoup plus sombre.

Et même si Colin avait été en mesure de la croire, elle n'était pas certaine de vouloir qu'il le sache.

— Sûrement. C'est encore un peu flou dans mon esprit.

« Flou » était le mot approprié. Elle voyait toujours trouble et ne comprenait toujours pas comment la situation avait dégénéré à ce point, et aussi vite. Ce n'était pas la première fois que Neil perdait patience, loin de là. En revanche, il n'avait encore jamais levé la main sur elle. Qu'est-ce qui avait été si différent cette fois-ci ? Il ne pouvait tout de même pas lui en vouloir à ce point de son éventuelle promotion !

— Tu as l'air de souffrir le martyre.
— Non. En fait, je me sens un peu mieux.
— Peut-être, mais à mon avis, il te faut quelques points de suture.

Il avait sûrement raison. Un examen était préférable.

— Veux-tu que j'appelle une ambulance ?
— Je ne suis pas si mal en point, Colin. Par contre, si tu pouvais me déposer aux urgences de l'hôpital de Rockyview… A moins que tu aies quelque chose de prévu, bien entendu.

Colin laissa échapper un petit rire amer.

— Je ne prévois pas grand-chose en ce moment, tu sais. Et même si je devais sortir ce soir, cela ne changerait rien. Allez ma belle. Il est temps de te relever, tu ne crois pas ?

Il passa ses deux bras sous elle.

— Tu sens bon, murmura-t-elle.
— Comment ?

Sally rouvrit les yeux, incapable de croire qu'elle avait dit une chose pareille.

— Ne t'inquiète pas, je délire, marmonna-t-elle.

— Avant de te soulever, je voudrais m'assurer que tu ne t'es pas blessée ailleurs. Tu sens ton dos ? Ton cou ?

— Oui. Je n'ai mal nulle part sauf à la tête et à la main.

Ce qui était, d'ailleurs, amplement suffisant.

— Je crois qu'un ou deux cachets de paracétamol ne me feraient pas de mal, ajouta-t-elle.

— Je te donnerai cela tout à l'heure. Avant tout, il faut te remettre sur pieds.

De nouveau, Colin glissa ses bras sous son dos et l'aida à s'asseoir.

— Voilà. Ça va ?

— J'ai un peu le tournis, reconnut-elle en respirant lentement.

— Tu crois que tu pourras marcher jusqu'à ma voiture ?

— Mais je vais mettre du sang sur tes sièges !

Il y en avait une mare dans la cuisine. Ainsi que sur son chemisier et sur les chaussettes de Colin qui s'était déchaussé avant d'entrer.

— Je nettoierai plus tard, promit Colin. Qu'est-ce que l'on fait du chien ?

— Emmène-le dans la buanderie, tu veux bien ?

Colin retira ses chaussettes pour ne pas tacher toute la maison, et s'occupa d'Armani. Puis il alla chercher un plaid dans la salle de séjour et le posa sur les épaules de Sally.

Il l'aida à se relever aussi doucement que possible et tous deux gagnèrent lentement la porte de la cuisine où, après avoir enfilé ses chaussures, il la prit dans ses bras pour la porter jusqu'à sa voiture.

*
* *

Le tout leur prit un peu moins de quatre heures, ce qui n'était pas si mal, si l'on considérait le délai d'attente habituel aux urgences. Colin resta auprès d'elle tout le temps, sauf lorsqu'elle passa en salle d'examen.

— Combien de points ? s'enquit-il sur le chemin du retour.

— Quatre. C'est la première fois que j'ai des points de suture. Excepté ceux que j'ai eus de lors mon accouchement, bien entendu.

— Pourquoi as-tu…, demanda-t-il avant de s'interrompre. Oh… Je vois. Cela doit faire terriblement mal !

— Ce n'est pas le pire.

Il grimaça et elle ne put réprimer un sourire.

C'était apaisant d'être dans cette voiture auprès de Colin, ce qui était rare. Elle n'avait pas l'habitude d'être en sa compagnie sans avoir une discussion pour le moins animée avec lui.

D'ordinaire, leurs tirs croisés avaient trait avec la justice mais il leur était arrivé de se chamailler sur des questions politiques ou économiques. Leur façon de voir le monde n'était pas très différente et pourtant, dès leurs premiers échanges, à la fac de droit, ils avaient toujours trouvé le moyen de se disputer. Sur tout.

A croire qu'ils y prenaient plaisir.

Lorsqu'ils furent enfin arrivés chez elle, Sally eut la surprise de voir Colin sortir de sa poche un double de ses clés, avant de l'aider à pénétrer à l'intérieur. Elle le regarda d'un air interrogateur.

— C'était le trousseau de Beth, expliqua-t-il.

Il fit mine de sortir la clé de son anneau et elle l'interrompit.

— Garde-la. On ne sait jamais. En cas de pépin, je serai bien contente que tu l'aies avec toi.

Elle s'appuya un instant sur le mur du couloir pour reprendre son équilibre et se dirigea vers la buanderie. Dès qu'elle ouvrit la porte, Armani bondit sur elle en jappant avec joie.

— Je m'occupe de lui pendant que tu vas te reposer, proposa-t-il en s'agenouillant devant le chiot, tu en as bien besoin. Tu veux sortir, mon gars, c'est ça, hein ?

— Merci Colin.

La jeune femme n'avait plus qu'une hâte : s'allonger, fermer les yeux, et dormir. Il était presque minuit et elle avait terriblement sommeil.

A l'hôpital, l'interne avait insisté pour la garder en observation mais elle n'en avait pas vu l'utilité, et Colin avait promis de la ramener chez elle et de veiller sur elle toute la nuit.

Sally jeta ses vêtements maculés de sang dans le panier à linge et enfila son pyjama de flanelle. Elle réussit à se laver les dents avant de se glisser péniblement sous sa couette, poussant un soupir de soulagement.

Moins d'une minute plus tard, elle entendit rentrer Armani et Colin. Quelques bruits étouffés lui parvinrent de la buanderie et elle en déduisit que Colin remplissait d'eau et de croquettes la gamelle du chiot.

Elle avait laissé la porte de sa chambre ouverte et Colin vint la voir.

— Ça va ? demanda-t-il, restant sur le seuil.

— Ça va. Les analgésiques sont une merveilleuse invention.

— Tu es restée combien de temps allongée sur le carrelage, avant que j'arrive ?

— Je ne sais pas trop. J'ai eu une chance folle que tu passes me voir à ce moment-là. Je…

Elle s'interrompit, comprenant soudain à quel point cette visite était étrange. Colin ne passait *jamais* la voir. Et s'il l'avait fait, il n'aurait pas manqué de l'appeler au préalable.

— Et quel bon vent t'amenait au juste ?

Colin eut l'air surpris.

— Tu ne te rappelles pas m'avoir appelé ?

Il disparut dans le couloir et revint quelques minutes plus tard avec le téléphone portable de la jeune femme qu'il avait pris soin de nettoyer. Il appuya sur une touche et lui montra le dernier numéro qu'elle avait composé.

Sally réfléchit quelques secondes et se revit vaguement essayant d'attraper son portable et le laissant échapper entre ses doigts poisseux.

— J'ai dû appuyer sur une des touches préenregistrées.
— Quand j'ai pris l'appel, tu voulais parler à Beth.
— Oh…

Maintenant, elle se souvenait avoir pensé à son amie en cet instant aussi douloureux que confus. Il n'y avait rien d'étonnant à cela : elle s'était toujours tournée vers Beth, en cas d'urgence ou dans les moments de détresse. Cela avait dû être abominable pour Colin de recevoir un tel appel.

— Je… je suis désolée. Cela a dû être instinctif… Je n'étais pas moi-même.

— Ce n'est pas grave.

De nouveau, il disparut dans le couloir et revint avec deux cachets de paracétamol et un verre d'eau.

— Tu fais un bon garde-malade, dit-elle en le remerciant d'un sourire.

Immédiatement elle regretta ses paroles. Beth était morte chez elle, et les derniers mois avaient été extrêmement pénibles. Colin et Sally étaient restés à son chevet, avec une infirmière, et les deux dernières semaines, tous trois s'étaient relayés afin que Beth ne soit jamais seule.

Tout au long de cette période difficile, Colin s'était avéré un excellent garde-malade.

— Décidément, je n'arrête pas de faire des gaffes, aujourd'hui, s'excusa-t-elle, horriblement gênée.

Elle se demanda brièvement si c'était à cause de sa blessure ou simplement parce que Colin était auprès d'elle. Il avait toujours éveillé ce qu'il y avait de plus négatif en elle. Déjà à la fac, tous les prétextes étaient bons pour lui démontrer qu'il avait tort. Et lorsqu'il leur arrivait de s'affronter dans le même tribunal, cela faisait des étincelles. Leur mésentente était notoire auprès de toute la profession.

Ce soir pourtant, à aucun moment, ni l'un ni l'autre n'avait haussé le ton.

— Ce n'est pas grave, Sally... Cela a été horrible de la voir souffrir, n'est-ce pas ?

Il se laissa tomber dans le fauteuil, face à son lit, avec une lassitude apparemment plus morale que physique. Et pour la première fois, Sally songea qu'il était étrange qu'ils n'aient encore jamais abordé le sujet.

Tous deux avaient épaulé Beth à chacun des stades de son cancer, du jour où elle avait découvert le kyste à celui de sa mort. Cela avait duré deux ans et malgré cela, Colin et Sally n'avaient jamais parlé de ce qu'ils ressentaient.

Pire, ils ne s'étaient pas adressé la parole depuis les obsèques.

Et aujourd'hui encore, elle hésitait à en parler.

— Au risque de te paraître banale, je tiens à dire que c'était une femme exceptionnelle. Moi qui la connaissais depuis l'enfance, je ne l'ai jamais vue faire le moindre mal à personne.

— Ses élèves l'adoraient. Les plus grands lui envoyaient des lettres. Ce sont celles que j'ai eu le plus de mal à lire…

— Elle les aimait infiniment.

Beth avait toujours su s'y prendre avec les enfants. Son plus grand regret avait été de ne pas pouvoir en avoir elle-même.

— Et elle était super avec Lara, ajouta-t-elle.

— Qu'est-ce qui te manque le plus ? demanda Colin.

— Là, tu me poses une colle…

Il y avait tant de choses… Leurs vacances annuelles au bord du lac de Saskatchewan, où elles allaient camper étant gamines. Leurs rendez-vous au cinéma où elles pleuraient ou riaient devant des bluettes que leurs hommes refusaient catégoriquement d'aller voir. Les nombreux moments qu'elles avaient partagés devant une bouteille de vin, à discuter de choses et d'autres, tout simplement…

— Je crois que le moment où elle me manque le plus est le jour de mon anniversaire, murmura-t-elle d'une voix lointaine.

Cette année, pour la première fois de sa vie, personne ne lui avait souhaité son anniversaire. Il y avait bien longtemps que ses parents n'étaient plus là, elle n'avait plus de mari et Lara, qui avait passé ce week-end-là avec son père avait complètement oublié de l'appeler.

— Beth m'emmenait toujours dîner le jour de mon anniversaire, poursuivit-elle. C'était sacré.

— Je me souviens, oui.

Sally se redressa dans son lit. Ses tempes ne battaient plus que modérément et sa main, enduite d'onguent et recouverte d'un pansement, avait cessé de la faire souffrir.

— Et à toi ? s'enquit-elle. Qu'est-ce qui te manque le plus ?

— Je crois que c'est son sourire. A moins que ce ne soit la façon dont elle fronçait les sourcils quand elle se concentrait.

— Je trouvais cela extrêmement agaçant.

— Je sais. Mais en même temps, c'était mignon. Eh ! Tu te souviens du chemisier jaune qu'elle portait à Pâques ?

— Le chemisier avec les œufs de Pâques brodés à la main ? Oh Seigneur ! Quelle horreur !

— Elle le mettait parce que les gamins adoraient la couleur. Et tu te souviens de cette habitude qu'elle avait, d'écouter du Neil Diamond quand elle était d'humeur particulièrement joyeuse ?

Sally se mit à fredonner le premier couplet de *Sweet Caroline* et Colin se joignit à elle. Au bout d'un moment, ils ne retrouvèrent plus les paroles et leurs voix s'éteignirent. En revanche, leurs regards se croisèrent et Sally eut l'impression de voir son propre chagrin se refléter dans les yeux de Colin.

« Il aimait vraiment Beth », songea-t-elle. Certes, elle n'en avait jamais douté.

Toutefois, Colin l'avait *vraiment* aimée.

— Plus égoïstement, reprit Colin, je dirais que sa présence me manque quand je rentre du travail. Et je ne te parle pas de sa cuisine. Elle savait faire tous mes petits plats préférés.

— Qui sont ?

— Tout ce qui contient de la sauce tomate. La pizza, les lasagnes... sans parler de son merveilleux poulet *cacciatore*.

— Nous mangions à peu près la même chose quand nous partagions une chambre, à la fac. Comment tu fais maintenant ? Tu t'achètes des plats tout préparés ?

— Non. J'essaie de cuisiner un peu. Je me fais cuire des trucs au micro-ondes ou je les fais griller ou bouillir. Enfin je me débrouille.

— Donc, quand tu parles de « cuisine », tu veux dire « mettre plus d'un ingrédient dans une casserole et attendre qu'il se passe quelque chose » ?

— C'est à peu près ça, oui.

— Je devrais t'apprendre à utiliser un wok. C'est un peu comme cuisiner, en plus simple. Et en plus sain.

— C'est ce que tu faisais, ce soir, quand... quand tu es *tombée* ?

— Oui.

Sally pencha la tête et le dévisagea, se demandant pourquoi il avait hésité ainsi. Deux minutes auparavant, Colin avait eu l'air prêt à passer la nuit dans ce fauteuil. A présent, il était à peine assis sur le rebord du siège et la regardait attentivement.

Est-ce qu'il soupçonnait que ce qui lui était arrivé n'avait rien d'accidentel ? L'espace d'un instant, elle envisagea de se confier à lui. Seulement comment expliquer à Colin une situation à laquelle elle ne savait comment réagir elle-même ?

De plus, elle ne devait pas oublier que pour Colin, Neil était un confrère respectable. Après tout, ils avaient fréquenté la même faculté. Et lorsque Neil et elle étaient encore mariés, il leur arrivait de sortir avec Colin et Beth.

Instinctivement, Sally jugea préférable de garder le silence. Elle devait d'abord comprendre ce qu'il s'était passé et pourquoi. Et elle devait avancer pas à pas, car si elle commettait la moindre erreur, nul doute que Neil la lui ferait payer.

Et cher.

En outre, bien qu'ils aient discuté comme deux vieux amis ce soir, elle ne voulait pas de Colin pour confident.

— Lara est chez Neil ? lança soudain Colin.

— Non. Elle est à un anniversaire. Elle y reste pour la nuit.

— A quelle heure dois-tu aller la chercher, demain ?

— Elle se fait ramener. Elle devrait être là vers 11 heures.

— Parfait. Pas de problème de ce côté-là, donc. Où veux-tu que je dorme ?

Elle aurait voulu lui dire de rester où il était. Mais bien sûr elle n'en fit rien.

— La chambre d'amis est au bout du couloir, à gauche. Il y a des serviettes propres dans le placard de la salle de bains.

— Parfait.

Colin se leva lentement et étira sa longue carcasse musclée. S'il était imposant dans les costumes qu'il portait d'ordinaire pour travailler, Sally le trouvait encore plus à son avantage dans le jean et le T-shirt bleu tout simple qu'il avait ce soir.

Il sortit de la chambre et elle l'entendit s'affairer dans la cuisine.

Dix minutes plus tard, il était de retour.

— Tu ne dors toujours pas ?

— Pas encore, non.

— Tu avais préparé une sacrée quantité de nourriture, dis-moi ! Je veux dire beaucoup pour une seule personne.

Où donc voulait-il en venir ? Elle laissa échapper un grognement.

— J'étais seule, compris ? Je me suis brûlée et je suis tombée. J'ai toujours été gauche. C'est bien connu !

Colin croisa les bras sur sa poitrine.

— Pour ma part, je t'ai toujours trouvée plutôt gracieuse, répliqua-t-il d'une voix enjouée.

Sally sentit aussitôt quelque chose vibrer en elle, quelque chose qui lui rappela sa timidité de jeune fille. Il y avait bien longtemps que les compliments d'un homme n'avaient suscité en elle une telle réaction.

— Je laisse la lumière du couloir allumée, d'accord ? enchaîna-t-il. Comme tu le sais, il faut que je te réveille dans quelques heures pour te poser des questions.

— Je vais réviser mes capitales de provinces en m'endormant.

Colin lui sourit. Il fit mine de sortir puis, changeant d'avis, se retourna.

— Ecoute, Sally. Tu m'as dit que tu étais seule quand tu es tombée, ce soir. Tu en es bien sûre ? Ta blessure à la tête aurait pu affecter ta mémoire, tu sais.

Qu'il était tentant de tout lui raconter... Malheureusement, elle avait trop l'habitude de tenir le mari de sa meilleure amie à distance pour changer d'attitude aujourd'hui.

— J'étais toute seule et je suis tombée, Colin. C'est tout.

Il la considéra un instant avec tristesse, comme déçu par sa réponse.

— Ah ! j'ai oublié de te dire... Il y a un stylo en argent, sur ta table de cuisson. Avec des initiales gravées dessus... N.A.

Le stylo qu'elle avait utilisé pour signer le formulaire de demande de passeport... Ce détail ne pouvait pas échapper à un procureur, bien sûr...

Colin attendait sa réponse.

Mais elle n'était pas femme à se laisser avoir par ses stratégies d'homme de loi.

— Neil a dû l'oublier la dernière fois qu'il est venu voir Lara, répondit-elle simplement en fermant les yeux.

3.

La montre de Colin commença à biper à 2 heures du matin. Il avait dormi d'un sommeil léger et se réveilla sans peine. Il se leva et enfila son jean en prenant garde de ne pas déranger Armani qui dormait au pied du lit.

Le chiot s'était mis à pleurnicher une heure auparavant, et comme Colin voulait éviter qu'il réveille Sally, il l'avait laissé entrer dans sa chambre. Armani avait aussitôt grimpé sur son lit, comme si c'était l'évidence même. Ce n'était sans doute pas le cas mais au moins la petite bête s'était-elle tenue tranquille.

La porte de la chambre de Sally était toujours ouverte et la lumière du couloir éclairait le lit de la jeune femme, renforçant la blondeur de ses mèches les plus claires et mettant en valeur son teint naturellement laiteux. Sa main valide était refermée sur le drap qu'elle avait ramené sous son menton.

Elle paraissait extraordinairement jeune, vulnérable… et délicieuse. En la voyant ainsi abandonnée, Colin ressentit un étrange malaise.

Il la connaissait depuis près de vingt ans et elle n'avait que très rarement baissé sa garde face à lui. Il s'était habitué à sa méfiance, à son esprit vif, toujours prompt à profiter du moindre signe de faiblesse de sa part.

Il ignorait l'origine exacte de son animosité quasiment immédiate envers lui. Cela avait dû commencer en première année de droit, lors de leur premier cours.

Colin s'était levé pour la contredire sur la démonstration qu'elle venait de faire, il ne se souvenait même plus à quel sujet. Mais il se souvenait très bien qu'il avait tourné l'argumentation de Sally en dérision, faisant rire tout l'amphithéâtre. La jeune fille avait paru prendre le camouflet avec calme. Pourtant, à partir de ce moment-là, elle avait mis un point d'honneur à lui chercher querelle à la moindre opportunité.

Elle s'était vite révélée un adversaire digne de ce nom et Colin avait aussitôt compris qu'il ne gagnerait jamais la bataille.

De plus, il ne lui avait fallu que quelques semaines pour s'apercevoir que Sally était la dernière femme contre laquelle il souhaitait se battre. Malheureusement, ses tentatives un peu tardives pour l'en convaincre avaient lamentablement échoué.

Ils étaient restés dans cette impasse pendant près de trois ans et puis un jour, inexplicablement…

Cela s'était passé exactement une semaine avant les partiels de décembre, leur dernière année de fac.

Il avait croisé Sally à la bibliothèque universitaire, lui avait proposé de la raccompagner chez elle et, à sa grande surprise, elle avait accepté.

Et tout avait basculé.

Hélas, il ignorait que l'adorable étudiante en sciences de l'éducation, avec laquelle il était sorti à une ou deux reprises précédemment, était la meilleure amie de Sally et partageait une chambre avec elle.

De son côté, Sally n'avait absolument pas reconnu Colin Foster à travers la description élogieuse que son amie lui avait faite de lui. Quand elle avait découvert la vérité, elle était devenue plus froide et plus hostile que jamais.

Colin venait de rencontrer Beth. Il n'en était pas encore épris.

— Je ne sortirai plus avec elle, avait-il promis à Sally quand elle avait décrété que leur nuit d'amour serait sans lendemain.

— Cela ne change rien. Notre histoire s'arrête ici, avait-elle répliqué.

Le soir même, elle était arrivée au bar de l'université au bras de Neil Anderson.

Tous les jours pendant une semaine entière, Colin s'était efforcé de la faire revenir sur sa décision. En vain. Agacé par son entêtement, il s'était remis à sortir avec Beth, et sa relation avec Sally était redevenue ce qu'elle avait toujours été. A une différence près toutefois : s'ils continuaient de se contredire, de se chamailler et de s'éviter autant que possible, un émoi nouveau et capable de priver de tous ses moyens le jeune homme qu'il était alors sous-tendait désormais leur antagonisme.

Pire, pour sa plus grande consternation, Sally paraissait totalement imperméable à sa détresse, et ne semblait souffrir d'aucun effet similaire.

Le temps avait passé. Ils s'étaient tous deux mariés, pratiquement la même année. Sa vie avec Beth avait été des plus agréables. Mais, malgré tout, Sally Stowe restait la femme la plus forte qu'il ait jamais connue. A aucun moment, au cours de la maladie de Beth, elle n'avait craqué. Aussi, à la voir ainsi, meurtrie et ayant besoin de son aide, son cœur se serra.

Il s'avança jusqu'à son chevet et alluma la lampe.

— Sally ? Réveille-toi une minute, tu veux bien ?

Il posa une main sur son épaule et fut surpris de constater à quel point cette partie si innocente de son corps lui paraissait à la fois fragile et terriblement féminine, même sous le pyjama de flanelle.

Il exerça une petite pression du bout des doigts puis secoua doucement la jeune femme.

— Sally ?

— Mmm...

La main valide de la jeune femme lâcha le drap pour repousser en arrière la mèche qui lui barrait le front.

— Colin ?

Elle parut surprise mais pas effrayée pour autant.

— Je dois rêver, murmura-t-elle, ouvrant grand les yeux pour le dévisager.

Ses deux pupilles étaient de taille égale, remarqua-t-il avec soulagement. Sa chute ne serait bientôt plus qu'un mauvais souvenir.

Une pensée folle le traversa brusquement : il aurait tant voulu prendre cette femme entre ses bras et se glisser dans ce lit avec elle. Elle lui donnait soudain envie de la cajoler. Elle était... Elle était tout simplement adorable

Il la vit distinctement recouvrer ses esprits. Elle porta une main à son crâne, et ses yeux retrouvèrent leur vivacité habituelle.

— Le Canada est composé de dix provinces et les Etats-Unis de cinquante Etats, récita-t-elle. Quant aux Flames, ils ont de bonnes chances de remporter la coupe Stanley cette année. Je peux me rendormir à présent ?

« Adorable et pleine d'humour », songea-t-il, soulagé qu'elle n'ait rien de grave. Il lui sourit. Pourtant il aurait bien aimé avoir affaire un peu plus longtemps à cette autre Sally, celle qui lui était apparue si fragile, quelques heures auparavant, celle qui avait besoin de lui.

— Pas de problème, dit-il en résistant à l'envie de lui effleurer la joue. Bonne nuit, Sally.

Ses paupières se refermèrent et elle se rendormit immédiatement.

Colin se redressa et hésita ; il lui en coûtait de la laisser seule dans cette chambre.

« Et si… », songea-t-il.
Mais il ne put aller au bout de sa pensée. Le fait d'envisager un avenir avec Sally revenait à renier toutes les années qu'il avait passées auprès de Beth.

Et jamais il ne pourrait faire une chose pareille.

La conscience de Neil Anderson ne commença à le titiller que huit heures après qu'il eut abandonné Sally sur le carrelage de sa cuisine.

Il venait de déposer chez elle la jeune avocate qu'il avait emmenée dîner. Ils avaient fait l'amour chez lui, en sortant du restaurant, mais il s'était opposé à ce qu'elle passe la nuit dans son lit. C'était l'un de ses principes. Même en l'absence de Lara, aucune femme ne restait pour la nuit.

Jamais.

Et si c'était souvent difficile, ce n'était pas sa faute s'il était obligé de mener ce genre d'existence. Il n'était pas question pour lui de passer un mois ou deux avec une femme qu'il mettrait à la porte quand les bons moments seraient terminés, avant d'en reprendre une autre. Non. Il voulait ce que tout homme au monde est en droit d'attendre de la vie : s'endormir auprès de son épouse le soir, et se réveiller auprès d'elle, au petit matin.

Sally.

Ses mains se crispèrent sur le volant et il prit la direction de la petite commune d'Elbow Valley.

Il n'avait pas voulu lui faire du mal, ce soir. Et, pour tout dire, il ne parvenait toujours pas à croire qu'il l'avait bel et bien poussée suffisamment fort pour qu'elle se blesse. Car c'était tout ce qu'il avait fait : il l'avait poussée. Simplement poussée. Comment aurait-il pu prévoir qu'elle serait assez stupide pour poser la main sur son fichu wok, ou que sa tête irait heurter le comptoir de granit ?

De plus, elle était toujours consciente lorsqu'il l'avait quittée. Il était quasiment sûr de l'avoir entendue gémir.

Mais depuis quelques heures toutefois, il n'était pas tranquille. Pourvu qu'elle n'ait pas été plus sérieusement blessée qu'il ne l'avait d'abord pensé… Lara ne rentrerait pas ce soir et Sally risquait de rester étendue sur le carrelage de sa cuisine jusqu'au lendemain matin.

Cette éventualité suffit à l'inquiéter. Mais lorsqu'il s'engagea dans sa rue, il constata qu'un 4x4 qu'il n'avait encore jamais vu était garé dans l'allée, devant chez elle.

Intrigué, il jeta un coup d'œil à l'horloge du tableau de bord. Il était presque 3 heures du matin. Toutes les lumières étaient éteintes, ce qui indiquait que ses invités, si elle en avait eus, étaient repartis.

A moins que la soirée ne soit d'une nature beaucoup plus intime…

Il se gara à côté du 4x4, sortit de sa voiture et alla toucher le capot de l'autre véhicule.

Il était froid.

Neil se tourna vers la maison, se dirigea vers la fenêtre et scruta l'intérieur. Il ne vit rien, à l'exception d'une vague lueur dans le couloir qui menait aux chambres à coucher.

Ainsi, Sally avait peur de dormir dans le noir…

Ou alors elle ne dormait pas.

Cette idée lui déplut au plus haut point.

Il envisagea une seconde de pénétrer dans la maison. Il s'était fait faire un double de la clé de Lara, peu après que la jeune fille et sa mère eurent emménagé, et Lara lui avait donné le code de l'alarme. Néanmoins, il fallait à présent compter avec le chien. Avant qu'elles adoptent cette infâme bestiole, il lui arrivait de faire une petite incursion nocturne chez les deux femmes de sa vie. C'était fini à présent. Il ne pouvait pas prendre le risque de réveiller ce cabot de malheur.

Il enfonça ses mains dans ses poches et considéra la villa, furieux et frustré.

Il était profondément attaché à la notion de famille. Ce foyer aurait dû être *le leur*, pas celui de Sally. En ce moment, il aurait dû être allongé à son côté, et les trois enfants qu'ils auraient eus si elle lui avait donné le choix auraient dû être profondément endormis dans leurs chambres.

Au lieu de quoi Sally vivait seule et lui, Neil Anderson, ne voyait sa fille unique qu'un week-end sur deux et un soir par semaine.

Ses doigts se crispèrent sur la clé dans sa poche. Il la lissa longuement comme s'il s'agissait d'un fétiche, regrettant de ne pouvoir se retrouver à l'intérieur de la maison, comme par miracle, sans avoir réveillé le chien. Il fallait qu'il sache si Sally dormait auprès du propriétaire du 4x4.

Si c'était le cas, il avait toutes les raisons de s'inquiéter.

Sally n'avait pas pour habitude de coucher avec n'importe qui. Et, depuis qu'ils avaient divorcé, la jeune femme avait fréquenté peu d'hommes ; il mettait un point d'honneur à la surveiller, en particulier pour tout ce qui touchait à sa vie amoureuse. En plus d'être son droit, c'était sa responsabilité. Après tout, ils avaient une fille ensemble.

Lara.

Lara était la preuve que Sally et lui étaient faits l'un pour l'autre. Comment aurait-il pu en être autrement alors qu'ils avaient donné naissance à une enfant aussi parfaite, aussi exceptionnelle ?

Neil s'émerveillait constamment devant Lara. Leur fille était belle, intelligente et généreuse. Mieux : c'était une athlète accomplie. Avec un potentiel olympique.

Olympique !

Sally aurait dû s'estimer plus qu'heureuse d'avoir une fille comme la leur. Mais non ! Elle continuait à travailler, comme elle le faisait depuis que Lara avait huit mois. Pire encore : non contente de rejeter son rôle de mère, elle avait refusé celui d'épouse.

Et elle l'avait mis à l'écart. Lui ! Le père de son enfant !

C'était criminel. Et le pire était que la justice progressiste de ce pays permettait aux femmes de se conduire de cette manière sans avoir à en souffrir le moins du monde.

Il jeta un dernier coup d'œil à l'intérieur de la maison, sans plus de succès qu'auparavant puis, abandonnant la partie, regagna sa voiture en fulminant.

Une chose était certaine : Sally ne gisait pas inconsciente sur le carrelage de la cuisine.

Encore qu'en ce moment précis, il aurait presque préféré que ce fût le cas.

— Tu es toujours fatiguée de ta soirée ? demanda Sally à sa fille, le lundi matin.

— Pas vraiment, fit Lara.

Presque aussitôt, elle laissa échapper un bâillement qui les fit rire toutes les deux.

— Enfin... Un petit peu, reconnut-elle.

Comme d'habitude, le week-end de l'adolescente avait été

chargé. Une fois rentrée de chez son amie, Lara avait passé l'après-midi du samedi à son entraînement de ski. Le lendemain matin, Sally avait conduit Lara et Jessica jusqu'à la piste de Sunshine, probablement pour la dernière fois de la saison.

Pendant que les filles skiaient jusqu'à l'épuisement, Sally avait siroté un chocolat chaud tout en lisant, à l'intérieur du chalet. En milieu d'après-midi, la neige avait commencé à fondre et elles étaient reparties de bonne heure. Elles avaient déposé Jessica chez elle et, après une bonne fondue au fromage et un bain chaud, Sally et sa fille étaient allées se coucher.

A présent, Lara prenait son petit-déjeuner et Sally préparait leur repas de midi : bagels au fromage et fruits frais coupés en tranches.

Elle se sentait encore maladroite et évitait de se servir de sa main gauche. Elle avait retiré son pansement mais sa peau restait boursouflée et sensible. En revanche, ses points de suture cicatrisaient rapidement et son mal de tête avait cessé.

En fait, elle se sentait presque d'attaque et, à la lumière du jour, elle était tentée de réduire sa mésaventure du vendredi soir à un simple dérapage. Neil ne l'avait pas molestée à dessein. Ce n'était pas son genre et cela ne se reproduirait pas.

Seulement Sally, qui s'était spécialisée dans le droit familial, avait longtemps travaillé bénévolement pour le Foyer de Femmes de Calgary, et elle avait vu suffisamment de femmes battues pour s'en tenir à une telle logique de bazar.

Et Neil avait véritablement franchi une étape l'autre soir. Et il était tout à fait envisageable qu'il recommence.

Elle devrait donc s'assurer que cela ne soit plus le cas. Elle n'était ni aussi naïve ni aussi démunie que la plupart de ses clientes. Elle pouvait gérer la situation. Elle savait comment s'y prendre avec Neil.

Par ailleurs, elle avait déjà prévu de faire appel à un artisan pour réparer la porte de la cuisine, de manière à ce qu'elle se ferme plus facilement. Et elle s'était promis de mettre systématiquement l'alarme en marche.

Oui, mais…

Tout cela était bien beau, concret et rationnel, mais il était à craindre que cela ne soit pas suffisant. Le cœur du problème était ailleurs : Neil était le père de Lara, et même si ce n'était pas l'envie qui lui en manquait, Sally ne pouvait lui interdire l'accès à sa maison, ni même à sa vie.

Elle commençait même à se demander si elle n'avait pas commis une erreur en refusant d'aller porter plainte.

De toute évidence, elle aurait dû prendre contact avec la police, ne serait-ce que pour lancer une procédure de main courante.

C'est ce qu'elle aurait conseillé à ses clientes dans un cas similaire. Et pourtant, elle ne pouvait se résigner à prendre une mesure aussi drastique. En accusant ainsi son ex-mari, elle mettrait la machine judiciaire en marche… Neil ne manquerait pas de rejeter ses accusations, et la bataille qui s'ensuivrait serait insupportable pour Lara. Leurs amis et leurs associés respectifs devraient choisir leur camp. Et il était à craindre que la plupart d'entre eux se refuseraient à croire que Neil soit capable de tels actes.

En outre, le scandale réduirait à néant toutes ses chances d'être promue juge, du moins cette fois-ci. Or nul ne savait quand l'occasion se représenterait.

Sally emballa le bagel et le glissa dans un sac, avec un yoghourt, des fruits et quelques gâteaux secs.

— Il faut y aller, ma chérie, nous allons être en retard. Tu termineras ton toast en voiture.

Lara se laissa glisser du tabouret. Son jean moulant et son

T-shirt laissaient deviner les formes toutes nouvelles de son corps athlétique.

« Ma toute petite », songea Sally avec une nuance de tristesse.

Pourquoi les enfants grandissaient-ils si vite ?

— Je vais chez Jessica en sortant de l'école ce soir. On doit travailler sur notre devoir de sciences humaines. Tu peux venir me chercher à 18 heures ? demanda-t-elle en faisant glisser son sac sur son épaule.

— Pas de problème.

Sally jeta négligemment son repas dans son attaché-case avant d'enfiler sa veste et de s'assurer que son portable était bien accroché à sa ceinture.

Puis elle fit rentrer Armani et l'emmena dans la buanderie, avec ses jouets et suffisamment d'eau pour la matinée. Elle s'était assuré les services d'une gardienne pour animaux domestiques qui passait vers midi pour sortir le chiot. Par mesure de précaution toutefois, elle déposa une pile de journaux dans un coin de la pièce. Un accident est vite arrivé, quand on est bébé chien…

Lara prit l'animal dans ses bras.

— Je t'adore, Armani, lui murmura-t-elle à l'oreille.

Comme tous les matins, Sally déposa sa fille devant le lycée avant de gagner son bureau, dans le centre-ville. D'ordinaire elle profitait de cette partie du trajet pour se concentrer sur la journée qui l'attendait.

Mais aujourd'hui, elle ne parvenait pas à réfléchir à ses rendez-vous de la matinée. Ses pensées la ramenaient constamment… à Colin Foster.

Elle s'était efforcée de l'oublier dès l'instant où il était reparti, le lendemain, une demi-heure avant le retour de Lara. Elle ne voulait pas songer à la sollicitude surprenante avec laquelle il l'avait traitée.

Car si elle avait vu la manière dont il se comportait avec Beth, surtout à la phase finale de son cancer, jamais elle n'aurait pensé qu'il la traiterait avec les mêmes égards.

Et encore moins qu'elle trouverait cela agréable.

Le pauvre... Il n'avait pas dû dormir beaucoup. Il était venu la voir à plusieurs reprises. A un moment, elle l'avait même surpris, installé dans le fauteuil, dans sa chambre. Leurs regards s'étaient furtivement croisés et elle avait fait mine de se rendormir aussitôt.

Au matin, il s'était chargé du petit-déjeuner : œufs à la coque, café et toasts légèrement grillés. Tous deux s'étaient partagé le journal et avaient grignoté en se lisant à voix haute les informations dignes d'intérêt.

Oui. Colin l'avait dorlotée, sans en faire trop pour autant.

Il y avait bien longtemps que l'on ne s'était pas occupé ainsi d'elle... La dernière fois devait remonter au jour où elle avait attrapé la varicelle, au cours préparatoire. Sa mère l'avait choyée, comme le font toutes les mamans dans des cas pareils.

Cependant, toutes les attentions de Colin la perturbaient. Elle aurait voulu lui demander de cesser d'être aussi prévenant avec elle. Elle trouvait plus facile de traiter avec lui lorsqu'il se montrait arrogant et sûr de son fait, cette autre facette de sa personnalité la déroutait au plus haut point.

Sally repoussa l'image de Colin, assis à sa table, devant elle. Son existence était déjà suffisamment compliquée comme cela sans qu'elle y ajoute de nouvelles causes d'angoisse.

Elle laissa échapper un soupir et ralluma la radio. Une litanie mécanique accompagnée de paroles répétitives jaillit des haut-parleurs.

Comment Lara pouvait-elle aimer ce genre de musique ?

**
*

Son premier rendez-vous était avec Pamela Moore, une femme d'une petite trentaine d'années, qui avait des problèmes avec son ex-mari. Selon les termes de leur jugement de divorce, Rick Moore devait lui verser une pension alimentaire d'environ huit cents dollars. Ces quatre derniers mois, il n'en avait rien fait.

Tout en buvant son premier café de la journée, elle passa rapidement en revue l'épais dossier des Moore.

Elle avait pris conscience de la situation délicate dans laquelle se trouvait Pamela Moore quand elle avait proposé ses services juridiques au Foyer de Femmes. Pam était arrivée un jour, le visage bleui par les coups, ce qui n'avait pas empêché les deux femmes de se reconnaître.

Toutes deux avaient grandi à Medicine Hat, une ville de taille moyenne, à trois heures de voiture de Calgary. Les parents de Sally y tenaient un café que fréquentait régulièrement la famille de Pamela. Il était même arrivé à Sally d'aller garder Pam et ses deux petits frères.

Du coup, Pamela était plus qu'une simple cliente et Sally, qui ne ménageait jamais sa peine, se battait avec un acharnement accru pour la jeune femme. Elle tenait à ce que cette dernière, mère de deux enfants, connaisse des jours meilleurs.

Malheureusement, Rick Moore semblait déterminé à ce que ce ne soit pas le cas. Chaque fois que Pamela avait essayé de le quitter et de reprendre sa vie en main, il l'en avait empêchée. Et ce qui était encore plus inexcusable aux yeux de Sally, jamais, au cours de cette bataille, il n'avait montré le moindre intérêt pour ses enfants ; il se refusait purement et simplement à contribuer à leur éducation.

Le but principal de Rick était de récupérer sa femme. A deux reprises, il avait réussi à la convaincre de reprendre la vie commune. Chaque fois, elle avait terminé au refuge, avec quelques hématomes supplémentaires et un amour-propre un peu plus meurtri.

Sally lui avait un jour demandé pourquoi elle s'obstinait ainsi à lui redonner une chance.

« C'est le père de mes enfants. Et puis il est sous pression. Il est entrepreneur et il travaille dur. »

Sally avait été tentée de répondre qu'elle aussi, elle travaillait dur et était constamment sous pression. Cela ne lui donnait pas pour autant envie de frapper son prochain. Mais bien sûr, elle n'en avait rien fait.

Un beau jour, Pamela avait échoué au Foyer avec un bras cassé et avait décidé de quitter Rick pour de bon.

Le divorce avait été terrible. Malgré une ordonnance restrictive, Rick trouvait toujours le moyen de rendre la vie de Pamela impossible.

Sally venait de terminer la lecture de la dernière pièce du dossier lorsque Evelyne, la réceptionniste, l'appela par l'Interphone.

— Pamela Moore est là, madame Stowe.
— Merci. Dites-lui que j'arrive immédiatement.

Bien que parmi les plus jeunes associés du cabinet, Sally disposait d'un bureau avec vue sur les montagnes que bien d'autres lui auraient envié.

Dès le début de sa carrière, elle avait attiré l'attention de Gérald Thornton, le patriarche du cabinet d'avocats.

« J'aime votre façon de penser, lui avait-il expliqué. Et encore plus votre ténacité. »

Gérald avait une autorité certaine, non seulement au sein de son cabinet mais aussi parmi la communauté juridique de Calgary. C'est par son intermédiaire que Sally était devenue présidente de la Confédération des avocats de l'Alberta, ce qui lui avait permis de rencontrer la plupart des jeunes loups de la profession les plus influents de la province. Gérald était également de ceux qui faisaient pression pour que Sally soit nommée juge de la Couronne.

Pamela était assise sur le rebord de sa chaise, à l'accueil, et feuilletait machinalement un magazine people. Dès qu'elle vit Sally, elle se précipita vers elle.

— C'est l'heure de la pause, déclara-t-elle. Je n'ai qu'un petit quart d'heure devant moi.

Sally s'était servie de ses relations pour faire entrer Pamela dans un des bureaux du tribunal. Le travail n'était pas très bien rémunéré mais c'était un début. Et comme la jeune femme ne disposait pas d'une garde-robe très élaborée, Sally lui avait donné quelques tailleurs qu'elle portait rarement. Aujourd'hui, Pamela portait son tailleur vert en lin.

— Tu es splendide, Pam.
— Je me sens plutôt bien. Si Rick ne...
— Je sais. Viens. Allons étudier cela de plus près, lui proposa Sally en la guidant vers son bureau.

Une fois Pamela installée, elle referma la porte et en vint directement au but.

— Alors. Qu'est-ce qu'il a trouvé, cette fois-ci ?

Le fait que Rick soit à son compte compliquait singulièrement le versement de la pension alimentaire, les deux femmes ne pouvant exiger que son employeur déduise l'argent de son salaire, attendu qu'il était son propre employeur. Pire, par un jeu de comptabilité, il avait officiellement réduit son propre salaire à un strict minimum et laissé grossir les fonds de sa société.

Pamela s'était tournée vers le Service d'Application de Versement des Pensions Alimentaires, qui avait menacé Rick

Moore de lui retirer son permis de conduire s'il n'assumait pas ses responsabilités envers ses enfants. Et à présent...

— Tu ne vas pas le croire... Il a vendu son entreprise ! Rien que pour m'enquiquiner...

— Et comment fait-il pour subvenir à ses besoins ?

— Il a sous-loué son appartement et est retourné vivre chez sa mère.

— Tu plaisantes !

— D'après lui, ça ne vaut pas le coup de travailler. A l'entendre, le fisc lui ponctionne la moitié de ses revenus et moi le reste.

— Tu parles ! Je ne le comprends pas. Qu'est-ce qu'il a dans le crâne ? Il se punit tout autant que toi !

— Quand il s'agit de me faire du mal, il n'est jamais en peine...

— Cela ne durera pas. Un homme tel que Rick ne peut pas éternellement vivre chez sa mère à ne rien faire.

— Il prend des cours d'informatique, à l'issue desquels il a l'intention de monter une nouvelle affaire. Je ne peux pas me permettre d'attendre, Sally. J'ai déjà un loyer de retard... Tabby a eu une otite, la semaine dernière et j'ai été obligée de racler les fonds de tiroir pour lui acheter des antibiotiques. J'ai encore dû demander de l'aide à mes parents hier. Je ne peux tout de même pas me tourner constamment vers eux !

— Je comprends, Pam.

Malheureusement, si Rick ne travaillait plus, il n'avait plus de revenus et elle ne pouvait rien faire.

— Qu'a-t-il fait de l'argent qu'il a récupéré en vendant sa société ?

— Il a refusé de me le dire. Mais j'ai su par un de nos amis communs qu'il avait acheté du terrain près de Pincher Creek.

Seulement comme il ne le loue pas, il n'en tire aucun revenu non plus.

Du terrain…

Sally regarda la jeune femme en souriant.

— Parfait ! Nous allons déposer une ordonnance de versement de pension alimentaire sur sa propriété pour obtenir un privilège sur ses biens.

— Ce qui signifie ?

— Ce qui signifie que tu vas retourner voir le Service d'Application de Versement des Pensions Alimentaires. Ils mettront une assignation sur le terrain, en ton nom. Dans l'immédiat, cela ne résoudra malheureusement pas ton problème. Par contre, quand il vendra, et nul doute qu'il veuille le faire rapidement, il sera dans l'obligation de te payer tes arriérés avec intérêts.

— Mais c'est maintenant que j'ai besoin d'argent, Sally ! Sinon, nous allons être obligés de retourner au Foyer, les enfants et moi !

— Appelle le S.A.V.P.A. dès aujourd'hui. Avec un peu de chance, il leur suffira de menacer Rick de cette mise en assignation pour qu'il se résigne à payer. Sans compter qu'il ne supportera certainement pas de vivre chez sa mère bien longtemps, d'après le portrait que tu m'as fait d'elle.

Pamela lui avait expliqué que sa belle-mère avait failli les rendre fous, Rick et elle, par le passé, avec sa manie de mettre son nez partout.

— On peut toujours essayer, soupira Pam en consultant sa montre. Il faut que je retourne travailler. Il ne manquerait plus que je perde mon boulot, à présent…

— Vas-y. Et tâche de ne pas trop t'inquiéter. Rick ne s'en tirera pas à si bon compte.

Elle raccompagna la jeune femme jusqu'à l'ascenseur et lui demanda des nouvelles de ses enfants.

Samuel avait tout juste cinq ans et Tabby trois. Comme la plupart des mamans, Pamela adorait parler de ses enfants, et elle repartit le sourire aux lèvres.

Sally en revanche était d'humeur plus sombre. Elle regagna son bureau, songeant à quel point elle en avait assez d'avoir affaire à des hommes comme Rick. Ne comprenait-il donc pas qu'en s'en prenant ainsi à son ex-épouse, il faisait aussi du mal à ses propres enfants ?

Elle aurait bien voulu voir sa réaction, s'il avait dû bercer une petite fille en larmes sans avoir assez d'argent pour acheter les médicaments qui auraient permis de la soulager.

A moins que cela lui soit égal bien sûr. Ce qui était malheureusement possible.

Déjà lasse, bien qu'il soit à peine 10 heures du matin, Sally s'empara de son stylo pour noter quelques détails supplémentaires dans le dossier Moore. Elle n'avait pas terminé la première phrase que le téléphone se mit à sonner.

— Sally Stowe à l'appareil.
— Coucou, Sally ! Déjà au boulot ?

Neil…

La jeune femme laissa tomber son stylo et envisagea un instant de raccrocher sans prononcer un mot.

— Lara va bien ? poursuivit-il.

Pas la moindre allusion à ce qu'il s'était passé vendredi soir. Mais elle ne fut pas surprise outre mesure qu'il ait choisi de passer l'incident sous silence. Il était peut-être un peu gêné, après tout.

Du moins, elle l'espérait. Neil était un homme intelligent.

— Très bien, laissa-t-elle tomber. Elle est fin prête pour la compétition de la semaine prochaine.

— Je l'accompagnerai.
— Je sais.

C'était au tour de Neil d'avoir sa fille pour le week-end. S'ils s'étaient mieux entendus tous les deux, elle aurait aimé voir la performance de sa fille, elle aussi. Malheureusement, c'était une source d'angoisse pour Lara de les savoir à proximité l'un de l'autre.

— Il faut qu'elle soit au meilleur de sa forme, poursuivit Neil. Donne-lui beaucoup de viande. Des steaks. Pas ces abominables sautés au tofu dont tu sembles si friande !

— Ne t'inquiète pas. Je ferai en sorte qu'elle ait toutes les protéines dont elle a besoin.

Parler de leur fille la soulageait. Elle ne se sentait pas d'humeur à évoquer leur petite discussion de l'autre soir. Et, pour être franche, elle reconnaissait que Neil était un bon père, alors, tant qu'il traitait Lara convenablement, elle pouvait bien s'accommoder du reste.

— Et oblige-la à se coucher de bonne heure. Il faut qu'elle se repose.

— Ne t'inquiète pas, soupira-t-elle.

Subitement, il abandonna son ton protecteur pour en adopter un autre, plus suave, plus mielleux.

— Au fait, Sally ?

— Oui ? demanda-t-elle, aussitôt sur ses gardes.

— Comment va ton nouvel amant ?

— Qu'est-ce que... Quoi ?

— Ne fais pas l'innocente. J'ai vu le 4x4 garé dans ton allée, l'autre nuit. Et il était encore là quelques minutes avant le retour de Lara.

Ainsi, Neil avait vu la voiture de Colin... Il était donc revenu... Et par deux fois !

Sally sentit son estomac se nouer. Qu'aurait-il fait si elle avait été toute seule, encore inconsciente sur le carrelage ?

— Cela ne te regarde pas, Neil.

— Peut-être. Tu devrais faire attention cependant. Un juge se doit d'être prudent en ce qui concerne ses fréquentations. Surtout lorsqu'il n'a pas encore été officiellement nommé !

Le fumier ! La menace était à peine voilée.

Elle se remémora ce qu'il lui avait dit avant de l'abandonner, à moitié inconsciente, dans sa cuisine. Il lui avait promis de faire en sorte qu'elle n'obtienne pas sa nomination. Et il lui avait juré de veiller personnellement à ce qu'elle soit rayée du barreau.

Elle raccrocha d'un geste ferme. Il n'était pas question pour elle de laisser son ex jouer avec sa vie. Il avait beau être un avocat en vue et avoir des relations haut placées, il ne pourrait pas l'atteindre. Elle n'avait rien fait de répréhensible.

A ce moment précis, elle revit Colin Foster assis dans le fauteuil, dans sa chambre, la dévisageant avec, dans les yeux, une lueur qu'elle ne connaissait que trop bien...

S'était-il rendu compte qu'elle aurait voulu l'inviter à la rejoindre sous la couette ?

Et comment pouvait-elle avoir de telles pensées envers l'homme qui avait été le mari de sa meilleure amie ?

4.

Depuis la mort de Beth, Colin travaillait tard le soir. C'était la conséquence directe d'un sommeil perturbé : il passait les trois quarts de ses nuits à se retourner dans son lit et lorsqu'il s'endormait enfin, ce n'était que pour deux ou trois heures, la sonnerie du réveil le tirant de sa somnolence au petit matin.

En général, il appuyait sur le bouton d'arrêt momentané de la sonnerie... et répétait l'opération à plusieurs reprises.

Mais aujourd'hui, il n'y avait plus personne à côté de lui pour lui donner un petit coup de pied dans le tibia, aucune voix féminine pour le menacer : « Si tu remets ce réveil à sonner une seule fois... »

Lorsque Beth enseignait encore, ses journées commençaient une heure plus tard que celles de Colin, ce qui était une bonne chose car, contrairement à son mari, elle n'avait jamais été du matin.

Colin, lui, adorait la tranquillité de l'aube et avait toujours savouré, avec un réel plaisir, le commencement d'un jour nouveau, chargé de mille promesses. L'idéal pour lui était d'arriver le premier sur son lieu de travail. Il mettait la photocopieuse en route et préparait un café avant de s'enfermer dans son bureau où il passait en revue les dossiers de la journée.

Ce lundi-là cependant, rien n'allait comme il le voulait. Il avait tardé à se lever et s'était précipité au bureau où il n'était arrivé que quelques minutes avant l'heure à laquelle il était attendu au palais de justice. Sa veste était mal boutonnée, il s'était coupé en se rasant et saignait toujours. Il se sentait mal à l'aise et tenta de gagner son bureau le plus discrètement possible.

— Bonjour monsieur Foster ! lui lança la réceptionniste avec un sourire indulgent teinté d'une nuance d'inquiétude.

Il ébaucha un vague salut en retour, baissa la tête et s'enfonça dans le couloir principal où il faillit renverser un confrère avec lequel il travaillait depuis des années.

— Salut, Colin. Es-tu libre à l'heure du déjeuner demain ?

— Je te dirai cela tout à l'heure, souffla-t-il.

Il le gratifia d'un petit signe de tête et reprit son chemin. Encore quelques pas et il serait…

Le stagiaire qu'il avait engagé pendant l'été se matérialisa subitement devant lui.

— J'ai une question à vous poser, à propos du dossier que vous avez laissé sur ma table, vendredi, monsieur.

Exaspéré, Colin leva une main en un geste qui signifiait « plus tard » et se glissa à l'intérieur de son bureau. Il en referma soigneusement la porte, poussa un soupir de soulagement et se retourna.

L'une de ses adjointes l'attendait devant la fenêtre et lui adressa un sourire des plus enjôleurs.

Judith Daigle avait embrassé sa carrière juridique sur le tard, après un divorce compliqué. Agée aujourd'hui de trente-huit ans, elle était désormais membre du barreau.

Par ailleurs, depuis la mort de Beth, elle faisait preuve d'un empressement sans relâche envers Colin qui ne savait comment s'en dépêtrer.

— Bonjour, lança-t-elle d'une voix enjouée. As-tu passé un bon week-end ? J'espère que mon ragoût t'a plu !

Il n'eut pas le cœur de lui avouer qu'il avait directement jeté ledit ragoût, toujours dans son récipient d'aluminium, à la poubelle.

C'était plus fort que lui, il ne pouvait se résoudre à avaler les repas que la jeune femme lui préparait régulièrement avec une telle gentillesse. Un jour qu'il était passé déposer une assignation chez Judith, il avait vu un énorme matou tigré de roux faire sa toilette sur la table de la cuisine. Depuis, l'image le hantait toujours…

Et il ne savait comment lui demander de cesser de cuisiner pour lui.

— Et toi, Judith ? Ton week-end ? éluda-t-il en se glissant derrière son bureau.

Il réajusta les boutons de sa veste et pianota sur son clavier. Soixante-cinq e-mails l'attendaient déjà et il en trouverait certainement autant sur sa messagerie vocale.

— Calme. Très, très calme ! répliqua la jeune femme d'un ton sinistre.

Sa réponse hebdomadaire était immuable.

Colin savait parfaitement qu'elle comptait sur lui pour apporter un peu d'animation à ses dimanches. Et comme pour les ragoûts, il aurait bien voulu trouver le tact nécessaire pour mettre fin à ses avances déguisées.

— J'ai pensé que tu voudrais peut-être revoir le dossier Mueller, enchaîna-t-elle. Tu avais raison. Ce type a déjà un casier pour des délits similaires.

— Tu as ajouté la pièce à son dossier ? s'enquit Colin en s'emparant du premier dossier sur la pile.

— Oui. Je…

— Dans ce cas, ce sera tout pour l'instant.

Il chaussa les lunettes dont il commençait à avoir besoin pour lire et se plongea dans l'étude des documents empilés devant lui. C'est à peine s'il entendit Judith sortir.

« J'aurais au moins pu la remercier », songea-t-il avec un léger remords.

Mais il n'y pouvait rien. Les choses auraient peut-être été différentes sans les chats. Elle en avait tellement... Il ne lui avait rendu visite qu'une fois et il en avait compté cinq. Cinq !

La jeune femme était pourtant séduisante et intelligente. Par ailleurs, de toute évidence, elle était libre comme l'air.

Et elle avait de belles jambes.

Pas aussi belles que celles de Sally, certes mais dans ce domaine, Sally Stowe était un phénomène. Un phénomène dans bien des...

Bon sang ! Il s'était demandé combien de temps il parviendrait à travailler sans évoquer la jeune femme. Cinq minutes ! Ce n'était pas la première fois de la journée, pourtant ; il s'était réveillé en pensant à elle et avait songé aux événements du week-end à une ou deux reprises, sur le chemin du bureau.

Elle lui avait menti à propos de ce qu'il s'était réellement passé le vendredi soir. Il en était convaincu. S'il voulait bien croire qu'elle s'était brûlé la main, il n'y avait aucune chance pour que, dans la foulée, elle se soit *aussi* à moitié assommée contre le comptoir de granit.

A moins qu'elle n'ait fait un malaise quelconque, bien entendu.

Il dessina machinalement un point d'interrogation sur le bloc, à côté de son téléphone.

Sally serait-elle malade ?

Bien que cette éventualité lui fît terriblement peur, il ne devait pas la négliger pour autant. D'un autre côté, la présence sur le comptoir du stylo en argent de Neil, qu'il savait être un homme excessivement ordonné, tendait à suggérer un autre scénario, très différent.

Peut-être Sally s'était-elle chamaillée avec son ex-mari après tout. Et alors ? C'était un euphémisme que de dire que leur divorce s'était mal passé. Toutefois, Neil était un homme sophistiqué et d'une courtoisie à toute épreuve. Colin ne le voyait pas recourir à la violence physique.

Sally avait-elle eu une autre visite après celle de Neil ? Le mari mécontent d'une de ses clientes ?

Son Interphone retentit, le faisant sursauter.

— Monsieur Foster ? Il est l'heure que vous vous rendiez au tribunal.

Il n'avait même pas terminé de relire ses dossiers ! Il les rassembla grossièrement et les rangea tant bien que mal dans son attaché-case, non sans s'être promis d'étudier la question de *l'accident* de Sally plus tard.

Sur le chemin du retour, ce soir-là, Colin se remit à envisager la possibilité que Sally ait perdu connaissance pour une raison quelconque. Pourtant, si c'était le cas, pourquoi ne pas le lui avoir dit, tout simplement ? Est-ce qu'elle craignait que la nouvelle ne se répande et ne se mette en travers de ses ambitions professionnelles ?

Il avait eu vent de la rumeur et savait qu'elle était en bonne position pour remplacer la juge Willa Kendal au tribunal. Quelques mois plus tôt, cette dernière avait appris qu'elle était atteinte de la maladie de Parkinson. Elle avait donc décidé de prendre sa retraite au début du mois de juin.

Le nom de Sally apparaissait en tête sur la liste des candidats potentiels pour la remplacer. Malgré son jeune âge, Sally avait fait une carrière remarquable. Son intégrité ne faisait aucun doute et il se trouvait que ses opinions politiques correspondaient au pouvoir en place en ce moment. De plus, c'était une femme, et attendu la composition actuelle des tribunaux, le facteur était d'une importance non négligeable.

A quelques semaines d'une telle promotion qui serait le couronnement de sa carrière, Colin comprenait tout à fait que Sally voulût garder pour elle ses ennuis de santé. Il pénétra dans son garage, tout étonné d'être déjà arrivé.

Il avait l'estomac légèrement noué et il lui fallut une petite minute pour comprendre pourquoi.

Il ne voulait pas que Sally soit malade !

Mais il n'y avait aucune raison pour qu'elle le soit. Elle lui avait paru en relativement bonne forme. Mais cela ne voulait rien dire. Il en avait été de même pour Beth, du moins au début...

Colin se sentit soudain tellement las qu'il éprouva quelques difficultés à sortir de son véhicule. Son regard se posa sur la Miata et sa conscience le titilla une nouvelle fois. Il s'était juré de s'atteler à la tâche qui l'attendait.

Et il le ferait.

Plus tard.

Il entra dans la maison et se dirigea tout droit dans la cuisine vers le réfrigérateur et la rangée de cannettes qui envahissait l'espace jadis occupé par de la vraie nourriture, comme du lait, du jus d'orange et des Tupperware soigneusement étiquetés qui contenaient généralement les restes de la veille...

Il attrapa une bière et allait refermer la porte lorsque son regard se posa sur une boîte de plastique blanc, coincée derrière les cannettes. Il l'avait vue une bonne centaine de fois auparavant et avait fait tout son possible pour l'ignorer. Ce soir-là cependant, il fit l'effort de la sortir.

Elle contenait du yoghourt basses calories à la cerise. Le préféré de Beth...

A travers le plastique opaque, il crut apercevoir des taches de moisi. Il se dirigea vers la poubelle, tenant l'objet à bout de bras, et le laissa tomber à l'intérieur avec une grimace de dégoût.

Le lendemain midi, Sally alla retrouver la juge Kendal dans un modeste bistro, à quelques pas du palais de justice.

Willa Kendal avait soixante-huit ans. Elle était célibataire, avait l'esprit vif et était dotée d'un certain franc-parler qui faisait toujours mouche. Petite et légèrement replète, elle se tenait très droite, et il émanait d'elle une autorité incontestable. Des rides liées au stress assombrissaient quelque peu un visage qui aurait été joli s'il n'avait été aussi sévère.

Bien que les deux femmes s'appellent par leur prénom depuis de nombreuses années, Sally s'était toujours sentie légèrement intimidée en présence de son aînée. Willa lui donnait le sentiment d'être au-dessus du reste de l'humanité, fière et intouchable.

Pourtant aujourd'hui, lorsqu'elle portait sa fourchette à sa bouche, ses mains trahissaient douloureusement sa condition de mortelle. Sally avait remarqué ses tremblements près d'un an plus tôt, mais ce n'était que récemment que les médecins avaient diagnostiqué la maladie de Parkinson.

— J'espère que vous avez suivi mes conseils et revu le nombre de vos clientes à la baisse, mon petit !

Willa Kendal s'exprimait avec son autorité habituelle, complètement perméable au fait qu'elle parvenait à peine à se nourrir toute seule.

Sally brûlait d'envie de se pencher vers elle et de lui prêter une main stable, mais elle savait pertinemment que Willa préférait faire comme si de rien n'était. Aussi, au lieu de lui proposer son aide, elle enroula consciencieusement ses spaghettis autour de sa fourchette.

Ce faisant, elle remarqua que l'attention de son interlocutrice s'était portée sur sa main blessée, et elle attendit la question qui ne manquerait pas de suivre.

Elle répondrait qu'elle s'était brûlée en faisant la cuisine pendant le week-end. C'est ce qu'elle avait répondu à tous ceux qui l'avaient interrogée à ce sujet. Et chaque fois, elle s'était dit qu'elle allait être obligée de prendre des mesures, en ce qui concernait Neil. Mais pour l'instant, elle n'avait encore rien fait. Elle ne s'était même pas occupée de la porte qu'elle prenait cependant soin de verrouiller chaque fois qu'elle la refermait.

Cependant Willa ne lui fit aucune remarque.

— Alors, Sally ? Prenez-vous les dispositions nécessaires ?

— J'essaie.

— Quand vous recevrez le coup de fil du ministre de la Justice, vous n'aurez plus la possibilité d'agir en qualité d'avocate, vous le savez, n'est-ce pas ?

Le cœur de la jeune femme battit un peu plus vite. *Quand* vous recevrez cet appel. Pas *si* vous recevez cet appel. Willa avait entièrement confiance en elle et elle en ressentit une immense joie... et une terrible appréhension. Méritait-elle cette confiance ?

Elle s'était efforcée de boucler la plupart de ses dossiers, dans l'hypothèse où elle aurait la chance d'obtenir cette nomination. Et pour les affaires en cours, elle s'était tournée vers ses consœurs.

Malheureusement, certains dossiers étaient difficilement

transférables. Celui de Pamela Moore en particulier. La jeune femme était pratiquement une amie et Sally qui, même si elle avait pour règle de toujours demander un acompte, ne lui avait jamais fait parvenir la moindre facture. Qui accepterait de se charger de ce genre de clientes ?

Willa se pencha vers elle et lui tapota la main avec gentillesse, sachant que ce changement de statut pouvait être vécu comme un véritable déchirement pour certains avocats.

— Vous faites un excellent avocat, Sally, mais dites-vous bien que vous n'êtes pas la seule dans cette ville !

— Vous avez sans doute raison, répliqua Sally, un léger sourire aux lèvres.

Elle jeta un coup d'œil à travers la devanture du bistro. Il commençait à pleuvoir et ce temps morose lui convenait parfaitement aujourd'hui.

— J'aurais préféré que les circonstances soient différentes, c'est tout, soupira-t-elle.

Cette nomination, qui serait le couronnement de sa carrière, avait, il est vrai, un goût amer ; elle ne survenait que parce que Willa souffrait d'une maladie chronique et, à la longue, fatale. Et ce détail d'importance ôtait une bonne partie de joie à l'événement.

— Pas de sentimentalisme, mon petit. J'ai horreur de cela. Si cela n'avait pas été moi, cela aurait été quelqu'un d'autre, vous le savez bien !

Au Canada, les juges étaient nommés à vie au lieu d'être élus, comme aux Etats-Unis. Par conséquent, les vacances de postes ne survenaient que dans deux cas : la retraite ou le décès de l'un d'entre eux.

— Saisissez votre chance, ma petite Sally. Vous l'avez bien mérité.

— Je vous remercie, Willa. Vous avez toujours été un soutien infaillible pour moi.

Dès sa sortie de l'université, Willa l'avait en effet prise comme stagiaire, avant de l'engager définitivement. Plus tard, lorsqu'elle avait été nommée juge, elle avait mis un point d'honneur à recommander sa protégée à Gérald Thornton qui l'avait aussitôt embauchée dans son cabinet d'avocats, Crane, Whyte & Thornton.

— Vous croyez que vous n'en valez pas la peine ? demanda Willa d'une voix soudain plus douce. Et maintenant, parlez-moi un peu de votre fille, enchaîna-t-elle sur un ton plus vif. Fait-elle toujours du ski de compétition ?

Sally hocha la tête.

— La dernière compétition de la saison aura lieu ce week-end.

— Prend-elle cela avec sérieux ?

— J'avoue même qu'elle m'étonne. Son entraîneur semble penser qu'elle a un potentiel olympique.

— Tandis que, de votre côté, vous avez des doutes...

Sally sourit et ne fut pas le moins du monde surprise de la perspicacité de Willa. On n'était pas juge pendant des années sans avoir la faculté de deviner les sentiments d'autrui.

— C'est vrai. Je ne peux m'empêcher de me demander si le ski, à un niveau olympique, avec toute la pression, les exigences et les risques de blessures que cela implique, est ce qu'il faut à Lara. Elle a beau m'affirmer qu'elle se sent prête, elle n'a que seize ans, et je ne suis pas certaine que l'on puisse prendre une décision aussi importante à cet âge-là.

— Et qu'en pense son charmant papa ?

Sally s'efforça de ne pas en vouloir à son interlocutrice de parler de Neil en des termes aussi élogieux. Neil avait toujours eu un succès fou auprès des dames d'un certain âge, et Willa ignorait tout des raisons de leur divorce. Sur ce point-là au moins, Sally ne s'était jamais confiée à elle.

— Il est ravi. Il n'était pas très sportif quand il était jeune, c'est le moins que l'on puisse dire. Je pense qu'il transfère ce manque sur notre fille.

— Il ne serait pas le premier... Et que pense-t-il de votre possible nomination au poste de juge de la Couronne ?

Sally fit lentement tourner son verre d'eau et regarda les glaçons s'entrechoquer à l'intérieur.

— C'est difficile à dire...

— Nous avons déjeuné ensemble, la semaine passée. Il m'a paru extrêmement fier de vous.

Sally tressaillit. Ainsi Willa et Neil avaient déjeuné ensemble... Cela expliquait que Neil ait eu vent de sa candidature. Cette découverte l'agaça.

— J'ignorais que vous étiez amis.

— Allons Sally ! Vous n'êtes pas jalouse, j'espère ! s'étonna Willa en lui décochant un clin d'œil. En fait, cela a été le hasard. Je mangeais seule à une table et il est entré dans le restaurant juste au bon moment.

Sally aurait voulu la croire sur parole. Les choses avaient très bien pu se passer de la manière que Willa venait de lui décrire. Une de ces coïncidences dont la vie semblait faite...

Pourtant, connaissant Neil, elle en doutait fortement. Neil ne connaissait pas le mot « hasard ».

Willa la considérait avec un sourire bienveillant.

— Neil a toutes les raisons d'être fier de vous, Sally. Vous êtes encore si jeune... Vous avez un brillant avenir devant vous. Je peux vous l'assurer.

— Merci Willa. C'est vraiment gentil.

— Je suis convaincue que Neil aura son heure, lui aussi, en

matière de réussite. Il commence à avoir extrêmement bonne presse, dans le gotha du droit criminel, vous savez !

Sally sourit. Neil s'était associé un an avant elle, et elle savait qu'il gagnait au moins trois fois plus d'argent qu'elle, ce qui était extrêmement important à ses yeux, plus pour le prestige que pour l'argent lui-même.

L'espace d'un instant, la jeune femme fut tentée de rapporter à Willa les prouesses de Neil, le vendredi précédent, et les menaces qui s'en étaient suivies. Elle mourait d'envie d'en parler à quelqu'un de confiance.

Hélas, au moment où elle ouvrait la bouche pour livrer son secret, elle comprit que Willa n'était pas ce quelqu'un de confiance. Bien qu'ayant toujours tourné autour de rapports cordiaux, leur relation avait toujours eu des limites bien précises. Sans compter que Willa appréciait Neil, et se refuserait probablement à croire qu'il ait été capable de brutaliser son ex-épouse.

Du coup, elle se ravisa et tritura nerveusement sa serviette.

Willa la dévisagea attentivement. Elle semblait avoir deviné que la jeune femme avait été sur le point de lui annoncer une nouvelle importante, mais elle s'abstint de tout commentaire.

Une fois qu'elles eurent terminé leur repas et partagé l'addition, Willa lui fit quelques recommandations :

— Soyez prudente, Sally. Votre comportement, ces prochains mois, doit être absolument irréprochable.

Comme si elle ne le savait pas...

Malheureusement, Neil en était parfaitement conscient lui aussi.

*
**

Comme Lara était chez son père le mercredi soir, Sally en profitait généralement pour s'attarder au bureau et régler les affaires courantes.

Ce soir-là, elle quitta le cabinet peu après 19 heures. Elle avait l'intention de passer en revue les divers développements de la journée sur le chemin du retour, mais son esprit retourna bien vite… au week-end précédent.

Elle n'avait toujours pas remercié Colin d'être accouru pour lui porter secours. Elle aurait dû lui faire livrer des fleurs ou une plante à son travail. Ou au moins lui envoyer un mot.

Quittant la nationale, elle s'engagea sur l'embranchement qui menait à la petite commune d'Elbow Valley et s'arrêta à l'intersection suivante, un grand carrefour. Si elle voulait rentrer chez elle, elle devait tourner à gauche. La maison de Colin se trouvait sur sa droite.

Les Rocheuses se découpaient au loin, leur forme dentelée et grise se détachant avec majesté du bleu de la nuit.

Sally resta un moment à admirer la vue, puis aperçut un véhicule dans le rétroviseur.

Il était temps de prendre une décision.

Elle tourna à droite.

Elle ne comptait plus le nombre de fois où elle avait pris cette route, par le passé. Depuis l'enterrement de Beth toutefois, elle ne l'avait jamais plus empruntée.

Lorsqu'elle s'arrêta de nouveau, elle était devant l'élégante façade de la maison haute de deux étages des Foster. Toutes les lumières étaient éteintes, à l'exception de celle qui brillait dans une pièce, à gauche de la porte d'entrée.

La bibliothèque de Colin.

Sally se souvenait parfaitement de cette pièce, avec ses étagères sur mesure, son immense secrétaire en chêne, son fauteuil en cuir et son canapé. Le jour où le nouvel écran de télé avait été livré, Beth s'était plainte, de ce ton mi-indulgent mi-exaspéré qu'ont les femmes lorsqu'elles parlent de l'homme de leur vie, de ce que Colin allait élire domicile dans son antre, à partir de maintenant, et qu'elle ne le verrait plus.

Sally et Beth étaient dans la cuisine, ce jour-là. Elles avaient laissé Colin s'occuper de l'installation des haut-parleurs sophistiqués. Sally coupait des légumes pour faire une salade et Beth remuait le ragoût qui mijotait sur la cuisinière.

Sally ferma les yeux pour mieux se rappeler son amie...

Les cheveux souples et couleur miel de Beth étaient ramenés derrière ses oreilles, et elle portait les boucles d'oreilles de nacre que Colin lui avait offertes à l'occasion de leur cinquième anniversaire de mariage.

Ces détails lui revinrent à l'esprit avec une telle force que, l'espace d'un instant, elle fut tentée de croire que ces six derniers mois n'avaient pas existé.

Beth ne pouvait pas être morte. Si Sally descendait de voiture et sonnait à la porte, ce serait elle qui viendrait lui ouvrir.

Elle la ferait entrer et lui proposerait quelque chose à grignoter. Beth essayait toujours de la faire manger, convaincue que son amie travaillait trop et sautait souvent le repas de midi.

Beth...

Toujours à s'inquiéter d'autrui et jamais d'elle-même...

Même en phase finale de sa maladie, elle s'était fait du souci pour Sally.

— Promets-moi que tu n'en profiteras pas pour passer encore plus de temps au bureau. Il faut que tu sortes, Sally. Que tu rencontres des gens, que tu te fasses de nouveaux amis...

C'était sûrement un bon conseil. Malheureusement, Sally ne voulait pas de nouveaux amis. C'était Beth qu'elle voulait.

Elle tendit la main vers la boîte à gants et en sortit le paquet de mouchoirs en papier qu'elle avait toujours en réserve. Lorsqu'elle se fut un peu calmée, elle regarda l'heure.

19 h 55 !

Cela faisait près d'une demi-heure qu'elle était là !

Qu'est-ce qui lui avait pris ?

Elle inspira longuement et tourna la clé de contact.

A ce moment précis, la porte de devant s'ouvrit et Colin apparut sur le perron.

Sally eut un instant de panique en le voyant lui faire signe. Elle n'avait aucun prétexte pour venir le voir ainsi, sans prévenir.

Pire, il devait savoir qu'elle était garée là depuis un bon moment.

5.

Le premier réflexe de la jeune femme fut d'appuyer sur l'accélérateur et de repartir.

Mais Colin s'avançait déjà vers sa voiture…

Il était vêtu d'un blue-jean et d'un sweat-shirt à l'emblème de l'Université d'Alberta et qui datait de Mathusalem. Si sa mémoire était bonne, il le portait aussi, ce soir fatidique, seize années auparavant…

Lorsqu'il fut à proximité de la voiture, elle baissa la vitre du côté passager.

L'espace d'un instant, ils se dévisagèrent sans rien dire et, comme la semaine précédente, elle vit son propre chagrin se refléter dans son regard.

Elle y lut aussi une certaine inquiétude ainsi qu'un autre sentiment qu'elle n'aurait pu définir. On aurait dit une étincelle, prête à s'enflammer et qui lui rappela que, même si elle n'était pas au meilleur de sa forme actuellement, elle n'en restait pas moins femme.

Colin contourna le véhicule et ouvrit lentement la porte du conducteur. Il ne lui demanda pas ce qu'elle faisait là, il se contenta de lui tendre la main.

— Entre donc une minute !

Ce n'était pas une question. Plutôt un ordre.

Et Sally détestait qu'un homme lui dicte sa conduite. Aussi ne bougea-t-elle pas.

De nouveau, elle consulta l'horloge. Elle avait une petite heure devant elle avant que Neil ne ramène Lara à la maison. Et normalement, Armani avait dû sortir en fin d'après-midi.

— Pourquoi pas ? murmura-t-elle enfin.

Elle descendit, négligeant la main toujours tendue de Colin.

A sa grande surprise, elle vit qu'il était pieds nus.

— Tu n'as pas froid comme ça ?

Une brise glaciale descendait des montagnes et la température était suffisamment basse pour qu'il se mette à neiger. Sally frissonna et ramena son trench-coat sous son menton.

— Non, ça va, dit-il en souriant.

Ils s'avancèrent jusqu'à la maison sans un mot. Une fois qu'ils furent rentrés, il lui prit son manteau. Il s'apprêtait à le ranger dans le placard lorsqu'elle s'interposa.

— Pose-le dans le fauteuil, tu veux bien ?

Beth posait toujours son manteau sur ce fauteuil.

Colin la dévisagea un instant et s'exécuta de bonne grâce avant de la conduire jusqu'à la bibliothèque.

Si Sally avait vu la pièce à maintes reprises, elle n'avait jamais vraiment pénétré à l'intérieur. Beth et elle se retrouvaient généralement dans la cuisine.

L'ambiance de la pièce était agréable. Les pans de mur, qui n'étaient pas recouverts de livres comme tant de bibliothèques, étaient d'une couleur ocre particulièrement chaude, et les meubles, en cuir brun foncé, paraissaient confortables et agréables au toucher.

Il y avait un minibar dans un coin, avec un petit évier et un réfrigérateur.

— Veux-tu un verre de vin ?

Comme elle acquiesçait, il s'empara d'une bouteille de ce que Sally reconnut comme étant le vin préféré de Beth. Elle devait provenir de la caisse que son amie avait achetée, la dernière fois que les deux femmes s'étaient rendues chez le négociant ensemble, un ou deux mois seulement avant que Beth soit obligée de garder le lit... De nouveau des images de son amie éclatèrent devant ses yeux et elle dut faire un effort pour revenir au moment présent.

Colin ouvrit la bouteille et remplit un verre qu'il lui tendit avant d'aller s'asseoir dans un grand fauteuil qui semblait avoir ses faveurs. Une couverture était jetée sur un des bras, et un repose-pied était posé devant.

Elle le regarda y allonger ses jambes et, malgré le faible éclairage de la pièce, elle fut frappée par l'étroitesse de ses pieds.

— Lara a exactement la même forme de pieds que toi, fit-elle remarquer en prenant place sur le canapé.

— Eh bien ! Je la plains... C'est une sacrée galère pour trouver des chaussures, crois-moi !

Sally avala une gorgée de vin et se força à regarder son interlocuteur dans les yeux.

— Je ne t'ai pas remercié pour tout ce que tu as fait pour moi, vendredi soir.

— Je t'en prie. Moi non plus, je ne t'ai jamais remerciée.

— Remerciée de quoi ?

— De tout ce que tu as fait pour Beth.

Sally ferma les yeux et sentit de nouveau le chagrin l'envahir.

— Tu n'as pas à me remercier. Beth était ma meilleure amie.

Etait...

Elle ne s'y ferait jamais !

Quand donc serait-elle capable d'accepter vraiment cette triste réalité ?

La chaîne hi-fi diffusait un morceau de jazz en sourdine et la télévision, dont Colin avait coupé le son, un show télévisé en vogue.

On était décidément très bien dans cette pièce et Sally replia ses jambes sous ses fesses pour être encore plus à l'aise.

Colin s'était renversé dans son fauteuil, la tête en arrière, les yeux clos.

C'était presque comme être seule.

En mieux.

— Parfois, j'éprouve de la colère envers elle, se surprit-elle à dire. Nous n'avions pas du tout prévu que les choses se termineraient ainsi. Le nombre de fois où nous nous sommes imaginées, vieillissant ensemble... Beth était censée me montrer comment poser des bigoudis et moi, je devais lui apprendre à jouer au bridge. Crois-moi si tu veux, mais nous avions même décidé de nous mettre à la pétanque...

Elle faillit éclater de rire au souvenir de cette conversation. Ce jour-là, elles étaient même allées jusqu'à se promettre de ne jamais, au grand jamais, être trop séniles pour penser à s'épiler le menton.

Malheureusement son rire se coinça dans sa gorge et ce fut un sanglot, venu du plus profond de son cœur, qui lui échappa.

— Pardonne-moi, souffla-t-elle en mettant une main devant sa bouche.

Qu'est-ce qui lui avait pris de lui parler de ça ! Lui aussi avait dû faire des projets pour le moment où sa femme et lui seraient vieux.

— C'est vrai ? se contenta-t-il de dire. Vous aviez vraiment ce genre de conversations, toutes les deux ?

— Bien sûr !

— Eh bien... Il ne me reste plus qu'à m'engager à jouer aux boules et au bridge avec toi, si cela te dit. Par contre, ne compte pas sur moi pour les bigoudis.

Cette fois-ci, elle partit d'un grand éclat de rire. D'abord doucement, puis de plus en plus fort. Bientôt, elle fut incapable de s'arrêter.

Elle imaginait Colin en pantalon blanc et gilet tricoté à la main, ses cheveux blanc neige, et une boule de pétanque entre ses mains noueuses.

Puis elle se vit, assise auprès de lui, des bigoudis enroulés autour de sa chevelure grisonnante et dissimulée par un foulard multicolore. Ils ne manqueraient pas de se chamailler bien sûr, comme le font les gens quand ils sont sur un terrain de pétanque...

Elle riait de si bon cœur que, craignant qu'elle ne renverse son vin, Colin se leva et le lui retira des mains. Il souriait d'un air vaguement perplexe. S'il était de toute évidence heureux de la voir dans cet état d'hilarité, il se demandait ce qui avait bien pu le provoquer.

La jeune femme finit par se calmer et essuya ses larmes en étouffant un dernier hoquet de rire.

— Excuse-moi. Je ne sais pas ce qui m'a pris.

— Ne t'excuse pas. A mon avis, cela t'a fait le plus grand bien... Mais je n'ai pas tout compris, lui avoua-t-il en lui rendant son verre.

Il avait raison, elle se sentait mieux. Le rire était le meilleur moyen de libérer les tensions.

Avec le sexe, bien entendu.

Quelle drôle d'idée ! Complètement déplacée... Décidément, elle n'était pas elle-même, ce soir. Cela ne pouvait être dû à l'alcool, elle n'avait même pas bu la moitié de son verre.

Gênée par la tournure que prenaient ses pensées, elle jeta un coup d'œil à l'écran de télé. Les lèvres de l'animateur s'agitaient silencieusement. Il avait une invitée qu'elle ne connaissait pas. Cependant, comme c'était une femme extrêmement jeune, extrêmement blonde et extrêmement jolie, il devait s'agir d'un mannequin ou d'une actrice à la mode.

Elle se tourna vers Colin pour le lui demander.

Son regard n'était pas posé sur la télévision mais sur elle.

— A quand remonte notre dernière dispute ? demanda-t-il brusquement.

— Je ne sais pas, moi. A la semaine dernière ?

Elle ne se souvenait pas exactement de la dernière fois où ils n'étaient pas parvenus à tomber d'accord, quel que soit le sujet abordé, et encore moins de celle où ils s'étaient franchement disputés.

Pendant la maladie de Beth, ils avaient signé un armistice tacite au sujet de leur éternel combat, et décidé que seul le bien-être de Beth aurait de l'importance.

Avant que Beth ne découvre ce fichu kyste, Colin et elle ne se voyaient que très rarement ; quand elle passait voir son amie, Sally le saluait d'un geste de la main et c'était tout.

— Je pense que c'était pendant le procès Wright, conclut-elle.

Le procès de Catherine Wright... La dernière fois qu'elle avait dû affronter Colin au tribunal, elle avait estimé qu'il harcelait sa cliente avec une rigueur excessive, sans prendre en compte la pression émotionnelle qu'avait endurée Catherine, entre les mains de son tyran de mari.

A ce souvenir, Sally sentit des sentiments enfouis refaire surface.

— Il l'aurait tuée, tu sais, si elle ne s'était pas défendue.

— Il y a tout de même d'autres moyens de résister à son oppresseur que de lui mettre une balle dans la tête !

Sally était sur le point de lui répondre par un argument cinglant lorsqu'elle se rendit compte qu'elle n'en avait pas vraiment envie. La question avait largement été abordée au tribunal. Mieux, le tout s'était soldé par un compromis raisonnable.

— L'affaire Wright remonte à quatre bonnes années, lui fit remarquer Colin.

— Tant que ça ?

Il hocha la tête.

Son regard était toujours rivé sur elle. En fait, il ne l'avait pas quittée des yeux depuis qu'elle était entrée dans la pièce.

Soudain, elle comprit qu'il la dévisageait comme un homme dévisage une femme lorsqu'il veut...

Cette pensée la mit dans tous ses états.

Elle vit le regard de Colin s'arrêter sur ses seins, glisser en pensée sous son chemisier de soie... Il l'examina tranquillement puis leva les yeux vers elle, lui offrant son désir sans la moindre pudeur ni la plus petite lueur d'excuse.

Sally n'avait pas fait l'amour depuis bien longtemps. En sa qualité de mère d'une adolescente, elle était plus que circonspecte pour tout ce qui concernait sa vie amoureuse, et c'était toute une affaire, pour elle, que de décider de passer la nuit avec un homme. Depuis son divorce, cela ne s'était produit qu'à deux reprises.

Or, elle était divorcée depuis bientôt treize ans.

Mais elle avait appris à mettre ses besoins physiques de côté, sans réelles souffrances. Ce soir pourtant, et de manière totalement inopinée, elle ressentait un désir violent.

Et visiblement, il en allait de même pour Colin.

Cette façon de la contempler... De la caresser sans bouger...

L'espace d'une fraction de seconde, elle envisagea de se

laisser aller à ses envies, comme elle l'avait fait autrefois, lorsqu'ils étaient encore étudiants...

Ils s'étaient rencontrés à la bibliothèque du campus et s'étaient embarqués dans une discussion à propos d'un sujet ou d'un autre. A l'heure de fermeture de la bibliothèque, Colin lui avait proposé de la ramener chez elle...

Ils n'étaient jamais arrivés jusque-là ; l'appartement du jeune homme était plus proche...

Il lui avait proposé de monter boire un verre. Ce n'était qu'un prétexte, bien sûr, et elle le savait. Il avait à peine refermé la porte qu'ils s'embrassaient déjà, comme s'ils avaient attendu cet instant depuis des semaines.

Ils avaient complètement oublié l'objet de leur débat. Et ils avaient fait l'amour. A trois reprises, si sa mémoire était bonne. Au petit matin, elle avait regagné à la hâte la chambre qu'elle partageait avec Beth, pour prendre une douche et se changer avant le début des cours.

Cela avait été la première et la dernière fois. Colin avait essayé de la convaincre de poursuivre sa relation et elle avait refusé.

A cette époque, il y avait eu une bonne raison à ce refus.

Et c'était toujours cette raison qui la poussait à garder ses distances, ce soir, dans cette bibliothèque.

— Il faut que je rentre, dit-elle en posant son verre sur la table basse, tout près d'elle.

— Si tu le dis...

Il avait prononcé ces mots à regret et ne mit aucun empressement à s'extraire de son fauteuil.

Durant quelques secondes interminables, la jeune femme fut incapable de bouger, comme paralysée par une force inconnue qu'elle ne maîtrisait pas. Puis elle se leva brusquement et se dirigea vers la porte, s'attardant un instant sur le seuil.

— Merci encore pour vendredi.
— Quand tu veux... Sérieusement, Sally. N'hésite pas à m'appeler si tu as besoin de moi.
— Merci, répéta-t-elle.
Pourtant elle savait qu'il était la dernière personne sur laquelle elle devait s'habituer à compter.

Sally rentra chez elle en se demandant ce qu'il venait réellement de se passer. Elle se sentait fragilisée mentalement, épuisée physiquement et tout ce qu'elle voulait, c'était aller se coucher et dormir. Dormir...
Malheureusement, elle devait encore sortir Armani. Elle s'était à peine acquittée de cette tâche, que Neil arrivait avec Lara.
Elle sortit pour les accueillir, Armani toujours au bout de sa laisse.
Lara semblait épuisée mais ravie. Elle tenait son sac de sport dans une main et un restant de milk-shake dans l'autre.
Sally profita de ce que Neil déchargeait les skis et les rangeait dans le garage pour étreindre sa fille avec tendresse.
C'était un sentiment étrange que de devoir se dresser de toute sa hauteur pour l'embrasser. L'été précédent, Lara avait grandi, dépassant sa mère de quelques centimètres. Elle était bâtie comme elle : mince et athlétique, en plus musclé, cependant.
— Comment s'est passé l'entraînement, ma chérie ?
— Bien. C'était drôlement dur aujourd'hui ! répondit Lara en bâillant.
— Tu te sens prête pour la compétition de dimanche ?
— A peu près, oui.
Lara prit Armani dans ses bras pour le caresser, puis elle

souhaita une bonne nuit à son père et grimpa péniblement les marches menant à sa chambre.

Sally resta seule, face à Neil dont le sourire s'était effacé dès l'instant où Lara était montée se coucher. A présent, il dévisageait Sally avec une intensité qui lui donna envie de se terrer mille pieds sous terre.

Elle le vit baisser les yeux vers sa main boursouflée mais comme l'avant-veille au téléphone, il ne fit aucun commentaire sur les événements du week-end précédent.

— Tu viens de rentrer, non ?

Neil était doué pour ce genre de choses. Il la renvoyait constamment à certains détails de sa vie, détails dont il n'aurait pas dû avoir connaissance. C'était une de ses façons de la déstabiliser, de lui faire savoir qu'il avait le dessus, qu'il contrôlait tout, qu'elle lui appartenait.

En l'occurrence, il avait dû toucher le capot de sa voiture et s'apercevoir qu'il était encore chaud.

— Comme tu le sais, je travaille tard, le mercredi soir, répliqua-t-elle du ton détaché qu'elle avait appris à adopter avec lui.

Elle savait que son calme l'agaçait. Il aurait de loin préféré qu'elle prenne la mouche.

Neil se rapprocha d'un pas et Armani se mit à gémir. Bientôt, il serait en mesure de gronder et de montrer les crocs. Du moins Sally l'espérait.

Elle lui tapota le dos d'une main rassurante et resserra son emprise sur la laisse.

— Il commence à se faire tard, Neil. A quelle heure viens-tu chercher Lara, vendredi ? 17 h 30 comme d'habitude ?

Ignorant la question, il se rapprocha encore. Il était maintenant si près d'elle qu'elle voyait ses pupilles dilatées par la lumière diffuse du porche.

— Depuis quand bois-tu au travail, Sally ?

La jeune femme fit de son mieux pour rester stoïque.

— Tu es sortie avec ton nouvel amant, c'est ça ? Il serait temps que tu me dises de qui il s'agit, tu ne crois pas ?

Elle frissonna et pria pour ne pas se mettre soudain à rougir.

Colin n'était pas son amant. Pourtant, ce qu'elle éprouvait pour lui était loin d'être une simple amitié.

Elle détourna les yeux.

— Lara sera prête à 17 h 30, vendredi.

Les yeux gris de Neil se rétrécirent encore.

— Inutile de faire des cachotteries. Je finirai bien par découvrir la vérité. Et tu le sais très bien ! jeta-t-il comme une menace avant de s'éloigner.

Sally s'empressa de rentrer et de refermer la porte. Une fois le verrou en place, elle remit l'alarme en marche et attendit que son cœur cesse de cogner dans sa poitrine.

Elle était saine et sauve. Lara était de retour. Tout allait bien dans le meilleur des mondes possibles.

Elle guetta le départ de Neil à travers les rideaux. Elle aurait tant voulu que ce sentiment de sécurité dure pour toujours.

Hélas, tant que Neil s'immiscerait dans son existence, ce ne serait jamais le cas.

Sally n'eut pas le temps de lire les journaux le lendemain matin et n'apprit la nouvelle qu'une fois arrivée au travail. Evelyne lui tendit un exemplaire du *Herald*, déjà ouvert à la page des nouvelles locales.

— Le gros titre devrait vous intéresser, lui annonça-t-elle. Cela dit, à votre place, je boirais d'abord un café bien serré.

— Merci, fit Sally, saluant d'un petit signe de tête la réceptionniste qu'elle avait embauchée trois ans plus tôt, après l'avoir rencontrée, avec ses enfants, au refuge pour femmes battues.

Elle passa par la salle de repos, se servit une tasse de café, en avala une gorgée tout en jetant un coup d'œil au journal.

Le gros titre, imprimé en lettres grasses ne passait pas inaperçu.

« UN MARI ÉCONDUIT DÉPOSE DES DÉTRITUS
DANS LE JARDIN DE SON EX-ÉPOUSE »

Au-dessous on voyait la photo d'un petit pavillon avec, empilées sur la pelouse de devant, une montagne d'ordures ménagères, certaines encore emballées dans des sacs-poubelle, la plupart à l'air libre.

Sally reconnut immédiatement la maison.

Et sans avoir lu un seul mot de l'article, elle devina ce qu'il s'était passé.

Le Service d'Application des Pensions Alimentaires avaient pris les mesures qui s'imposaient, et Rick Moore en avait conçu une certaine contrariété...

6.

Sally était assise devant son bureau ; sa tasse était vide et elle fixait toujours la manchette de l'article du *Herald* lorsque son téléphone sonna.

— Tu as vu ce qu'il a fait ? s'écria Pamela Moore d'une voix proche de l'hystérie. Quel goujat ! Qu'est-ce qui lui est passé par la tête ?

— Il essaye de t'intimider, Pam.

Le divorce faisait souvent ressortir le pire chez certaines personnes, et Sally n'avait que trop souvent vu des exemples tels que celui-ci.

Tout en écoutant les lamentations de son amie, elle survola rapidement l'article.

« Les voisins affirment avoir vu un homme dont la description correspond en tout point à celle de l'ex-mari de la locataire du pavillon. L'individu est arrivé vers minuit, au volant d'une camionnette remplie d'ordures ménagères. Il a fait marche arrière devant l'entrée et, à l'aide d'une pelle, a déversé son chargement sur la pelouse... »

— Pam ? Tu étais encore debout quand Rick a fait cela ?

— Non. Je dormais. Cela dit, vu le bruit qu'il a fait, je n'ai pas tardé à me réveiller. Les voisins non plus d'ailleurs.

— Quelle heure était-il au juste ?

— Un peu plus de minuit.

— Tu as pu lui parler ? demanda Sally en prenant note de l'heure du délit.

— Lui parler ? Je lui ai hurlé après, tu veux dire. Mais ça ne l'a pas découragé pour autant. Et quand j'ai ouvert la porte, il s'en est pris à moi.

— Physiquement ?

— Pas cette fois-ci. Il était trop occupé à ruiner ma pelouse. Sans compter qu'au moins deux de mes voisins étaient sortis eux aussi et assistaient à la scène. Il n'a pas osé.

— Tu m'as dit que Rick s'en était pris à toi. Tu te souviens de ce qu'il t'a dit exactement ?

— Que je n'étais qu'une ordure, moi aussi, et que j'allais regretter de lui avoir cherché des noises.

Sally consigna la phrase sur son bloc, sans en changer un mot.

— Autre chose ? Je veux dire… Il n'a pas proféré de menaces à ton encontre ?

— Il m'a promis de me casser la figure si jamais je m'avisais de retourner voir le Service d'Application de Versement des Pensions Alimentaires.

Sally prit note de ce nouveau détail et reposa son stylo.

— Bien ! s'exclama-t-elle. La dernière ordonnance restrictive prise à son encontre a expiré le mois dernier. Toutefois, après ce nouvel exploit, nous ne devrions avoir aucun mal à en obtenir une autre. Je prépare la demande tout de suite. C'est une bonne chose qu'il ait réveillé tout le quartier. Cela sert toujours d'avoir des témoins. Tu connais les noms de tes voisins ?

Pamela les lui donna et Sally les ajouta soigneusement au bas de la feuille.

— Tu as appelé la police ?

— Tout s'est passé tellement vite, Sally… Et une fois qu'il était reparti, ça ne servait plus à rien. J'avais l'intention de m'en occuper ce matin, seulement je suis déjà en retard pour aller au travail et…

Elle ne put terminer sa phrase, et Sally imagina très bien l'état dans lequel pouvait se trouver son amie en ce moment.

— Ne t'en fais pas, je m'en occupe, Pam. Ensuite, je ferai nettoyer ton jardin. Tu passeras au commissariat faire ta déclaration quand cela te conviendra. Mais ne tarde pas trop quand même. Et les petits ? ajouta-t-elle d'une voix plus légère.

— Ils ne comprennent pas ce qu'il s'est passé. Je leur ai dit qu'un camion poubelle avait eu un accident et s'était renversé. Malheureusement, quand je les déposerai à la garderie, tout à l'heure, il y a fort à parier que les plus grands se feront un plaisir de leur faire savoir que c'est un coup de leur père. Je me demande comment ils vont réagir !

— Tu sais, les enfants ont parfois des ressources cachées pour affronter certaines choses, voulut la rassurer Sally.

— J'espère que tu as raison. Je te rappelle pendant ma pause-déjeuner d'accord ? J'espère qu'il va se retrouver en prison, après un coup pareil ! Je ne plaisante pas, Sally !

La jeune femme raccrocha et Sally fixa le téléphone un long moment, pensive. Chaque fois que Pamela s'efforçait de reprendre le contrôle de sa vie et de protéger ses enfants, Rick le lui faisait payer, de la manière la plus négative qui soit.

A l'époque où le couple vivait encore sous le même toit, Rick Moore se défoulait en battant sa femme. A présent, sa colère se manifestait sous d'autres formes. Il lui crevait ses pneus de voiture, refusait de payer sa pension alimentaire, et aujourd'hui déversait des ordures ménagères dans le jardin où jouaient ses propres enfants.

Que pouvait-on faire, face à un homme pareil ? Inutile de faire appel à sa raison ou à son bon sens ; il n'entendrait pas.

Sally décrocha son téléphone. Elle devait prévenir la police et se renseigner sur la nature des poursuites que l'on pouvait engager contre lui. Ensuite, elle contacterait un service de nettoyage pour faire retirer les détritus. Ainsi, Pamela ne les reverrait pas ce soir, en rentrant de sa journée de travail, ce qui serait toujours ça.

Quant au « problème Rick », il ne se réglerait sûrement pas sur de simples coups de téléphone...

Elle passa la plus grande partie de la journée à s'occuper de la situation de Pamela.

Comme Lara n'avait pas cours cet après-midi-là, elle alla la chercher de bonne heure. L'adolescente avait accepté de garder Samuel et Tabby pendant que sa mère accompagnait Pam au commissariat, où la jeune femme porta plainte, puis au palais de justice, où elles déposèrent une nouvelle demande d'ordonnance restrictive.

Attendu sa nature violente et les menaces qu'il avait proférées devant témoins, Sally avait estimé plus sage de tenir Rick à l'écart du tribunal. Fort heureusement, le juge l'approuva.

Lorsqu'elles quittèrent les lieux, une heure plus tard, la mesure était en vigueur.

— Ça va le rendre encore plus dingue qu'avant, marmonna Pamela d'un air sombre. Je me demande si on a eu raison...

Malheureusement, Sally ne pouvait donner tout à fait tort à son amie. Si l'ordonnance restrictive interdisait à Rick de s'approcher de son ex-femme de plus de cinq cents mètres, il paraissait évident qu'il inventerait autre chose pour faire du mal à Pamela. D'autant qu'en enfreignant l'ordonnance, il ne risquait pas grand-chose : une nuit en cellule tout au plus. Dans ce genre de situation, le recours légal était plus que limité.

— Je sais Pam, seulement nous n'avions pas le choix. Nous devions absolument prendre cette mesure, au risque de le rendre fou de rage. Nous ne pouvions tout de même pas le laisser s'en tirer à si bon compte !

— Je crois que j'aurais dû faire déposer tous ces détritus devant chez sa mère. Ça leur aurait appris la vie, à tous les deux.

— Tu penses vraiment que cela aurait changé quelque chose ? demanda Sally en appuyant sur la commande à distance pour ouvrir les portières de sa voiture.

— Non. La triste vérité est que Rick ne changera jamais. Si seulement…

Elle s'interrompit. Sally attendit un instant avant de l'encourager à poursuivre.

— Si seulement ?

— C'est vraiment dommage qu'il ne soit jamais parvenu à se maîtriser. S'il n'avait pas été aussi irascible, nous serions encore ensemble et nous formerions une vraie famille. On ne dirait pas à le voir comme ça, mais il était si gentil, autrefois… Le jour où je l'ai épousé, je n'aurais jamais pensé que je finirais mère célibataire et que je serais obligée d'élever mes enfants sans même une aide financière de sa part. Je ne voyais pas ma vie comme ça…

« Moi non plus », songea amèrement Sally.

D'habitude, lorsqu'elle était avec ses clients, elle ne pensait jamais à sa situation personnelle. Dans sa profession il fallait faire preuve de détachement, et elle prenait son métier bien trop à cœur pour déroger à la règle. Pourtant cette fois, l'émotion, la déception et la souffrance que révélaient les paroles de Pamela l'atteignirent de plein fouet.

Elle pensa à sa fille. Lara méritait mieux que d'être tiraillée entre deux parents qui se détestaient.

Sa seule consolation était que, contrairement à Rick, Neil au moins était un bon père.

Mais cela ne l'avait pas empêchée, quelques années plus tôt, de s'inquiéter pour sa fille lorsque cette dernière était chez son père. Elle avait même eu recours aux services d'un détective privé. Elle voulait s'assurer que Neil ne profitait pas de ce qu'elle avait le dos tourné pour maltraiter Lara.

A son grand soulagement toutefois, le détective n'avait rien remarqué de suspect.

Elle gara sa voiture devant le pavillon de Pamela et se tourna vers elle.

— Les choses vont s'arranger, Pam. J'en suis sincèrement convaincue. Nous allons prendre les problèmes un par un. Avec un peu de chance, une fois que Rick aura compris qu'il risque une peine de prison, il reviendra à la raison.

Pamela lui répondit par un petit sourire sans conviction.

Lara et les enfants jouaient aux petits chevaux sur le plancher de la salle de séjour, et Sally fut soulagée de voir que tous trois semblaient d'humeur joyeuse. Les enfants avaient toujours eu le pouvoir d'éclairer les situations les plus sombres.

— Je gagne ! s'écria fièrement Tabby du haut de ses trois ans.

L'adolescente fit un petit clin d'œil à Samuel qui menait la partie.

— Tu es redoutable aux petits chevaux ! répondit-elle à la fillette.

— Et quand il s'agit de monter sur ses grands chevaux, elle n'est pas en reste non plus ! renchérit Pamela en riant.

La jeune femme se pencha et posa un baiser sonore sur la joue potelée de la fillette.

Au grand soulagement de Sally, le moral de son amie avait remonté dès l'instant où elle avait retrouvé ses enfants. Quelles que soient les difficultés rencontrées, Pamela se battrait. Pour ses enfants.

— Il faut qu'on y aille, Lara. Tu as du travail ma chérie.

Lara se leva avec souplesse.

— Nous jouerons une prochaine fois, promis ! lança-t-elle aux enfants.

La jeune fille portait un pantalon taille basse noir, retenu par une large ceinture et deux pull-overs sans manches, superposés. A la voir si fine, si tonique et si pleine de santé, Sally éprouva l'habituelle pointe de fierté maternelle.

— Merci infiniment Lara, dit Pamela en ouvrant son sac à main dont elle tira un billet de dix dollars.

— Non, je vous remercie, madame Moore, refusa poliment Lara. J'adore jouer avec Tabby et Samuel. Pas besoin de me payer pour ça.

Sally sourit à sa fille. Qu'est-ce qui lui avait pris, de s'apitoyer ainsi sur son sort, un peu plus tôt, dans la voiture ? Elle avait une chance folle d'être la mère d'un être aussi parfait.

— A bientôt Pam ! lança-t-elle en ouvrant la porte pour laisser passer sa fille. Et tiens-moi au courant, si tu as de nouveaux problèmes.

— Je n'y manquerai pas.

Pam prit Tabby dans ses bras, la coinça sur sa hanche et s'avança jusqu'au perron pour saluer Sally et Lara d'un grand signe de la main.

Sally roula quelques instants en silence avant de se tourner vers sa fille.

— Je te remercie de ton aide, ma chérie.

— De rien, murmura l'adolescente en observant avec attention sa mère qui s'insérait précautionneusement sur la voie de droite de l'autoroute surchargée. Je pourrais conduire, tu sais ! J'ai seize ans à présent.

Sally s'efforça de garder le sourire. Elle se sentait si bien depuis quelques minutes. Pourquoi Lara choisissait-elle ce moment pour aborder un sujet sensible ?

Mais bien évidemment ! C'était parce qu'elle venait de rendre service à sa mère qu'elle lui parlait maintenant d'une question qui lui tenait à cœur.

« Excellente tactique », songea-t-elle, avec une note d'admiration.

— Nous en avons déjà discuté Lara. Quand ta saison de ski sera terminée, je t'inscrirai à des cours de conduite. Mais je ne te prêterai la voiture que lorsque tu auras passé à la fois le code et la pratique.

Lara hésita quelques secondes puis annonça calmement :
— Papa me laisse déjà conduire la sienne.
— Ah bon ?

Sally jeta un coup d'œil inquiet à sa fille et resserra son emprise sur le volant. Elle avait expliqué à Neil qu'elle souhaitait s'occuper de cela toute seule, et il s'était engagé à la laisser faire.

Il avait même promis !

— Ce que tu fais avec ton père ne change rien à notre marché à nous, Lara. Tu ne conduiras pas ma voiture avant d'avoir passé ton permis officiel.

A cet instant elle maudissait son ex-mari. Il n'y avait rien de bien étonnant à ce qu'il ait bouleversé ses plans. Elle aurait dû s'y habituer depuis le temps. Neil passait constamment outre ses décisions et semblait en tirer un plaisir immense. Il n'y avait que quelques points sur lesquels il était d'accord avec elle : le lycée que fréquentait Lara, son entraînement de ski et l'heure à laquelle elle devait rentrer, quand elle sortait avec des amis, les soirs de week-end. Ce qui, à son avis, était relativement important.

— Dans ce cas, je pourrai aller m'inscrire d'ici une quinzaine de jours ? C'est notre dernière semaine d'entraînement, fit remarquer la jeune fille. Au fait, notre soirée de fin d'année aura lieu samedi soir, après la compétition.

— D'accord.

Sally avait atteint la bretelle d'autoroute. Plus que quelques kilomètres et les deux femmes seraient chez elles.

Elle adorait cette partie du trajet, lorsqu'elle voyait la ville disparaître dans son rétroviseur et que les Rocheuses se découpaient majestueusement devant elle. Il lui semblait toujours qu'elle quittait la grisaille pour s'enfoncer dans la pureté de l'horizon.

Elle réfléchit au menu du dîner et décida de décongeler une pizza et de l'agrémenter d'une salade. Il y avait *Les Sœurs Gilmore* à la télévision ce soir, et c'était le seul jour de la semaine où, faisant une exception à la règle habituelle, elle autorisait Lara à allumer le poste pendant le repas.

— Dès lundi, nous irons t'inscrire à l'auto-école, ma chérie. Cela te va ?

— Super ! Merci, maman !

— De rien, mon cœur.

Sally rentra le véhicule au garage et coupa le contact. Lara avait déjà ouvert la portière.

— Tu me sembles bien pressée tout d'un coup. Que se passe-t-il ?

L'adolescente s'immobilisa sur le seuil.

— Il faut que je téléphone à mes copines pour leur annoncer ça ! Elles vont être super contentes pour moi !

— D'apprendre que tu t'inscris à l'auto-école ?

— Mais non ! A cause de la voiture.

— Qu'est-ce que tu racontes, Lara ?
— Papa ne t'a rien dit ? Il m'a promis de m'acheter une BMW décapotable, quand j'aurai mon permis. C'est génial, non ?

Lorsque Neil passa chercher Lara après ses cours, le vendredi suivant, Sally ne savait toujours pas comment aborder avec lui la question de la BMW. Aussi ne lui en parla-t-elle pas ce jour-là.

— Bonne chance pour demain, ma chérie, souffla-t-elle en serrant tendrement sa fille dans ses bras.

Neil avait pris son sac et le mettait dans le coffre de sa Jaguar. Lara fit un dernier signe de main à sa mère et grimpa à l'avant du véhicule vert bouteille.

Cette voiture était une splendeur, Sally devait bien le reconnaître. Elle collait parfaitement à l'image parfaite et policée que son ex-mari présentait à la société. Au monde entier, en fait.

Sauf à elle.

Il repoussa ses lunettes de soleil sur le sommet de son crâne.

— Tu viens voir la compétition demain ? lui lança-t-il, juste avant de se glisser derrière le volant.

Sally fut prise de court, désarçonnée à la fois par la proposition en elle-même et par le sourire charmeur qui l'avait accompagnée.

C'était Neil qui lui avait fait remarquer, plusieurs années auparavant que les performances de leur fille semblaient meilleures lorsque seul l'un d'entre eux était là pour la soutenir.

Pourquoi ce brusque volte-face ?

Il devait avoir une idée derrière la tête.

Lara se pencha par la vitre et s'empressa de répondre :

— Maman travaille ce week-end, pas vrai, maman ?

Devant la prière muette que lui adressait sa fille, Sally hocha vivement la tête.

— Si. Appelle-moi dès que ce sera terminé, promis ?

— Promis, répondit l'adolescente, un grand sourire aux lèvres. Papa, on peut passer au drive-in pour acheter à manger ?

— Vos désirs sont des ordres, Princesse !

Le puissant moteur rugit et la voiture disparut au bout de la rue.

Sally n'avait pas fait la cuisine depuis sa mésaventure avec Neil. Elle se tenait devant le réfrigérateur ouvert et se demandait ce qu'elle allait préparer pour son repas en solitaire, lorsqu'elle entendit frapper à la porte du patio.

Armani s'était mis à japper et elle alla l'enfermer dans la buanderie avant d'aller ouvrir.

A son grand étonnement, Colin se tenait derrière la porte, un carton à pizza entre les mains.

— Je sais que je prends des risques, seulement je me demandais…

Elle hésita une seconde. Que faisait-il là ? Ce n'était peut-être pas une bonne idée que de dîner ensemble. Cela risquait de les mener à une situation que ni l'un ni l'autre ne souhaitait réellement.

D'un autre côté, elle se sentait bien seule et regrettait amèrement de ne pouvoir assister à la compétition du lendemain ; elle s'exposait donc à passer la soirée à ressasser ses idées noires. Sauf si…

Elle ouvrit grand la porte.

— Je vais bien nous dénicher quelques bières à boire avec ça, dit-elle.

— Parfait !

Colin posa le carton à pizza sur la table pendant qu'elle se dirigeait vers le frigo. Elle ouvrit deux cannettes et en tendit une à son visiteur.

— Tu as passé une bonne semaine ? s'enquit-elle après avoir trinqué avec lui.

— Un peu surchargée mais j'aime autant.

Il ouvrit le carton et lui offrit la première part de pizza avec un grand sourire.

Ils terminèrent la soirée dans la salle de séjour, confortablement installés dans les fauteuils disposés de part et d'autre de la cheminée.

Ils avaient dîné en comparant la valeur sportive de deux joueurs de hockey de l'équipe des Flames. Bien entendu, l'un était convaincu que le meilleur était Iginla, l'ailier droit, et l'autre qu'il s'agissait de Kiprusoff, le gardien de but.

Sally avait ensuite préparé des expresso qu'ils avaient bus en débattant des qualités et des défauts des deux principaux candidats aux prochaines élections fédérales.

Pour finir, ils se mirent à parler travail. Colin lui raconta par le menu un procès intéressant qu'il avait terminé d'instruire et elle lui relata l'épisode des ordures ménagères.

— J'ai vu cela dans le journal, en effet, fit remarquer Colin. C'est une cliente à toi ? Elle me semble être dans une situation particulièrement délicate, dis-moi.

— Oui. Son mari a toujours été violent, et cette dernière manifestation a un goût de déjà-vu. Nous avons bien obtenu une ordonnance restrictive, seulement tu sais ce que cela vaut... Je ne peux pas m'empêcher de m'inquiéter pour Pam.

J'aimerais tellement pouvoir faire davantage pour les protéger, ses enfants et elle...

Elle lui raconta qu'elle avait connu la jeune femme à Medicine Hat et qu'elles s'étaient retrouvées par hasard, des années plus tard, au refuge pour femmes battues.

— Le monde est petit ! Il n'y a aucune chance que son mari se calme ? Il devrait prendre des cours de self-control, non ?

— Il l'a fait, seulement le message ne rentre pas, soupira Sally. Une chose est sûre, il ne mérite pas d'avoir deux enfants aussi mignons.

— Il s'en est déjà pris à eux ?

— Pas à ma connaissance. Malheureusement, cela pourrait arriver un jour...

C'était toujours le problème avec des types comme Rick Moore. On ne savait de quoi ils étaient capables que lorsqu'il était trop tard.

— Il ne s'en est pas pris à toi non plus, dis-moi ? risqua Colin d'une voix quelque peu inquiète.

— Qu'entends-tu par là ?

— Ce Rick. Il ne t'a jamais menacée en personne ?

— Non. Qu'est-ce qui te fait penser une chose pareille ?

— Rien. Je me demandais, c'est tout...

Colin s'empara de sa cannette vide et la fit rouler un instant entre ses mains, le regard perdu au loin.

— Je veux dire... Enfin il m'est venu à l'esprit que c'était peut-être lui qui t'avait agressée, l'autre soir.
Sally le dévisagea, soudain alarmée. Il ne lâcherait jamais.

— Je suis *tombée*, Colin. Toute seule. Personne ne m'a poussée. D'accord ?

— Tu es tombée ou tu as fait une crise quelconque ?

— Je n'ai pas fait de crise quelconque.

— Tu en es certaine ?

Elle fut un instant touchée par sa sollicitude.

— Je vais très bien, Colin. Vraiment. J'ai subi un check-up complet il y a moins de deux mois et je n'ai aucun problème de santé. J'ai perdu l'équilibre après m'être brûlée, rien de plus.

Colin releva les yeux vers elle et elle comprit qu'il ne la croyait pas.

— Je veux simplement t'aider, Sally. Pourquoi refuses-tu de me dire la vérité ?

7.

Colin observa attentivement la jeune femme quelques instants puis, comprenant qu'elle ne lui en dirait pas davantage, décida de changer de conversation.

Mais il se sentait frustré. Pourquoi tant de cachotteries ? Sally protégeait-elle quelqu'un ?

A moins bien sûr qu'elle ne veuille tout simplement pas expliquer à l'ex-mari de sa meilleure amie ce qu'il s'était passé. Ils avaient pourtant traversé et partagé des moments éprouvants tous les deux, au chevet de Beth. Cela aurait dû créer des liens. Mais il reconnaissait que sa relation avec Sally avait toujours été compliquée sur le plan affectif. Même lorsque Beth et lui voyaient régulièrement Neil et Sally, la jeune femme n'était jamais complètement détendue en sa présence. Et pour être tout à fait honnête, il devait bien avouer qu'il s'était toujours senti un peu à cran en sa compagnie, lui aussi.

— Tu sais Sally... parler ainsi de Beth avec toi, ces derniers jours... Comment dire ? Cela m'a vraiment aidé.

Le visage de la jeune femme se radoucit.

— Moi aussi.

— J'ai l'impression d'avoir vécu ces six derniers mois dans un brouillard, et c'est un peu comme s'il s'était subitement levé.

Et bien que Beth continue de me manquer, les choses sont différentes à présent. Je me sens plus... plus serein à présent.

Il ne pouvait lui avouer l'entière vérité et lui dire qu'auprès d'elle, il se sentait tout simplement revivre, et que cette renaissance subite lui apparaissait comme un véritable miracle. Un miracle qu'il aurait voulu partager avec elle...

Troublé par ses pensées, il se leva pour aller jeter un coup d'œil par la fenêtre. Mais son regard fut arrêté par une série de photos posées sur une étagère, près de la cheminée.

Il s'empara du cadre que Sally avait le plus mis en valeur.

— Quel âge avait Lara, sur cette photo ?

— Douze ans. Elle venait de remporter une compétition, je ne me rappelle plus laquelle. Il y en a eu tellement...

Il prit le cadre pour aller l'examiner à la lumière du jour. Lara se tenait au sommet d'une piste de ski et exhibait triomphalement une médaille. Si l'on exceptait ses cheveux blonds et son corps athlétique et musclé, elle ne ressemblait guère à sa mère. Ni à son père d'ailleurs.

— J'appartenais moi-même à une équipe de ski alpin, quand j'avais son âge. Cela marche bien pour elle ?

— Plus que bien ! Elle a réussi à entrer dans l'équipe d'Alberta, cette année.

— Ouah ! C'est fabuleux, dis-moi ! Cela la met à un niveau olympique !

— Oui, je sais.

— Cela n'a pas l'air de te réjouir outre mesure, dis-moi.

— Ce n'est pas ça. Je suis ravie que Lara fasse du ski, bien sûr. Ravie et fière qu'elle soit si douée aussi. En revanche, je ne suis pas certaine d'avoir envie qu'elle se consacre entièrement au sport.

— Et elle ? Qu'en dit-elle ?

— Elle affirme que c'est exactement ce qu'elle veut… Et je me demande si ce n'est pas pour faire plaisir à son père.

— J'ignorais que les adolescents se souciaient encore des desiderata de leurs parents. Un de mes collègues a trois grandes filles. D'après lui, la puberté est un enfer.

— Lara a traversé une zone de turbulences, si je puis dire, quand elle avait treize ou quatorze ans. Cela dit, en gros, j'ai eu de la chance. Nous continuons de bien rigoler, toutes les deux et nous parlons beaucoup. Bien sûr, elle a ses fichus quarts d'heure et par moments, j'ai l'impression que seuls ses copains comptent pour elle.

— Il y a quelqu'un en particulier ?

— Un garçon, tu veux dire ? Oui. Il s'appelle Chris. Lara et lui font du ski ensemble. Je connais les parents et c'est un gentil garçon. Cela dit, je dois te l'avouer, je suis bien contente que leur entraînement leur prenne autant de temps. Ils ont trop à faire pour sortir ensemble régulièrement.

— Je te comprends.

Colin remit la photo à sa place et en repéra une autre de Lara, plus récente cette fois. Ses traits avaient changé, et la fillette au visage encore rond s'était transformée en une magnifique jeune fille. Une jeune fille qui, si elle ne ressemblait pas davantage à ses parents, lui rappelait quelqu'un… Il n'aurait pu dire qui, cependant.

Un troisième cadre contenait un cliché de Sally et Beth devant le lit de la rivière. Les deux amies se tenaient étroitement par la taille.

— Et celle-ci ? Quand a-t-elle été prise ? s'enquit-il en prenant le cadre, étrangement ému.

Sally se leva et s'approcha de lui.

— Laisse-moi réfléchir… Il me semble que nous l'avons prise peu après notre installation dans cette maison.

Et par conséquent un peu avant que Beth n'apprenne qu'elle était malade, en conclut-il. Avant que leur univers ne change à jamais. Rien d'étonnant à ce que les deux femmes aient eu ce sourire insouciant aux lèvres. Encore que, à y regarder de plus près, Colin remarqua que Sally n'était pas aussi détendue que Beth et qu'une ombre voilait quelque peu son sourire. Cela ne devait pas être facile d'être à la fois une mère divorcée et une avocate ambitieuse. D'autant que Sally avait toujours eu à cœur de mener chacune de ses entreprises à bien. Sans ménager ses forces.

— Beth admirait beaucoup ta faculté à élever ta fille tout en continuant d'honorer tes obligations professionnelles. Sans parler du bénévolat, bien sûr.

Sally était si près de lui à présent qu'il se sentit soudain emporté par son parfum pourtant fort discret. Il aurait pu jurer qu'elle portait déjà le même lorsqu'elle était étudiante...

— C'est vrai ? s'étonna-t-elle.

— Tu ne te considères donc pas comme une bonne mère ?

Elle recula légèrement et posa ses mains sur ses hanches, l'air plus sombre tout à coup.

— Si tu posais la question à Neil, il t'affirmerait le contraire. Pour lui, une bonne mère est une mère qui reste à la maison à préparer de bons petits plats. Il a essayé de me faire quitter mon travail, à la naissance de Lara. Il n'a jamais pu accepter que je veuille faire carrière tout en étant mère de famille.

— C'est pour cela que vous avez divorcé ?

Sally baissa les yeux. Le sujet dérapait sur un chemin qu'elle ne voulait pas emprunter.

— Entre autres, oui.

« Entre autres », songea Colin, se demandant quelles autres raisons il pouvait y avoir eu à cette séparation. Si Sally avait discuté de son mariage raté avec Beth, ce qui était plus que probable, cette dernière ne lui en avait jamais touché un seul mot.

Pensif, il remit la photo en place et posa une main sur l'épaule de Sally. Elle se tendit légèrement mais ne se déroba pas.

— Vous ne vous connaissiez pas depuis bien longtemps, Neil et toi, lorsque vous vous êtes mariés...

— Beth et toi non plus et cela ne vous a pas empêchés d'être heureux ! répliqua-t-elle vivement.

— C'est vrai. Beth a beaucoup apporté à notre relation. Bien plus que moi.

— Au début, peut-être...

Colin savait qu'elle faisait référence aux derniers mois de l'existence de la jeune femme, cette période où il avait fait absolument tout ce qui était en son pouvoir pour qu'elle vive le mieux possible le peu de temps qu'il lui restait.

Toutefois, il ne voulait pas évoquer ces moments douloureux maintenant. Sally était suffisamment près de lui pour qu'il puisse l'embrasser et brusquement, c'était la seule chose dont il avait vraiment envie.

— Sally ? Est-ce qu'il t'arrive de repenser...

— Non ! l'interrompit-elle aussitôt d'un ton sec.

— Tu ne m'as pas laissé terminer.

Mais elle savait exactement ce qu'il voulait lui demander... Ses yeux brillaient d'une telle lueur...

Malheureusement pour elle, il n'était pas disposé à changer de conversation.

— Le lendemain de notre nuit d'amour, tu as décrété que nous avions commis une erreur, reprit-il doucement.

— Et c'était vrai.

— A l'époque peut-être. Mais maintenant ?

Il avait tellement envie de l'embrasser... De tous temps, il avait éprouvé une forte attirance pour elle et pendant des années, il avait dû lutter pour garder une certaine distance. Aujourd'hui qu'il sentait une attraction commune se développer entre eux, l'envie de la prendre dans ses bras réapparaissait, encore plus puissante qu'autrefois.

— Tu me fascines, murmura-t-il.

Il lui effleura la joue et fut frappé par la douceur soyeuse de sa joue. L'âge semblait n'avoir aucun effet sur elle.

— Colin...

Elle baissa la tête pour lui dissimuler ses yeux. Si elle s'attardait, ne serait-ce que quelques secondes dans son regard, elle ne pourrait pas résister. Malgré tout, lorsqu'il l'attira vers lui, elle ne lui résista pas...

Si elle le regardait maintenant, il l'embrasserait... A cette pensée, son cœur s'emballa dans sa poitrine.

— Sally ? Dis-moi si je fais erreur sur toute la ligne. Je pensais que tu voulais...

Elle laissa échapper un petit rire nerveux.

— Oh, je veux, Colin... Je veux... En fait, je n'aimerais rien tant !

Colin eut l'impression qu'une immense fenêtre venait de s'ouvrir en lui, et il réprima son envie de serrer la jeune femme contre lui et de lui faire l'amour, là, tout de suite.

— Moi aussi. Et je peux attendre. C'est ce que tu veux ? Tu préfères attendre ? Tu crois que c'est plus sage ?

Elle acquiesça lentement et il l'attira plus près de lui, dans un geste très doux, l'obligeant à poser la tête sur sa poitrine.

La jeune femme tremblait de tous ses membres.

Colin gagna sa chambre et entreprit de retirer son jean et son T-shirt qu'il jeta négligemment dans le panier à linge.

Il pensait à Sally. Que faisait-elle en ce moment ? Probablement la même chose que lui, elle se déshabillait avant d'aller se coucher.

L'évocation le troubla fortement et il dut s'asseoir au pied de son lit. Au moment où il retirait ses chaussettes, il remarqua que la table de chevet de Beth se reflétait dans le miroir. Il suspendit son geste, soudain obsédé par le souvenir de la femme qu'il avait épousée, alors que ses pensées étaient accaparées par une autre.

Il commença par se sentir coupable, avant de se dire que c'était complètement ridicule.

Beth n'était plus là. Et rien de ce qu'il ne pourrait dire ou faire ne changerait quoi que ce soit.

Mais la présence de sa femme était toujours palpable dans cette pièce. Et particulièrement sur sa table de nuit à laquelle il n'avait pas touché depuis son décès.

Il se leva lentement, contourna le lit, se rassit à la place qu'avait occupée Beth et fit glisser son index sur la table de chevet, perdu dans ses pensées.

Il n'y avait pas un grain de poussière. La femme de ménage y veillait. En même temps, elle n'avait touché à rien, il en était quasiment certain. Il s'empara d'une des statuettes. C'était un angelot, qu'un des collègues de Beth lui avait offert. A côté de lui, une figurine en cristal, censée assurer une bonne santé à son propriétaire.

Cela n'avait pas marché.

Rien n'avait marché.

Ni les cadeaux, ni les cartes, ni les vœux de rétablissement ni les prières. Rien. Aucune des attentions que les amis et voisins avaient eues pour sa femme n'avait eu le moindre effet.

Sa gorge se serra.

Il descendit au sous-sol et en remonta des boîtes en carton

et un grand sac poubelle. Il rangea délicatement les figurines dans une des boîtes et entreprit de faire le tri des livres qui encombraient le chevet.

Beth avait la curieuse manie d'en lire plusieurs à la fois. En général, il s'agissait d'une biographie ou d'un essai, contrebalancé par un autre ouvrage, plus léger et par un roman en vogue. Elle lisait ces livres alternativement, selon son humeur.

Colin examina tous les titres et lut quelques quatrièmes de couverture avant de se rendre compte qu'aucun d'entre eux ne l'intéressait. Il les mit tous dans un carton. Il les déposerait à la maison de retraite devant laquelle il passait chaque jour en allant travailler.

En ouvrant le tiroir de la table de nuit, il trouva plusieurs tubes de crème : un pour les mains, un pour les pieds et un autre, plus petit, pour le visage. Il les considéra un instant, incrédule. A croire que les femmes avaient besoin d'hydrater différemment les diverses parties de leur corps ! Cela resterait toujours un mystère pour lui...

S'emparant du plus petit tube, il dévissa lentement le bouchon...

L'odeur de la crème lui évoqua Beth de manière si violente qu'il faillit se mettre à pleurer. Il referma rapidement le tube puis, après une seconde d'hésitation, jeta l'ensemble dans la poubelle et quitta vivement la chambre.

Tout au fond du couloir se trouvait un petit coffre en cèdre.

Après quelques hésitations il l'ouvrit et contempla un instant l'assortiment de photos jetées pêle-mêle. La plupart étaient de lui ou de Beth et lui. Il y en avait d'autres cependant, de Sally, ainsi que toute une série de portraits de Lara. Il regarda les dates au dos et s'aperçut avec surprise que Beth avait acheté ses photos de classe, année après année, et ce depuis la maternelle.

Soudain il tomba sur un cliché le représentant en compagnie de Sally, pris sans doute avant que la jeune femme n'emménage dans la vallée, après son divorce. Ils étaient tous les deux installés sur le canapé, dans la maison qu'il habitait alors avec Beth, et son regard était tourné vers Sally qui semblait se moquer de lui.

Beth avait capté quelque chose d'important dans cette photo : l'admiration manifeste qu'il portait à Sally. L'expression de Sally était plus difficile à interpréter ; c'était un mélange de réserve et d'exaltation.

Au dos de la photo Beth avait griffonné les mots : « Colin et Sally, Noël 1999 ». Curieusement, l'annotation était suivie d'un point d'interrogation.

Colin sentit les battements de son cœur ralentir puis s'amplifier tandis qu'une sensation étrange lui nouait l'estomac.

Et de nouveau, ce fichu sentiment de culpabilité…

Beth avait-elle deviné ce qu'il s'était passé entre Sally et lui, à la fac ?

Pourtant il n'avait jamais eu un geste ou un regard ambigu vis-à-vis de Sally. Et il avait aimé Beth, et lui avait été d'une fidélité sans faille. Il n'avait rien à se reprocher.

Ce point d'interrogation pouvait signifier n'importe quoi. Beth n'était peut-être pas sûre de la date après tout.

Colin remit la photo avec les autres et éteignit la lumière, troublé.

Mettre de l'ordre dans les affaires de Beth n'était vraiment pas une bonne idée.

Sally passa toute la journée du dimanche à son bureau de Calgary.

La veille, Lara l'avait appelée pour lui annoncer qu'elle

avait remporté la compétition. Elle était surexcitée et semblait ravie de se rendre à la soirée de fin de saison qui aurait lieu à Canmore, dans la maison de campagne des parents de l'une de ses coéquipières.

— Papa te fait dire que nous rentrerons plus tard que d'habitude, demain.

Sally ne put s'empêcher de noter que Neil ne lui avait pas demandé son avis, et cela bien que leur accord ait clairement spécifié que la jeune fille devait être rentrée à 18 heures, pour dîner avec sa mère.

— Entendu ma chérie. Vivement demain... Il me tarde de te voir. Je t'aime.

— Moi aussi, maman.

Sally se répéta ces derniers mots en souriant et termina de rédiger le plaidoyer d'un procès qui aurait lieu plus tard dans la semaine.

Elle travailla encore quelques heures avant de refermer ses dossiers et de les ranger. En éteignant son ordinateur, elle se rendit compte qu'il était déjà 18 heures. Lara n'allait pas tarder à rentrer.

Sur le chemin du retour, la jeune femme se surprit à penser aux rêves qu'elle avait faits la nuit précédente. Des rêves principalement centrés sur Colin Foster et faisant apparaître des sentiments pour le moins troublants, des sentiments qu'elle se refusait à associer à l'homme qui avait été le mari de sa meilleure amie.

Du vivant de Beth, jamais elle n'avait eu ce genre de pensées à l'égard de Colin. Et si elle avait éprouvé quoi que ce soit, cela avait été fugace, un pincement au cœur aussitôt disparu, aussitôt refoulé par son subconscient.

Alors pourquoi pensait-elle constamment à lui, ces derniers temps ? Et pourquoi son corps semblait revivre en sa présence, interprétant le moindre contact physique de la manière la plus sensuelle qui soit ? Elle côtoyait pourtant beaucoup d'hommes, dans son travail, et certains possédaient un charme indéniable.

Elle ne voyait qu'une hypothèse : Colin et elle étaient unis par Beth. Ils l'avaient tous deux également aimée, l'avaient soignée avec tout leur amour, et maintenant qu'elle n'était plus là, elle leur manquait terriblement, à l'un comme à l'autre.

Oui. Ce qu'elle ressentait pour Colin n'était que le fruit de son chagrin encore récent et du vide qu'avait laissé son amie derrière elle.

Alors qu'elle s'engageait dans l'impasse au bout de laquelle se trouvait sa maison, elle aperçut la Jaguar de Neil garée dans l'allée. Lara lui avait pourtant bien dit que son père la ramènerait plus tard, non ? Elle jeta un coup d'œil à l'horloge du tableau de bord. Il était à peine 18 h 30. Malgré tout elle accéléra et sentit son estomac se nouer.

Elle pénétra dans la maison et des voix joyeuses lui parvinrent. Après avoir enjambé deux paires de chaussures de marche, celles de Lara et celles de son père, elle se dirigea vers la cuisine.

Neil était assis sur un tabouret, devant la table de cuisson et Lara se versait un grand verre de lait.

Neil souleva un sourcil réprobateur en la voyant entrer.

— Eh bien... Ce n'est pas trop tôt, railla-t-il en consultant sa montre avec ostentation.

Elle lui accorda à peine un regard et se dirigea vers sa fille.

— Lara m'a dit que tu la ramènerais plus tard que d'habitude... Félicitations ma chérie. Je suis très fière de toi ! déclara-t-elle avec un grand sourire.

Les joues de Lara étaient roses de bonheur.

— J'ai passé un super week-end, maman. D'abord, la compétition, puis la soirée chez Josh. Tu devrais voir son cottage ! Il y a une table de billard, un Jacuzzi et un barbecue ! Ils nous ont préparé des côtelettes... Un vrai régal !

— Un Jacuzzi ? Tu avais emporté ton maillot de bain ?

— Papa m'en a acheté un nouveau à Canmore. Il est génial ! Tu veux que je te le montre ?

— Tout à l'heure ma chérie, murmura Sally en regardant l'adolescente avaler son verre de lait à grandes goulées. Tu as faim ou vous vous êtes arrêtés pour manger en route ?

— Je lui aurais sûrement acheté un hamburger si j'avais su que tu ne serais pas là pour l'accueillir, susurra Neil en regardant la cuisine immaculée. Je parie que tu n'as rien prévu pour le repas de ce soir !

— J'étais convaincue que vous rentreriez plus tard, répéta Sally, regrettant aussitôt le ton d'excuse qu'elle avait employé.

— Attends un peu... Sous prétexte que ta fille devait rentrer *un peu plus tard*, tu as décidé de ne rien préparer à manger ? Je me demande comment elle fait pour survivre, dans cette maison !

Sur ces paroles cinglantes, Neil se leva de son tabouret et se dirigea d'un pas décidé vers le réfrigérateur. Il en tira des œufs, du fromage, des poivrons verts, du jambon.

Sally résista tant bien que mal à l'envie de se mettre à hurler.

— Je peux lui préparer quelque chose moi-même, tu sais, Neil, déclara-t-elle aussi calmement qu'elle le pouvait.

— Sans blagues... Je n'aurais pas cru, à te voir comme ça !

Il remonta ses manches de chemise et décrocha une poêle en étain du rail disposé au-dessus de la cuisinière.

— Une bonne omelette, ça te dit, Princesse ? Va t'asseoir une seconde. Je t'appellerai quand ce sera prêt.

La bonne humeur de Lara avait soudain disparu. Elle dévisagea tour à tour son père et sa mère avec une inquiétude non dissimulée.

— Maman ? Tu viens m'aider à vider mon sac ? Comme ça, je pourrai te montrer mon nouveau maillot de bain.

Sally fit tout son possible pour paraître parfaitement à son aise et contrôler les battements de son cœur.

— Vas-y sans moi, ma chérie. Je vais rester là pour aider ton père.

De toute évidence, Lara ne souhaitait pas les laisser seuls tous les deux. Toutefois, elle finit par s'y résigner. Sally guetta le bruit de ses pas dans l'escalier. Dès qu'elle entendit la porte de la chambre de sa fille se refermer, elle se tourna pour affronter Neil.

— Qu'est-ce qui te prend, Neil ? Tu n'as rien à faire dans ma cuisine !

Neil cassa nonchalamment un deuxième œuf et la dévisagea avec un regard froid.

— Tu ne changeras jamais, Sally, déclara-t-il calmement. Toi d'abord et les autres ensuite, hein ? Jamais il ne te viendrait à l'idée de donner la priorité à ta fille ! Lara a eu un week-end physiquement épuisant, et il faut qu'elle mange. Une mère digne de ce nom lui aurait préparé un repas consistant. Seulement bien sûr, *Madame* est trop occupée pour passer son dimanche après-midi dans une cuisine. Et puis d'abord, où étais-tu, Sally ? Avec ton amant ?

Le point de non-retour était atteint. Toute discussion inutile. Elle aurait dû deviner que Neil ne s'arrêterait pas dans un restaurant ou même un drive-in quelconque ce soir-là. Il essayait toujours de la coincer d'une manière ou d'une autre.

Son grand amusement était de la faire passer pour une mère indigne pendant qu'il se posait en père raisonnable, fiable, prêt à réparer les dégâts là où elle avait échoué.

— Laisse-moi finir cette omelette, se contenta-t-elle de dire.

Elle tendit la main pour attraper la râpe à fromage qu'il venait de sortir de l'un des tiroirs.

— Neil ? Je voudrais que tu t'en ailles... Immédiatement, ajouta-t-elle après une courte pause.

Neil réussit à mettre l'ustensile hors de sa portée et entreprit de râper le fromage à même le comptoir.

Que pouvait-elle faire face à un tel homme ?

— Combien de fois devrai-je te répéter que tu n'es pas chez toi, dans cette maison ? Que tu n'y es pas le bienvenu et que ce ne sera jamais plus le cas ?

— Et moi ? Combien de fois devrai-je te rappeler que Lara passe en premier ? Je lui prépare son repas, Sally. Compris ? Que tu le veuilles ou non !

Il la toisa d'un regard encore plus glacial où brillait une flamme de sadisme pur.

— En fait, je crois que tu devrais sortir de cette cuisine et me laisser faire. Si ma mémoire est bonne, ma chérie, la dernière fois que tu as voulu cuisiner, tu t'es méchamment brûlé la main. Tu ne voudrais pas que cela se reproduise, je suppose ?

8.

Le samedi suivant, Colin se présenta devant la porte du patio. Il avait apporté sa perceuse et sa boîte à outils, et se sentait vaguement ridicule.

— J'ai remarqué que ta porte ne fermait pas bien, déclara-t-il lorsque Sally vint lui ouvrir.

La ficelle était tellement grosse qu'il s'attendait presque à ce qu'elle lève les yeux au ciel et éclate de rire.

Aussi fut-il fort surpris lorsque, avec un sourire de bienvenue, elle lui ouvrit grand la porte.

— Je sais. J'avais l'intention de la faire réparer un de ces jours. Entre. Tu saurais vraiment réparer ça ?

— Ce n'est pas bien compliqué, tu sais !

S'il lui avait annoncé qu'il était capable de séparer les atomes, elle n'aurait pas paru plus impressionnée.

— Tu me rendrais un fier service. Je voulais appeler un de ces bricoleurs dont on voit les publicités à tous les coins de rue... Tu sais, avec leur numéro de téléphone détachable... Bref. Toujours est-il que je ne m'en suis pas encore occupée.

Sally était vêtue d'un polo rose et d'un jean dont elle avait roulé les jambes pour les faire remonter jusqu'à mi-chevilles. Elle était pieds nus et rien, dans son apparence, ne rappelait son image habituelle d'avocate. Bien au contraire.

Colin s'arracha à grand-peine à sa contemplation pour se concentrer sur la porte.

— Tu veux boire quelque chose ? lui proposa-t-elle.

Il s'agenouilla devant le chambranle pour examiner le problème de plus près. Malheureusement pour lui, Sally se rapprocha pour regarder par-dessus son épaule et, de nouveau, il eut du mal à rassembler ses esprits.

Il était sans doute préférable que la jeune femme aille s'occuper dans la cuisine, après tout…

— Je boirais bien quelque chose, finalement.

— Qu'est-ce que je peux t'offrir ? Bière ? Thé glacé ? Soda ?

Colin se demanda vaguement ce qu'elle lui répondrait s'il lui avouait ce qu'il désirait vraiment…

— Un verre d'eau me suffira.

— C'est comme si c'était fait.

Il l'écouta s'agiter dans la cuisine. Elle ouvrit successivement le placard puis le réfrigérateur, et il entendit le bruit de la glace pilée qui s'écoulait du distributeur.

Une fois qu'elle lui eut porté son verre, Sally le laissa à sa tâche, ce qui était beaucoup plus raisonnable.

Lorsqu'il eut terminé, la jeune femme insista pour lui offrir une bière bien fraîche. Elle disposa quelques tacos sur une assiette et un bol de sauce piquante en son centre.

— On va s'installer sur la terrasse ?

— Volontiers !

Colin se laissa tomber sur l'une des quatre chaises disposées autour d'une table en aluminium et éprouva un bien-être proche de la félicité. Brusquement, il lui semblait que le soleil brillait sur le monde entier.

Sally s'assit près de lui et plaça les amuse-gueules à portée de main.

— Merci encore, Colin. Cette sacrée porte ferme parfaitement bien, à présent.

De toute évidence, elle ne se rendait pas compte du bonheur qu'il éprouvait à être ici, auprès d'elle. Il était même prêt à s'engager à lui repeindre toute la maison de la cave au grenier !

— Ce n'est rien !

— Armani demande à sortir toutes les demi-heures, poursuivit-elle avec un sourire chaleureux, et je n'arrêtais pas de me battre avec le loquet.

Comme s'il avait compris que l'on parlait de lui, le chien pointa son museau du dessous de la chaise sous laquelle il était caché. Sally se pencha pour lui chatouiller la tête.

— Je ne comprends pas pourquoi tu t'acharnes à pousser le verrou… Je ne ferme jamais la porte de derrière, chez moi, durant la journée. Il m'arrive même d'oublier de la cadenasser pendant la nuit !

— Ce n'est pas pareil. Je suis une femme et je vis seule…

C'était donc pour cela qu'elle avait fait installer ce système d'alarme aussi sophistiqué ! pensa-t-il. Parce qu'elle était une femme… Non. Il devait y avoir autre chose.

Si seulement elle acceptait de lui expliquer ce qu'il s'était passé, ce fameux vendredi soir ! Mieux valait ne pas remettre le sujet sur le tapis cependant. Il ne voulait pas gâcher l'après-midi par une dispute. Aussi choisit-il un sujet de conversation à peu près neutre.

— Comment va ta cliente ? Celle qui s'est retrouvée avec le contenu d'une benne à ordures dans son jardin.

— C'est vraiment dégoûtant de lui avoir fait ça, tu ne trouves pas ? Et ce n'est pas le pire : la police s'est contentée de verbaliser son mari pour déversement de détritus sur la voie publique. Pam était écœurée. Tu parles d'une condamnation !

Elle prit un taco, le plongea dans la sauce piquante et le contempla un instant comme si elle ne savait qu'en faire.

— Tu sais, Colin, en matière de violences conjugales, je trouve notre système juridique plus qu'insuffisant. C'est décevant dans un pays aussi évolué que le nôtre.

— C'est plutôt la nature humaine qui est décevante. J'ai toujours trouvé ironique que les proches soient aussi souvent à l'origine des meurtres les plus brutaux.

— On s'en prend à ceux que l'on aime, tu veux dire... Oui. Tu as raison. C'est une des nombreuses faiblesses de l'homme. N'empêche, j'aimerais que notre société se donne les moyens d'en faire plus.

Colin se souvint brusquement d'une confidence que Beth lui avait faite un jour, à propos de Sally. Celle-ci aurait décidé de se spécialiser en droit familial à cause de ses vieux démons.

A présent, il se demandait quels étaient ces *vieux démons*.

Ses parents ? Bizarrement, il savait très peu de choses sur eux. Et s'il n'y avait aucune photo les représentant dans le salon, cela ne prouvait probablement rien.

Mais il aurait été maladroit de poser la question à Sally, surtout en plein milieu d'une conversation sur la maltraitance. Il ne voulait en aucun cas être celui qui pouvait réveiller *les vieux démons*.

Il avala une gorgée de bière et se tourna vers la jeune femme.

— Quand j'étais adolescent, je ne redoutais rien tant que les repas de famille chez mon oncle Ray. Il traitait sa femme comme un chien, lui donnant sans cesse des ordres, quand il ne l'insultait pas carrément. Ce n'est qu'une fois devenu adulte que j'ai compris pourquoi, hiver comme été, ma tante portait des pulls à manches longues et col roulé...

— Et personne n'a jamais songé à lui venir en aide, dans ta famille ?

— Je crois me souvenir que mes parents ont essayé. Malheureusement, à l'époque, la violence domestique était encore taboue. Un jour, j'ai entendu mon père demander à ma mère pourquoi elle ne le quittait pas si elle était véritablement battue. Je suis quasiment certain qu'il parlait d'oncle Ray et de sa femme. Je me souviens même qu'il a posé la question sur un ton tellement exaspéré que j'ai été choqué qu'il soit plus en colère après ma tante qu'après son tortionnaire de mari.

Sally repoussa en arrière une mèche de cheveux qui lui tombait sur le front et parut soudain pensive.

— C'est le genre de réactions auxquelles sont bien trop souvent confrontées les femmes qui vivent de telles situations, avança-t-elle d'une voix plus basse.

Pensant qu'elle allait lui parler un peu de son passé, Colin se pencha en avant.

— J'ai eu une cliente, commença-t-elle...

Déçu, il se renversa dans son fauteuil.

Mais elle n'eut pas le temps de poursuivre son histoire. La porte s'ouvrit à toute volée et Lara fit irruption sur la terrasse.

— Maman ? Regarde mon nouveau maillot de bain !

L'adolescente avait un sourire... lumineux ! et Colin fut étonné de ne jamais l'avoir remarqué auparavant. Cela dit, ce n'était guère surprenant ; la jeune fille avait beaucoup changé et grandissait vite. Elle avait pris quinze bons centimètres depuis les obsèques de Beth. Par ailleurs, comme le montrait son maillot de bain pour le moins minimaliste, elle avait aussi pris des formes...

Lorsqu'elle s'aperçut de la présence de Colin, Lara s'immobilisa, soudain gênée.

— Je ne savais pas que nous avions de la visite, marmonna-t-elle. Désolée.

— Bonjour, Lara.

Soucieux de ne pas laisser son regard s'attarder sur les formes juvéniles de la jeune fille, Colin baissa les yeux. Lara portait des tongs et il fut frappé de constater que Sally ne lui avait pas menti : elle avait vraiment des pieds particulièrement longs et d'une étroitesse hors du commun.

— C'est moi qui suis désolé, Lara. Je suis venu à l'improviste, pour réparer la porte arrière, histoire de donner un coup de main à ta mère.

Colin n'était pas un étranger pour l'adolescente ; elle le connaissait, bien sûr, même si leurs chemins s'étaient rarement croisés. Elle le salua d'un petit signe de tête timide et repartit comme elle était venue.

Colin se tourna vers Sally. Il s'attendait à ce qu'elle rappelle sa fille et lance une plaisanterie quelconque pour détendre l'atmosphère.

A sa grande surprise, Sally resta assise, les lèvres légèrement entrouvertes, le corps tendu à l'extrême.

— Qu'est-ce qu'il t'arrive ? demanda-t-il, surpris.

— Je n'y crois pas ! Tu as vu ce maillot de bain ? Comment Neil a-t-il pu la laisser acheter un truc pareil ? Un string et un haut minuscule… C'est à la limite de l'indécence !

Colin s'éclaircit la gorge et s'absorba dans la contemplation de ses mains posées sur la table.

— Je… je dois bien reconnaître qu'il est un peu… Comment dire. Plutôt…

Les paroles de la chanson *Tout petit Bikini* lui revinrent à l'esprit, mais il crut judicieux de les garder pour lui.

— Il y a des jours où je l'étriperais volontiers… Mon ex-mari, je veux dire, marmonna Sally, visiblement furieuse.

Colin fixa la jeune femme d'un air étrange et jugea bon de changer de sujet.

En regardant les photos exposées dans le salon de Sally, l'autre jour, Colin avait cru déceler quelque chose de familier dans le sourire de sa fille. A présent, il savait exactement qui ce sourire lui avait rappelé.

Aussitôt rentré chez lui, il se rendit dans sa bibliothèque et fonça sur les albums photo que sa mère avait absolument voulu qu'il emporte avec lui, quand elle avait vendu la maison, après son divorce.

Les photos les plus récentes, celles où ses parents étaient déjà âgés et ne lui évoquaient plus guère le père et la mère de son enfance, ne lui furent d'aucune utilité. Il tourna les pages, remontant le temps jusqu'à ce qu'il tombe sur un gros plan de ses parents, le jour de leur mariage.

Ce sourire qu'il avait reconnu chez Lara… c'était celui de sa mère… Une bouche relativement grande et pulpeuse, la lèvre supérieure légèrement proéminente…

Quelque peu troublé il considéra longuement le cliché avant de remettre l'album à sa place. Il s'agissait probablement d'une coïncidence. Malgré tout, son esprit s'était mis à battre la campagne, comme il le faisait lorsque le procureur en lui se trouvait confronté à une nouvelle preuve concluante.

Et dans le cas qui l'occupait actuellement, ce n'était pas la seule preuve : il y avait aussi les pieds de la jeune fille… Si Colin n'avait fait que les entrapercevoir sur la terrasse, cet après-midi, il avait eu le temps de constater qu'ils étaient étonnamment semblables aux siens.

Cela faisait décidément beaucoup de coïncidences…

D'autant que si l'on poussait plus avant, il y avait aussi le talent marqué de Lara pour le ski. Pour autant qu'il sache, aucun de ses deux parents n'était particulièrement sportif. Colin en revanche avait toujours excellé dans tous les sports. Et quand il était jeune, il faisait du base-ball en été et du ski, l'hiver venu. Il avait même failli être sélectionné par l'équipe des jeux Olympiques une année.

Il se redressa et se mit à arpenter la bibliothèque, l'esprit soudain bouillonnant.

Sally était enceinte lorsqu'elle avait épousé Neil. Cela n'avait été un secret pour personne, d'autant plus que Lara était née quatre ou cinq mois seulement après leur union.

Et si… Mais non ! Il n'avait passé qu'une nuit avec Sally.

Le cœur battant, il continua de déambuler dans la pièce.

Cette histoire était complètement dingue…

Il ne pouvait être le père biologique de Lara…

Sally le lui aurait dit.

Bon. Il allait procéder calmement et dans l'ordre. La première chose à faire était de se pencher sur les dates. S'il s'avérait qu'il ne pouvait, concrètement parlant, être le père de la jeune fille, il devrait se faire à l'idée que toutes ces similitudes entre la fille de Sally et lui-même n'étaient que le fruit du hasard.

Et le débat serait clos.

Mais s'il voulait vérifier les dates, il avait besoin de la date de naissance de Lara. Beth devait la connaître, mais pour sa part, il n'en avait aucune idée.

Et comme il craignait de poser la question à Sally, il allait devoir trouver un autre moyen d'obtenir son information.

Le lendemain matin, Colin s'aperçut que la pelouse commençait à repousser et il crut se rappeler que Beth, à cette époque de l'année, la faisait fertiliser par une entreprise.

Il se rendit dans la cuisine et ouvrit le tiroir où elle conservait tout un tas de notes et de cartes de visite. Malgré le désordre, il trouva bientôt le numéro de téléphone qu'il cherchait.

Il dénicha également un petit carnet bleu, dont la couverture représentait les *Nymphéas* de Monet, et qui était intitulé « Calendrier d'anniversaires ».

Colin n'avait jamais entendu parler d'une telle chose, toutefois, ce fut le cœur battant qu'il ouvrit le carnet. Comme il s'y était attendu, celui-ci était couvert d'inscriptions, notées de la belle écriture de Beth.

Elle y avait consigné les dates de naissance de leur famille respective, de leurs amis... et même celles de gens dont il n'avait jamais entendu parler. Des collègues de travail, selon toute vraisemblance.

Il tourna fébrilement les pages et tomba enfin sur le nom qu'il cherchait.

Lara Stowe Anderson était venue au monde un 3 septembre.

Il referma vivement le calendrier et le remit dans le tiroir. Il s'occuperait de la pelouse plus tard. Pour l'instant, il avait des recherches plus importantes à faire.

Il se rendit dans la bibliothèque, alluma l'ordinateur et, après s'être connecté à Internet, tapa quatre mots soigneusement choisis. Quelques secondes plus tard, les adresses de sites Internet se proposant de calculer une date d'accouchement apparurent à l'écran.

Les doigts tremblants, il déplaça le curseur jusqu'à l'un d'entre eux et double-cliqua.

L'ordinateur lui demanda de taper la date des dernières règles. Bien évidemment, il n'en avait aucune idée. Tout ce qu'il savait était que Lara était née un 3 septembre. Il fit défiler la page et finit par dénicher le renseignement dont il avait besoin.

A ce qu'il semblait, on pouvait calculer la date prévue pour la naissance d'un bébé en ajoutant deux cent quatre-vingts jours à la date du début des dernières règles. Ces deux cent quatre-vingts jours correspondaient aux deux cent soixante-six jours d'une gestation normale, plus quatorze.

Parfait. Il lui suffisait donc de procéder à un compte à rebours, en partant du 3 septembre. Ainsi, en toute logique, il obtiendrait la date probable de conception de l'enfant.

Colin retourna sur la page de recherche du réseau et se connecta à un site contenant un calendrier perpétuel. Il remonta à l'année où Sally et lui avaient terminé leurs études et tomba sur la date probable à laquelle Lara avait été conçue.

C'était le 12 décembre.

Après avoir éteint l'ordinateur, il se dirigea vers la fenêtre.

L'état de la pelouse avait perdu tout intérêt. Mille questions tournaient dans sa tête comme un orage qui ne peut éclater et enfle, de seconde en seconde, sournois, oppressant.

Il serait donc père, lui ? Père d'une adolescente de seize ans qu'il connaissait à peine ?

Bien qu'il ne se souvînt pas de la date exacte de sa nuit d'amour avec Sally, le mois de décembre était resté à jamais gravé dans son esprit.

Bon sang... Ce serait vraiment extraordinaire !

Il sentit son estomac se serrer à cette idée, un peu comme lorsque sa main se refermait autour de sa batte de base-ball, quand il était jeune... Avec un mélange d'espoir et d'anxiété extrêmes.

Il fut surpris de constater qu'une partie de lui désirait ardemment être le père de Lara. L'idée d'avoir joué un rôle dans la venue au monde de cette fille aussi belle que robuste, l'idée qu'elle lui soit liée, ne serait-ce que biologiquement, le mettait en liesse et l'emplissait d'une force inconnue.

Néanmoins, il ne devait pas perdre de vue qu'il n'était peut-être rien pour Lara.

Il s'arracha à sa méditation en soupirant et se laissa tomber dans son fauteuil préféré. Le fait d'avoir pu, en théorie, être le géniteur de Lara ne faisait pas de lui son père pour autant.

D'autant que si cela avait été le cas, toutes ces années n'auraient pu s'écouler sans que quelqu'un s'en aperçoive ; Sally ou, pire encore, Neil.

Mieux valait oublier tout cela. Leur existence à tous était déjà suffisamment compliquée comme ça.

9.

Beth n'avait jamais été d'un naturel très ordonné et sa voiture en était un exemple attendrissant.

Lorsqu'il entreprit de débarrasser le siège avant de la Miata, le samedi suivant, Colin fut assailli par une foule de souvenirs.

Il se préparait à cette tâche depuis le soir où il avait vidé la table de nuit et se sentait tout à fait capable de s'en acquitter. Du moins c'est ce qu'il s'était répété en descendant au garage, muni d'un sac poubelle et de chiffons humides.

Malheureusement, ce fut plus difficile qu'il ne l'avait d'abord pensé. Un sac à l'enseigne du centre commercial voisin, et dans lequel il restait encore un morceau de gâteau rassis, lui rappela les nombreuses fois où Beth et lui étaient sortis faire un peu de shopping à l'issue de leur repas dominical, avant d'aller prendre un café et une pâtisserie.

Il trouva ensuite un morceau de papier avec l'adresse d'amis chez lesquels ils étaient allés dîner, presque un an auparavant. Colin avait travaillé tard ce soir-là, et Beth et lui s'étaient retrouvés sur place.

Sous le siège du passager se trouvait un sachet contenant une paire de collants de rechange, une bougie encore emballée dans son papier de cellophane, une petite trousse de secours et un roman aux pages toutes cornées.

Beth s'efforçait toujours de tout prévoir et elle était généralement parée pour n'importe quelle situation.

Colin transféra la trousse de secours dans le coffre de sa voiture et jeta le reste.

Puis, à l'aide d'un chiffon, il nettoya le tableau de bord et les vitres intérieures de la voiture. L'ensemble était un peu poussiéreux, sans plus, et de manière générale, la Miata était en bon état. Elle se vendrait sûrement très vite. Du moins il l'espérait. Il avait prévu de la déposer chez le concessionnaire Mazda vers midi et de prendre un taxi pour rentrer. A moins que… Il pouvait aussi demander à quelqu'un de le ramener, et de préférence quelqu'un qui habitait le quartier…

Il sourit, ravi, et s'empressa d'aller téléphoner.

Ce n'était jamais de gaieté de cœur que Sally s'attaquait aux corvées du samedi. Elle commençait toujours par la lessive, puis elle allait faire le plein au supermarché. Ensuite, elle se chargeait des courses diverses. Armani n'avait presque plus de croquettes, et elle allait aussi être obligée de passer à l'animalerie, située à l'autre bout de la ville.

En plus de tout le reste, il fallait absolument qu'elle nettoie sa voiture. Pendant la semaine, une soudaine tempête de neige qui avait rapidement fondu en ce début de printemps, avait tapissé les routes de boue. C'est à peine si Sally distinguait la couleur originale de la carrosserie. La veille, au moment de partir avec son père, Lara avait tracé les mots « LAVE-MOI » sur la vitre arrière.

En l'absence de sa fille, Sally se sentait toujours profondément léthargique.

Quand l'adolescente passait le week-end avec elle, elle était moins rebutée par la perspective de ces corvées diverses.

D'autant qu'en général, elle parvenait à convaincre sa fille de l'accompagner en ville, surtout si elle lui promettait de faire une halte chez le disquaire et de passer prendre un cappuccino au Starbuck Coffee de Calgary.

Hélas, une fois encore, c'était le week-end de Neil.

Sally avait l'impression que c'était *toujours* le week-end de Neil, même si ceux-ci étaient répartis de manière équitable.

Pour se donner du courage, elle se dit que passer la journée et la soirée toute seule était l'occasion rêvée pour avancer un peu dans le roman qu'elle devait lire pour la prochaine session de son club de lecture.

Néanmoins, la perspective de s'installer confortablement avec un bouquin et un verre de vin ne présentait pas autant d'attrait que d'habitude.

Décidément, elle était d'humeur maussade, ce matin.

Elle chargea la machine à laver de linge blanc puis, regagnant la cuisine, détacha en soupirant la liste de courses du bloc magnétique collé au réfrigérateur.

Elle se sentait perturbée, ces derniers temps. A tel point qu'elle n'avait toujours pas trouvé l'énergie d'affronter Neil sur la question de la décapotable ou même sur celle du maillot de bain de Lara. Elle ne pouvait pourtant pas remettre éternellement cette discussion à plus tard… Enfin ! Avec un peu de chance, elle réussirait à lui parler seule à seul, quand il ramènerait Lara, dimanche soir.

Elle s'apprêtait à sortir lorsque le téléphone sonna. Elle jeta un coup d'œil sur l'écran. C'était Colin.

Elle ne décrocha pas.

Comme elle ne l'avait pas revu depuis l'épisode de la porte, elle en avait déduit qu'il s'était rangé à la même conclusion qu'elle : le moment n'était pas encore venu pour eux. Et à bien y réfléchir, il ne viendrait peut-être jamais. Sally ne pouvait toujours pas concevoir l'idée de tomber amoureuse du mari de sa meilleure amie… et Colin avait vraisemblablement le même genre de scrupules.

Le téléphone sonna une deuxième fois. Elle hésita. Si Colin l'avait appelée, ne serait-ce qu'une minute plus tard, il ne l'aurait pas trouvée chez elle… Il ne saurait jamais qu'elle avait préféré s'enfuir plutôt que de répondre à son appel.

Cependant c'était peut-être important…

— Allô ?

Elle frémit en entendant sa voix ; on aurait cru qu'elle avait couru pour décrocher à temps, alors qu'elle était restée à fixer bêtement le téléphone avec la ferme intention de ne pas répondre…

— Sally ? J'ai un service à te demander.

Elle sentit son cœur s'emballer. Une véritable collégienne…

— Oui ?

Colin lui expliqua la situation et lui demanda si cela ne la dérangeait pas de le ramener une fois qu'il aurait déposé la voiture à Calgary.

Cela n'avait rien à voir avec elle, ni avec ce qu'il s'était passé entre eux la semaine précédente. Non. Il s'agissait d'un simple service entre amis. Un simple service entre voisins.

Sally n'aurait su dire si elle était soulagée… ou déçue.

— Volontiers Colin ! Je dois aller à l'animalerie, chercher des croquettes pour Armani. C'est dans la même direction.

Chaque fois qu'elle le voyait, son trouble était plus grand que la fois précédente. Elle remonta ses lunettes noires sur le sommet de son crâne et songea que c'était un peu comme les allergies aux piqûres de guêpes : on n'était jamais immunisé, bien au contraire.

Ils avaient laissé la Miata chez le concessionnaire près d'une demi-heure plus tôt, et ni l'un ni l'autre n'avait formulé à voix haute ce que, elle le savait, ils pensaient tous deux.

Beth avait tant aimé sa petite voiture rouge...

Et à présent, elle avait disparu elle aussi.

A leur arrivée, le concessionnaire leur avait annoncé qu'il avait déjà trouvé un acheteur. Colin avait paru si décontenancé que Sally avait cru voir le moment où il changeait d'avis et reprenait le véhicule. Mais non... Il s'était contenté d'ouvrir le coffre pour en retirer des câbles de batterie et une couverture de survie.

C'est Sally qui avait remarqué le paquet enveloppé dans du papier cadeau multicolore caché au fond du coffre.

L'objet était accompagné d'une carte que Colin, visiblement perplexe, avait ouverte.

— Mets-le dans ta voiture, tu veux bien ? J'ai encore quelques détails à régler.

Sally avait emporté le paquet, résistant difficilement à la tentation de lire la carte à son tour.

— C'est bon ! On peut y aller, avait déclaré Colin en s'installant à côté d'elle, une dizaine de minutes plus tard.

Sans reparler, ni de la voiture, ni du paquet, ils étaient ensuite passés chercher les croquettes pour Armani puis s'étaient arrêtés pour laver la voiture. Colin ayant insisté pour le faire à sa place, la jeune femme avait fini par accepter et était restée là, à le regarder travailler, s'efforçant de ne pas fantasmer sur ses bras musclés, la façon dont tombait son jean, et ses cheveux qui frisaient légèrement derrière ses oreilles...

Elle n'était pas d'un naturel à vivre sur des regrets et pourtant, à ce moment-là, elle en éprouva un certain nombre. Certes, ce n'était pas bien compliqué de laver une voiture, mais qu'il était agréable d'être assise là, pendant que quelqu'un d'autre prenait les choses en mains ! A cet instant, elle comprit qu'elle n'aurait eu aucune difficulté à vivre de nouveau avec un homme.

A condition que ce soit le bon, bien sûr.

Quand il eut rincé les dernières traces de mousse sur la carrosserie, Colin remit le tuyau sur son support et remonta en voiture.

— Eh bien voilà ! Ta voiture a fière allure maintenant !

« Toi aussi », songea-t-elle, en le regardant comme si elle le voyait pour la première fois.

Comment avait-elle fait pour passer autant d'années à le côtoyer en sa qualité de mari de Beth, sans jamais vraiment voir l'homme en lui ? A présent, elle remarquait le moindre détail. La façon dont il bougeait, dont il posait son regard sur les choses, et même celle dont il respirait.

Sans doute pensait-il la même chose car elle sentit ses yeux glisser sur elle avec une attention toute nouvelle. Priant pour ne pas se mettre à rougir, elle s'efforça de se concentrer sur la route. La circulation était très dense et elle dut s'arrêter derrière les voitures qui faisaient la queue pour pénétrer dans le parking du centre commercial.

— C'est l'heure de pointe, fit remarquer Colin.

Incapable de le regarder dans les yeux, elle continua de fixer le petit embouteillage.

— Oui. Calgary est en pleine expansion...

Mais cet échange banal ne vint pas à bout de sa tension et elle aurait bien voulu savoir si Colin était dans le même état qu'elle. Il paraissait immense, assis dans sa petite voiture de ville. Leurs cuisses se frôlaient presque et les genoux de Colin touchaient la boîte à gants.

— Alors, c'était quoi ce paquet ? demanda-t-elle, accompagnant sa question d'un petit signe de tête en direction de la banquette arrière.

— Un cadeau. Pour moi semble-t-il.

— Pour toi ?

— Beth a dû l'acheter en prévision de mon anniversaire... Encore qu'elle s'y est prise bien longtemps à l'avance, cette fois, conclut-il d'une voix quelque peu étranglée.

Sally déglutit péniblement pour ravaler une brusque envie de pleurer.

Cela n'avait pas dû être facile pour Beth d'acheter un cadeau pour son mari en sachant qu'elle ne serait pas là quand il l'ouvrirait...

— C'est quand ? Ton anniversaire, je veux dire..., ajouta-t-elle.

— Mercredi prochain.

— C'est vrai ? Tu as découvert ton cadeau à temps dis-moi.

— Beth avait dû deviner que je serais incapable de vider sa voiture avant plusieurs mois. Elle connaissait ma tendance à remettre les tâches les plus pénibles à une date ultérieure.

— Ça, c'est bien vrai ! Je me souviens l'avoir entendue dire que si elle avait attendu que tu t'en occupes, le sapin de Noël serait resté dans le salon jusqu'au mois de juin...

— C'est une des corvées dont j'ai le plus horreur.

— Moi aussi.

Profitant d'un espace libre, elle se faufila dans la file de gauche et ils se remirent à rouler normalement, arrivant au feu tricolore juste au moment où il passait au vert, puis gagnant la bretelle d'autoroute.

Ils arrivèrent rapidement à Elbow Valley, et lorsqu'elle s'arrêta devant chez Colin, Sally se sentait beaucoup mieux, comme si un danger mystérieux venait d'être écarté.

— Je te remercie, Sally, fit Colin sans pour autant faire mine de descendre de voiture.

— De rien... Comme tu as pu le constater, j'en ai profité pour me débarrasser de deux de mes corvées du samedi !

— C'est toujours ça de pris, répliqua-t-il, toujours vissé sur son siège.

Il sembla hésiter et se racla la gorge.

— Tu as peut-être un peu de temps ce soir, non ?

Aussitôt elle sentit sa nervosité la reprendre. Ses mains se crispèrent sur le volant et elle répondit sans le regarder :

— Pourquoi ?

— J'ai pensé... Que dirais-tu si je t'emmenais dîner ?

On était samedi soir et elle avait rendez-vous...

Debout devant sa psyché, dans sa chambre, Sally se remémora la dernière fois qu'elle était sortie en compagnie d'un homme.

Cela remontait au réveillon du nouvel an, près de cinq mois plus tôt, et son chevalier servant, ce soir-là, était un avocat, comme elle, et récemment divorcé. Toutefois, et bien que la soirée se fût plutôt bien déroulée, Sally avait refusé une invitation à dîner chez lui, le week-end suivant.

Il lui avait paru un peu trop empressé de la mettre dans son lit et le pire était qu'elle savait exactement pourquoi. Blessé dans son amour-propre par les infidélités de sa femme, il avait à cœur de prouver ses capacités d'amant. Réaction éminemment masculine...

Toutes ces années de pratique en droit familial lui avaient appris à connaître les hommes et elle ne savait que trop bien de quelle manière ils réagissaient le plus souvent à un divorce.

Elle inspecta soigneusement son collant et tournoya dans sa robe noire.

Elle était présentable. Plus que présentable même, et soudain, elle se sentit gagnée par une certaine agitation.

Colin avait pris trop d'importance à ses yeux pour qu'elle puisse considérer la soirée comme un simple dîner au restaurant. Si les choses se terminaient mal, elle serait anéantie, elle le savait. D'un autre côté, si tout se passait trop bien, elle serait vraisemblablement tout aussi bouleversée. Ce qui n'était guère rassurant non plus.

Elle essaya de réfléchir clairement à sa situation.

Il n'était pas question pour elle d'avoir une aventure avec le mari de Beth. Il était hors de question également qu'elle tombe amoureuse de Colin.

Malheureusement, elle ne pouvait nier le fait... que c'était exactement ce qui était en train de se produire.

La sonnette retentit et Armani se mit à aboyer.

Le cœur battant, Sally enfila rapidement ses chaussures à bride et attrapa au vol sa pochette assortie.

Elle avait vu Colin en costume un nombre incalculable de fois. Pourtant, lorsqu'il lui apparut dans son costume anthracite Hugo Boss, elle crut que ses jambes allaient se dérober sous elle. Soucieuse de cacher son trouble, elle s'empressa d'emmener Armani dans la buanderie.

— Je ne rentrerai pas tard, promit-elle au chiot, en traversant la cuisine.

— A ta place, mon vieux, je ne compterais pas trop là-dessus ! ajouta Colin d'une voix enjouée.

Sally tressaillit et se demanda si elle avait bien entendu.

Son cœur battait si fort qu'elle n'en était pas certaine.

**
*

Colin avait toujours adoré cette petite robe noire que Sally portait souvent lorsqu'elle sortait parfois avec Beth pour des soirées « exclusivement entre femmes », comme disaient les deux amies. Pourtant, il ne s'était encore jamais senti aussi perturbé à la vue de ses longues jambes et de son décolleté plongeant.

« Elle me tient », songea-t-il avec angoisse.

Pour tout homme autre que lui, cette découverte aurait sûrement pris des allures joyeuses, mais pour lui, cela n'avait rien de rassurant, et il prit la route du restaurant qu'il avait choisi avec des sentiments mitigés.

— Tu es sûr que c'est la bonne direction ? demanda Sally, lorsque, au lieu de se diriger vers l'autoroute, il tourna à gauche.

— Oui. J'ai pensé que ce serait agréable d'aller dîner à Bragg Creek.

Bragg Creek était une petite ville pittoresque, nichée dans une forêt de conifères, au pied de la montagne. Elle se trouvait à une vingtaine de minutes en voiture, dans la direction opposée à celle de Calgary.

— Excellente idée ! approuva-t-elle d'une voix un peu trop aiguë.

La jeune femme semblait aussi à cran que lui. Cette première sortie s'avérait bien plus difficile qu'il ne l'aurait pensé, et il comprit vite qu'il devait faire en sorte de détendre l'atmosphère.

— Comment s'est déroulée ta semaine de travail ?

— Un peu plus calme que d'habitude. A tort ou à raison, Gérald semble convaincu que je serai promue le mois prochain et il m'a déconseillé de prendre de nouveaux clients. En fait, je passe le plus clair de mon temps à redistribuer mes affaires en cours à mes associés.

— Et ta cliente au mari irascible ? Où en est-elle ?

— Ça, c'est un autre problème. Jusqu'à présent, je me suis occupée de son cas gratuitement. Et de plus, bien que nous nous connaissions de longue date, j'ai eu du mal à gagner sa confiance. Je ne peux donc pas passer son dossier à n'importe qui.

Colin remarqua que Sally avait décroisé les bras. Il sourit. Si le fait de parler boutique ne détendait pas la plupart des femmes, avec le futur juge Stowe, cela marchait à tous les coups.

— Il y a eu de nouveaux développements ?

— La vie de Pam ressemble à un feuilleton télévisé en ce moment. La semaine dernière, nous avons demandé et obtenu une ordonnance restrictive contre Rick. Je m'attendais à un sérieux retour de manivelle. Or, à ma grande surprise, il ne s'est encore rien passé. Cependant Pam est sur des charbons ardents. Pour ma part, je commence à penser que Rick a enfin décidé de se conduire en adulte.

— Tu penses vraiment que c'est possible ?

— L'expérience m'a appris que si cela ne se produisait pas aussi souvent qu'il le faudrait, cela arrive néanmoins.

Quelques heures plus tard, Colin commençait à trouver que sa petite stratégie consistant à détendre l'atmosphère en parlant de travail fonctionnait un peu trop bien à son goût. Ils avaient terminé leur repas depuis bien longtemps et étaient sur le chemin de retour, qu'ils discutaient toujours des lois en application dans leur pays.

Sally remonta même jusqu'à l'époque où tous deux fréquentaient encore l'université.

— Tu dois bien reconnaître que tu étais d'une arrogance invraisemblable, Colin !

— Ah bon ! C'est moi qui étais arrogant ! Quand on était en cours, tu étais toujours la première à lever la main et à apporter la bonne réponse.

A l'époque, la jeune femme passait tout son temps libre à la bibliothèque universitaire. Pour lui, Sally était une superbe blondinette, dotée de jambes magnifiques mais qui n'adressait la parole à un garçon que s'il se trouvait être en possession de renseignements intéressants sur une jurisprudence ou autre chose du même acabit.

— Je travaillais dur, tu sais, se défendit-elle. Alors que toi... Tu arrivais régulièrement en cours avec une gueule de bois monumentale. Tout le monde savait que tu n'ouvrais jamais un livre. Et malgré tout, quand le prof te posait une colle, tu trouvais le moyen de t'en tirer honorablement. Tu ne peux pas savoir à quel point c'était irritant !

— Que veux-tu, j'ai toujours eu de l'intuition en droit...

— De *l'intuition en droit* ? s'esclaffa Sally. J'admire ton sens des formules ! Tu étais issu d'une famille aisée et très en vue, et, contrairement à nous, tu ne redoutais pas l'échec.

Colin n'en crut pas ses oreilles.

— Est-ce que tu es en train d'insinuer qu'il y avait du favoritisme ?

— Non ! Pas du tout. Tu savais de quoi tu parlais, il n'y avait aucun doute là-dessus. Seulement... Nous n'avons jamais compris comment tu t'y prenais pour passer ton temps à faire la fête et obtenir des notes aussi brillantes.

— Tu me détestais, hein, avoue...

Sally réfléchit un moment avant de répondre :

— Pas vraiment, non.

— Parce que j'étais doué ? insista-t-il.

Ils approchaient du carrefour. Colin ralentit et se tourna brièvement vers elle, attendant sa réponse.

— Non. Parce que tu ne connaissais pas ta chance.

Elle avait abordé la question de leurs années d'études d'un ton plutôt taquin. A présent, il détectait un réel agacement dans sa voix. Ce détail le perturba.

Sans répondre il s'arrêta au stop, s'engagea sur la voie menant à son impasse. Une lumière brillait à l'intérieur de la maison ; sûrement celle de la buanderie, qu'elle avait dû laisser allumée pour Armani.

Il coupa le contact et resta silencieux un moment.

— Il y a eu au moins une occasion où tu n'as pas eu l'air trop rebutée par mon attitude, avança-t-il d'une voix grave.

Il faisait trop sombre pour qu'il puisse voir son expression, mais il la sentit tressaillir.

— Ce n'est pas très fair-play de ta part, que de remettre cette nuit-là sur le tapis, Colin.

— Et pourquoi donc ? C'est toi qui m'as quitté, non ? Si l'un de nous doit en vouloir à l'autre, à propos de cette fameuse nuit, c'est…

— Je ne t'en veux pas, Colin, le coupa-t-elle, agacée. Cela dit je crois qu'il est temps que nous nous souhaitions une bonne nuit. Merci pour le dîner.

Elle ouvrit la portière et sortit précipitamment de la voiture.

Colin la regarda s'éloigner, interloqué. Il lui fallut un moment pour se décider. Il ne pouvait accepter que la soirée se termine ainsi.

— Sally ! J'étais fou de toi, quand nous étions à la fac. Cela me rendait dingue de penser qu'à tes yeux, je ne faisais jamais rien de bon.

Il la suivit jusqu'au perron. Comme elle avait du mal à

trouver la serrure, il lui prit le trousseau de clés des mains et ouvrit la porte.

Elle se précipita à l'intérieur.

— Je t'en prie, lança-t-il sans oser rentrer. Pardonne-moi.

Il se sentait terriblement abattu et ne comprenait pas comment ils en étaient arrivés là. Il avait passé une soirée des plus agréables, légère et empreinte de complicité et d'une certaine tendresse. A présent, Sally était furieuse après lui et il ne savait pas pourquoi.

Brusquement la jeune femme se retourna.

Elle le regarda intensément dans les yeux avant de laisser échapper un soupir.

— Tu n'as rien à te faire pardonner, Colin. Moi aussi, j'étais folle de toi.

Et là-dessus, elle l'embrassa avec une fougue surprenante.

10.

Un jour, par le passé, Sally avait eu cette même sensation… Celle d'être prise dans un tourbillon d'émotions qu'elle ne comprenait pas et, surtout, ne contrôlait pas. Colin l'agaçait, la surprenait, la faisait rire, la provoquait.

Dans l'immédiat cependant, il la rendait folle de désir…

Seize ans plus tôt, il l'avait prise dans ses bras pour lui faire franchir le seuil de son appartement. Aujourd'hui, Sally inversait les rôles et Colin ne semblait avoir aucune objection à apporter. Toutefois, il reprit bientôt le dessus et elle se laissa aller. C'était tellement merveilleux, de pouvoir se blottir ainsi dans ses bras…

La porte se referma sans qu'elle sache bien comment et Colin s'y appuya, soulevant presque la jeune femme du sol, dans son effort pour la rapprocher au plus près de lui.

Cela n'avait rien d'un simple baiser d'au revoir ou d'une étreinte timide visant à voir quelle attitude adopter ensuite. L'espace de quelques instants, Sally eut le sentiment qu'il n'y avait plus de barrières entre Colin et elle. Leur désir latent s'était mué en une réalité physique, brûlante dans son urgence, et totalement incontrôlable.

Elle sentit son souffle, ses lèvres… puis sa langue passer de sa bouche à cet endroit si doux, derrière son oreille, avant de s'attarder sur son cou, sur son épaule dénudée...

Elle était toute prête à offrir le reste de son corps à ses caresses... A s'abandonner... Tout oublier...

Mais soudain elle entendit Armani gémir dans la buanderie, et redevint aussitôt Sally Stowe, la femme de loi au service de la Couronne. Sally Stowe, divorcée et mère de famille, Sally Stowe, candidate au poste de juge... et maîtresse d'un petit chien.

Elle ouvrit les bras et repoussa doucement Colin.

— Armani..., haleta-t-elle. Il veut sortir...

— Mmm... ?

Les yeux enfiévrés, Colin recula légèrement et la dévisagea d'un air interrogateur. Au bout de quelques secondes, il comprit ce qu'elle venait de lui dire.

— Il est toujours dans la buanderie ?

Sally se contenta de hocher la tête, trop essoufflée pour pouvoir lui répondre. Elle vit que sa robe était remontée sur ses cuisses et la fit redescendre d'un geste vif.

— Je vais le chercher, souffla Colin en lui effleurant la joue avec une tendresse émouvante.

Il s'engagea dans le couloir et Sally en profita pour allumer les lumières et ramasser sa pochette et son trousseau de clés qui étaient tombés sur le carrelage. Elle rangeait le tout dans le placard quand Armani bondit joyeusement vers elle.

— Bonjour, Armani. Oh, le bon chien ! Je t'ai manqué, dis-moi !

Le chiot lui lécha la main et se remit à gémir.

Sally le fit sortir dans le jardin et resta sur le seuil, le regard perdu dans l'obscurité, pas encore détachée de l'instant merveilleux qu'elle venait de vivre.

Au bout de quelques secondes, elle sentit le souffle chaud

de Colin derrière elle. Il posa une main sur son épaule. Elle ne bougea pas d'un pouce, de crainte que son compagnon ne veuille reprendre les choses où ils les avaient laissées.

Non que son corps ne brûlât pas de désir pour lui. Loin de là… Seulement leur baiser de ce soir ne pouvait se terminer de la même manière que celui qu'ils avaient échangé seize ans auparavant.

— Ne t'inquiète pas, Sally. Je n'ai pas l'intention de te bousculer, murmura-t-il.

Elle ne répondit rien mais sentit sa tension diminuer. S'il avait tenté la moindre caresse, elle n'aurait pu résister…

— Je ne peux nier que j'aimerais faire l'amour avec toi ce soir, seulement je sais qu'il est encore trop tôt, reprit-il.

— Trop *tôt* ?

— Cela finira par arriver, tu le sais aussi bien que moi.

Elle fut tentée de le contredire, mais n'en eut pas le courage.

— Ce n'est pas ce que tu veux ? insista-t-il.

Si. Elle le voulait. Elle le désirait du plus profond d'elle-même. Aujourd'hui comme ce soir-là, il y avait si longtemps… Et sans doute comme toutes ces années qui s'étaient écoulées depuis…

Elle avait refoulé son désir par égard pour Beth. Mais cela n'avait pas toujours été facile… Ni lorsque Neil et elle s'efforçaient à grand-peine de vivre ensemble, ni pendant les étapes douloureuses de leur divorce. Dans ces moments-là, elle avait éprouvé bien des difficultés à ne pas envier le couple modèle que formaient à ses yeux Beth et Colin Foster.

Le destin était vraiment capricieux. Pourquoi ne s'était-elle pas rendu compte de son attirance pour Colin un mois plus tôt, avant qu'il ne rencontre Beth ?

Il était rare que Sally se laisse aller à penser ainsi, et elle s'en voulut aussitôt. Elle ne pouvait décemment reprocher son bonheur à sa meilleure amie !

— Sally ? murmura Colin en faisant doucement courir ses mains sur sa taille. Dis-moi ce que tu veux.

Il ne lui était plus possible de feindre l'indifférence à présent.

Colin avait raison. Tout semblait indiquer que les amants qu'ils avaient été finiraient par se retrouver et s'aimer de nouveau. Elle le savait.

Cependant, le pas ne serait pas facile à franchir. Et pas uniquement à cause du souvenir de Beth. Sa situation était complexe à elle aussi. Depuis son divorce, toutes ses tentatives pour avoir une relation amoureuse s'étaient soldées par un échec.

— Je ressens la même chose que toi, Colin, laissa-t-elle enfin tomber. Seulement ce n'est pas si simple que ça…

— Je sais.

Il exerça une légère pression sur ses épaules et l'obligea à lui faire face.

— Tout comme toi, je pense que nous devons y aller doucement, poursuivit-il. L'important est que je puisse continuer à te voir. Qu'est-ce que tu fais demain ? Nous pourrions aller nous promener le long de la rivière et aller déjeuner chez moi, qu'en dis-tu ?

— Impossible. Quand Lara est avec Neil, je passe la journée au bureau.

— Je croyais que tu avais un peu moins de travail, ces derniers temps ?

— J'ai encore des détails à régler.

Ce n'était pas l'entière vérité, mais elle connaissait Colin et savait qu'elle devait le freiner dans ses élans. Pourtant, elle aurait tellement aimé accepter sa proposition…

Elle risqua un rapide coup d'œil vers lui et le regretta

aussitôt. C'était si difficile de s'en tenir à ses résolutions sérieuses alors qu'il était si près d'elle, les mains posées sur ses épaules nues...

Elle se dégagea doucement.

— Quand est-ce que l'on se revoit, alors ? demanda-t-il, légèrement déçu de son attitude. Vendredi soir ?

— Lara passe le week-end avec moi, la semaine prochaine.

— Elle aura peut-être prévu une sortie, non ?

— Il y a des chances, oui.

A la vérité, Lara lui avait déjà demandé la permission de dormir chez une copine, le vendredi soir et d'aller au cinéma avec Chris le samedi après-midi.

— Alors ? insista Colin, une nuance d'espoir dans la voix.

— Je pense que le moment n'est pas vraiment choisi pour entamer une relation, soupira-t-elle, sachant que ses paroles allaient avoir un effet certain. Dans un mois ou deux peut-être...

Il eut l'air si blessé qu'elle dut baisser les yeux. Si seulement il voulait bien accepter sa décision et prendre un peu de recul...

— Un mois ou deux ? Dis-moi, Sally, j'ai l'impression que quelque chose m'échappe. Tu ne serais pas en train, par hasard, de m'éconduire purement et simplement ?

Il s'était rapproché d'elle et de nouveau, elle détourna la tête.

— Sally, regarde-moi, s'il te plaît.

— C'est que... Ma vie est un peu compliquée en ce moment.

— C'est à cause de Beth ?

— En partie, seulement.

— Ecoute, je sais que tu as une fille à élever et une carrière à mener. Mais c'est le cas de la plupart des femmes de ton âge et je ne vois pas ce qu'il y a de si compliqué là-dedans.

— Eh bien, il y a Neil pour commencer...

Aussitôt, elle regretta ses paroles. Les yeux de Colin s'éclairèrent d'une lueur toute professionnelle.

— Que vient faire ton ex-mari dans notre relation, au juste ?

A présent, elle était obligée de s'expliquer et elle n'était pas certaine que Colin comprenne.

— Depuis notre divorce, il y a eu un ou deux hommes, dans ma vie. J'ai essayé d'avoir une relation suivie avec eux et...

Elle n'acheva pas.

— Et ? insista Colin.

— Et Neil a toujours très mal réagi, conclut-elle très vite. Il faut d'abord que tu saches qu'il ne voulait pas de ce divorce, et il se comporte parfois comme si j'étais toujours sa femme.

— Comment peux-tu accepter une attitude pareille ?

Et voilà... Comme elle s'y attendait, il lui avait posé la question à laquelle elle n'avait jamais pu répondre. Comment ? Pourquoi ? Tout se situait à un niveau tellement subtil et tellement compliqué...

— Je lui résiste sur un bon nombre de choses, crois-moi. Seulement Neil est un excellent père pour Lara et j'évite de faire des remous quand cela ne me paraît pas absolument nécessaire.

— Dois-je comprendre que tu verrais une éventuelle relation avec moi comme un *remous* totalement superflu ?

— Non... Pas exactement. C'est une mauvaise période, c'est tout. Une fois que le successeur de Willa aura été nommé, que ce soit moi ou un autre, ce sera différent.

Colin tendit le bras et lui prit la main.

— Attends, tu crains que notre relation irrite Neil au point qu'il essaye de compromettre ta nomination ?

Sally laissa échapper un long soupir.

— Oui, avoua-t-elle.

— Enfin, Sally ! C'est complètement irrationnel ! Neil a beau être un avocat de renom, il n'a pas le pouvoir absolu sur la profession !

Colin n'avait toujours pas compris.

— Je ne te parle pas des mesures qu'il pourrait prendre auprès de la profession, tenta-t-elle de lui expliquer.

— De quoi parles-tu alors ?

Soudain, Colin se redressa de toute sa hauteur et il l'observa un instant sans rien dire, avec l'air de quelqu'un qui vient d'avoir une révélation.

— Ce fameux vendredi soir… C'était Neil, c'est ça ? C'est lui qui t'a frappée.

— Je ne veux plus parler de ça, marmonna Sally en retournant vers la porte de derrière pour faire rentrer Armani.

— Sally ? Regarde-moi. Si Neil t'a fait du mal…

— Je t'ai déjà dit que c'était un accident ! Colin, je voudrais que tu t'en ailles à présent.

— Tu m'inquiètes, Sally. Si Neil est capable de violences…

— Il ne l'est pas !

— Dans ce cas, pourquoi hésites-tu à entamer une relation avec moi ?

— Comme je te l'ai dit tout à l'heure, ce n'est pas si simple.

— Cela ne te ressemble pas, Sally. Tu veux vraiment laisser l'homme dont tu as divorcé il y a treize ans te dicter ta conduite amoureuse ?

— Neil ne me dicte pas ma conduite amoureuse !

Mais, malgré le ton catégorique qu'elle venait d'employer, elle ne réussit pas vraiment à s'en convaincre elle-même et, pire, une petite voix lui soufflait qu'elle niait l'évidence : elle refusait de croire que Neil avait ce pouvoir sur elle et pourtant... c'était la triste vérité.

— Bon sang, Sally ! Tu ne comprends donc pas que c'est complètement aberrant ?

— Bien sûr que si. Seulement tu ne le connais pas. Tu ne sais pas de quoi il est capable...

La main de Colin se referma sur son épaule.

— Je m'occupe de Neil.

Si seulement cela avait pu être aussi facile qu'il avait l'air de le croire... Hélas, elle savait pertinemment que ses problèmes ne pouvaient être résolus par un autre homme. Bien au contraire.

Avec Neil, il n'y avait pas de solution.

— Je suis désolée, Colin. Je sais que tout cela n'a aucun sens à tes yeux. Pourtant, je sais ce que je fais, crois-moi. Pour une raison qui m'échappe totalement, Neil a du mal à accepter cette éventuelle promotion. Il m'en a toujours voulu de ma réussite professionnelle. Je suppose qu'il voit cela comme une perturbation pour Lara. Il a l'impression que je ne passe pas avec elle autant de temps qu'il le faudrait. Enfin... Je sais qu'il finira par accepter la réalité et quand ce sera le cas, toi et moi, nous pourrons...

Colin la fit taire d'un geste de la main.

— Tout cela m'inquiète au plus haut point, Sally. Même si je sens que tu ne me dis pas tout, je ne veux plus que tu sois seule avec ce type. Sous aucun prétexte. La prochaine fois qu'il viendra, je veux être présent, moi aussi.

— J'apprécie le geste, Colin. Toutefois, ce n'est pas ton rôle que d'essayer de me protéger. Sans compter que ta présence ne ferait sûrement qu'aggraver la situation. Fais-moi confiance. Je sais comment m'y prendre avec Neil.

Après ce que Sally lui avait appris sur le comportement de Neil, Colin n'était pas tranquille.

Il avait longuement hésité avant de laisser la jeune femme seule mais elle avait insisté pour qu'il rentre chez lui, et il avait été forcé de s'incliner.

Beth avait-elle compris à quel genre d'homme son amie avait affaire ? Il se souvenait à présent avoir entendu sa femme faire quelques remarques sur l'attitude de Neil, sans y prêter beaucoup d'attention toutefois. A l'époque, il s'était dit que Sally et Neil passaient par la période de reproches et de ressentiment mutuels, généralement consécutifs à un divorce. Rien de bien nouveau.

Mais jamais il ne lui était venu à l'esprit que Neil puisse être tyrannique ou exercer la moindre pression affective. Et encore moins qu'il puisse avoir recours à la violence physique. Car il en était sûr à présent, la chute *accidentelle* de Sally n'avait rien d'un accident.

Il resta un long moment derrière le volant de son véhicule à l'arrêt, à regarder les lumières s'éteindre l'une après l'autre, jusqu'à ce qu'il ne reste plus qu'une lueur oranger dans la chambre de Sally. Il se représenta alors la jeune femme, retirant ses talons hauts et faisant glisser sa petite robe noire le long de son corps ferme...

Dieu qu'il la désirait...

Il ferma les yeux et respira longuement. Il ne devait pas laisser son désir obscurcir son jugement. Sally avait besoin de lui. Malheureusement, elle semblait décidée à régler le problème toute seule, et il ne savait trop que faire.

La lumière qui brillait dans sa chambre finit par s'éteindre.

Colin ne bougeait toujours pas. Il savait pertinemment que cela ne servait à rien de rester garé là toute la nuit — le pavillon était équipé de verrous, d'une alarme et Sally avait un chien —, mais il ne pouvait se résoudre à s'éloigner.

« Sally ne risque rien », se répétait-il, peu convaincu pour autant.

Après un dernier regard vers la chambre de la jeune femme, il se décida à rentrer chez lui, non sans une certaine appréhension.

Sa maison lui parut plus grande et plus vide que jamais.

Il ouvrit le réfrigérateur pour y prendre une bière et son regard tomba immédiatement sur le dernier ragoût préparé par Judith, toujours dans son récipient en aluminium qui finirait, lui aussi, dans la poubelle. Il était vraiment temps qu'il ait une petite conversation avec sa collègue.

Il se promit de le faire très prochainement.

Il prit une cannette et se retira dans la bibliothèque. Il vivait quasiment dans cette seule pièce et se demanda ce qui les avait poussés, Beth et lui, à acheter une demeure aussi grande.

La réponse était simple. A l'époque, ils envisageaient d'avoir des enfants. Et ce rêve n'était jamais devenu réalité.

Pour la première fois de sa vie, Colin regretta de ne pas savoir si le problème venait de lui ou de Beth. S'il avait été certain d'avoir un problème de fécondité quelconque, le doute au sujet de Lara se serait envolé.

Cette incertitude dans ce domaine le tracassait de plus en plus. Bien sûr, il pouvait poser la question à Sally... qui, après tout, n'en saurait peut-être pas plus que lui.

Il y avait aussi le test A.D.N. Mais ce procédé lui paraissait quelque peu violent.

Colin se dirigea vers son ordinateur.

Il se connecta à Internet, et tapa les mots « test de paternité » sur le site de recherche.

Et soudain, une longue liste de possibilités diverses défila devant lui.

Neil ne descendit même pas de voiture, lorsqu'il ramena Lara, le dimanche soir. Il était rigoureusement à l'heure et repartit aussitôt en agitant la main pour saluer sa fille. Sally comprit qu'elle devrait encore remettre à plus tard la petite discussion qu'elle souhaitait avoir avec lui, à propos de la voiture et du maillot de bain.

Elle pensait avoir l'occasion de le faire le mercredi suivant, mais Neil alla chercher Lara directement au lycée et laissa un message pour dire qu'il ne la ramènerait pas avant 21 heures.

A présent que sa charge de travail était moins importante, Sally n'avait plus aucune raison de rester au bureau tard le soir. Aussi décida-t-elle de rentrer pour préparer des lasagnes. Et si elle s'autorisa à utiliser une sauce tomate en pot, du fromage déjà râpé et des pâtes précuites, cela rentrait toujours dans la catégorie des plats faits maison qu'elle essayait de privilégier au maximum.

Lorsque les lasagnes furent prêtes, elle décida de passer voir si Colin était chez lui.

Elle avait à peine sonné à sa porte qu'il vint lui ouvrir.

— Bon anniversaire, Colin ! Je t'ai préparé des lasagnes.

La température était douce en ce soir de mai et il portait un short délavé et un large T-shirt blanc. Sally vit que ses doigts de pieds étaient maculés de taches verdâtres et en déduisit qu'il venait de tondre la pelouse.

Elle se sentit soudain un peu embarrassée d'arriver ainsi, à l'improviste.

— Tu m'as bien dit que tu aimais tout ce qui contenait de la sauce tomate, non ? Alors comme c'est ton anniversaire... j'ai pensé...

Colin, qui avait d'abord paru quelque peu surpris, finit par lui sourire.

— Tu m'étonneras toujours, Sally ! s'exclama-t-il en s'emparant du panier d'osier qui contenait le plat encore fumant. Tu manges avec moi, j'espère...

La jeune femme se détendit. Elle avait cru un instant que Colin se méprenait sur sa visite improvisée.

— Bien sûr ! Je ne vais pas te laisser célébrer cet événement d'importance tout seul ! répondit-elle en le suivant à l'intérieur.

Colin ouvrit une bouteille de chianti et ils s'installèrent dans la cuisine. Le cadeau de Beth était toujours dans son emballage, à côté de la machine à café.

— Je suppose que ceci n'a rien d'un rendez-vous amoureux, fit remarquer Colin entre deux bouchées. Puisque nous n'en sommes pas encore là...

— Non. Disons qu'il s'agit d'un repas entre amis.

— Je m'en contenterai. Du moins pour l'instant...

Bien que son intonation ait été chargée de promesses, il enchaîna rapidement sur les talents de cuisinière de la jeune femme.

Lorsqu'ils eurent fini de manger, Colin ouvrit le cadeau de Beth, la biographie d'un homme politique célèbre.

La jeune femme avait griffonné quelques mots sur la page de garde : *Porte-toi bien, Colin. Avec tout mon amour, Beth.*

— Beth savait que je voulais lire ce bouquin, murmura-t-il d'une voix enrouée en fixant le livre d'un regard lointain.

Sally marmonna une vague excuse et quitta la cuisine, émue plus qu'elle ne l'aurait voulu, et surtout furieuse après elle.

Avait-elle vraiment le droit d'être dans cette maison, surtout aujourd'hui ? Son attitude était-elle décente ? Bien sûr Beth n'aurait sans doute pas voulu que Colin soit seul le jour de son anniversaire. D'un autre côté, il n'était pas certain qu'elle aurait apprécié le fait que Colin et elle deviennent d'aussi bons amis. Aussi vite. Et encore moins qu'ils deviennent amants.

La jeune femme ne savait plus que penser. Jusqu'où pouvaient aller ses désirs ? Où s'arrêtait la morale ? Que penseraient ses collègues si Colin et elle avaient une aventure ? Elle se demanda amèrement ce qu'aurait été sa vie, si elle ne s'était pas tant souciée de l'opinion d'autrui. En se mariant, et peut-être encore plus depuis son divorce, elle avait pris l'habitude de tenir compte des desiderata de Neil dans quasiment tous les domaines.

Et voilà qu'à présent, elle se demandait ce que Beth penserait de sa relation avec Colin ! Cependant, elle ne pouvait s'empêcher de garder à la mémoire ce que Willa Kendal lui avait dit : une fois qu'elle aurait accepté la fonction de juge, ses moindres faits et gestes seraient soumis à un examen minutieux. Cette perspective l'effrayait.

La jeune femme regagna la cuisine. Colin avait repris un visage serein, presque terminé la vaisselle, et le café était prêt.

Elle ouvrit le réfrigérateur pour y prendre du lait. Un magnifique gâteau, nappé de chocolat, trônait sur la clayette supérieure.

— Ouah ! C'est toi qui as fait ce superbe gâteau ?

Colin fit mine d'être absorbé par sa tâche.

— Non, marmonna-t-il. C'est une collègue.

Une collègue… Sally le dévisagea en souriant.

— Elle est jolie ?

— Elle a des chats. Au moins une douzaine !

Ses joues s'étaient empourprées et Sally faillit éclater de rire ; elle n'aurait jamais imaginé à quel point il était facile de faire rougir l'impressionnant procureur de Sa Majesté !

Elle posa le gâteau sur le comptoir, alla chercher deux assiettes dans un placard et sortit un couteau du tiroir, près de la cuisinière.

Elle s'apprêtait à découper le gâteau lorsque Colin bondit.

— Non !

— Pourquoi ? Tu veux que je te chante *Happy birthday* avant ?

— Bien sûr que non, répliqua-t-il en rougissant de nouveau. Seulement on ne peut pas manger ce gâteau. Les chats règnent en maîtres chez Judith. Ils se promènent même sur le comptoir !

Judith... La *collègue* avait donc un prénom. En outre, Colin était déjà allé chez elle.

— Il ne t'est pas venu à l'idée que Judith nettoyait son plan de travail avant de faire la cuisine ? ironisa-t-elle.

Là-dessus, elle découpa une part et la fit glisser sur une des assiettes qu'elle souleva pour inspecter, avec le plus grand sérieux, l'intérieur du gâteau.

— Je ne vois pas de poils de chat. Et cette petite friandise me semble délicieuse. Allez, Colin ! Goûte, au moins ! lança-t-elle en lui agitant une fourchette devant les lèvres. Mmm... Du chocolat... Sens-moi ça... Un vrai régal...

Il ouvrit la bouche comme un gamin récalcitrant. Au bout d'une seconde, le pli soucieux qui lui barrait le front disparut comme par enchantement.

— Ce n'est pas mauvais ! reconnut-il.

Fière de sa petite victoire, Sally en découpa une deuxième part pendant que Colin servait le café.

— Allons dans la bibliothèque, proposa-t-il.

Ils mangèrent leur dessert assis sur le canapé, face à la fenêtre. A présent que les peupliers bourgeonnaient, la vallée commençait à reverdir. L'été approchait à grands pas.

Sally s'arracha à sa contemplation pour jeter un coup d'œil autour de la pièce. Elle aperçut des photos de famille qu'elle n'avait pas remarquées la dernière fois.

— C'est ta mère, là ?

Colin suivit son regard.

— Oui. Cette photo a été prise à Noël dernier. Et les jumeaux sont les enfants de ma sœur. Ils sont mignons, tu ne trouves pas ?

C'était un petit garçon et une petite fille. Il leur manquait une dent de devant à tous les deux et ils semblaient avoir du mal à contenir leur fou rire.

— Adorables. Ils vivent à Calgary ?

— Non. A Vancouver. Ma sœur s'est installée là-bas quand elle s'est mariée. Ma mère y vit aussi, à présent.

— Elle est partie là-bas après son divorce ?

Tout le monde connaissait Edward Foster, le père de Colin, un magnat des milieux pétroliers de Calgary. La compagnie qu'il avait fondée était toujours prospère et le directeur général avait même annoncé, tout récemment, que l'entreprise avait fait l'acquisition de nouveaux puits à l'avenir prometteur.

— Oui. Quant à mon père, il vient de partir pour la Floride, avec sa deuxième femme… Une jolie rouquine qui a au moins dix ans de moins que moi.

— Je vois, murmura Sally, ne sachant trop que dire.

— Tu sais, j'étais déjà adulte lorsque mes parents ont divorcé. Pourtant, cela me fait toujours bizarre. J'ai le sentiment d'avoir eu une famille et de l'avoir perdue. Je n'ai pas vu mon père depuis l'enterrement de Beth.

— Tu vois ta mère et ta sœur, avec toute sa petite famille, non ?

— Je suis allé à Vancouver à Noël. Malheureusement, maman n'est plus la même depuis que mon père s'est remarié. On dirait qu'elle a, comment dire… *rétréci*. C'est étrange, non ? Et mis à part les enfants, qu'elle adore, elle ne semble plus éprouver le moindre intérêt pour quoi que ce soit. Tu ne m'as jamais parlé de tes parents à toi, ajouta-t-il en se tournant vers elle. Ils sont toujours ensemble ?

— Façon de parler. Enfin… je suppose qu'ils sont ensemble. Ils sont morts, il n'y a pas si longtemps que ça. Mon père est parti le premier, d'une crise cardiaque foudroyante. Quelques mois plus tard, maman a attrapé une mauvaise grippe. On l'a hospitalisée et elle est décédée en moins de vingt-quatre heures.

Sally se leva vivement pour ramasser leurs assiettes. Elle essayait de penser le moins possible à ce drame qui lui avait laissé un goût amer dans la bouche.

— Ils te manquent beaucoup ? demanda Colin.

— Par moments. Nous ne nous voyions plus beaucoup, tu sais. Ils n'aimaient pas laisser leur café, à Medicine Hat. Et de mon côté, j'étais bien trop occupée, entre mon travail et Lara, pour aller les voir très souvent.

— On a vite fait de se perdre de vue, tu ne trouves pas ?

Il se leva à son tour et s'empara des assiettes.

— Excuse-moi une minute. Je vais rapporter tout ça dans la cuisine.

— Je t'en prie.

Elle s'avança machinalement jusqu'à son bureau couvert de dossiers empilés et classés avec un soin méticuleux. Le dernier numéro d'une revue professionnelle était ouvert près de l'ordinateur, à côté d'un bloc-notes…

Sally sursauta et relut l'inscription notée au haut de la page et entourée deux fois : 3 septembre.

La date de l'anniversaire de Lara.

Au-dessous, les mots « période de gestation normale de deux cent soixante-six jours » étaient inscrits. S'ensuivait une colonne de chiffres dont elle comprit bientôt qu'il s'agissait d'un compte à rebours qui partait du mois de septembre. Colin avait écrit « 12 décembre » au bas de la colonne et, de nouveau, avait entouré deux fois la date.

Sally eut vite fait de comprendre de quoi il retournait. Colin avait essayé de calculer exactement la date à laquelle Lara avait été conçue.

— Tu avais raison, lança Colin en revenant. Ce gâteau était succulent. Je suis content de ne pas l'avoir laissé perdre dans mon…

Il s'interrompit en la voyant debout devant son bureau.

— Que se passe-t-il, Sally ? Tu as l'air…

La jeune femme leva une main pour le faire taire.

Les questions se précipitaient dans sa tête. Que se passait-il ? Est-ce qu'il faisait mine de la courtiser parce qu'il pensait être le père de Lara ?

Et surtout… était-il possible qu'il le soit ?

11.

— Je vois… Tu as trouvé… Je sais, cela doit te paraître…

Colin se tut. De toute évidence, il était incapable de formuler une phrase cohérente, ce qui lui donnait la désagréable impression d'être coupable d'une monstruosité quelconque.

Et, à en juger par l'expression choquée de Sally, il sut qu'il avait vraiment fait quelque chose de pas glorieux.

— Je te demande pardon, Sally. Je sais pas ce qui m'a pris. Je ne suis plus moi-même depuis… depuis la mort de Beth, en fait. A force de te voir, je me suis surpris à repenser au passé. Et quand j'ai revu Lara, l'autre jour… Je sais que cela va te paraître complètement fou, mais son sourire m'a rappelé celui de ma mère. Quand elle était jeune, bien sûr…

Sally continuait de le dévisager, immobile et la bouche toujours entrouverte.

Il n'allait pas s'en tirer aussi facilement. Et il avait beau savoir que le mieux était de se taire, les mots semblaient s'échapper tout seuls de ses lèvres.

— Je ne pense pas être le père de ta fille. Tu me l'aurais dit, si cela avait été le cas. Je le sais… Non. Je me suis simplement un peu amusé avec cette idée. Et je m'aperçois à présent que j'ai été indélicat, pour ne pas dire odieux… Je suis désolé, crois-moi, Sally.

Il parvint enfin à se taire, plus fatigué que s'il avait couru une heure.

Au bout de quelques secondes d'un silence pesant, Sally finit par cligner des yeux. Elle effleura la feuille de papier sur laquelle Colin avait fait ses calculs d'une main tremblante, puis, le regardant droit dans les yeux, lui posa une question particulièrement incongrue :

— Qu'est-ce qui te fait penser que j'aurais su moi-même, si tu étais vraiment le père de ma fille ?

Colin la regarda, interloqué. Subitement, la pièce lui paraissait plus froide.

— Enfin, Sally… Cela me paraît évident !

Elle ne répondit pas.

— Nous avons utilisé un préservatif, ajouta-t-il.

— Je me suis toujours protégée. Même avec Neil.

Colin se renfrogna, et l'idée qui l'avait effleuré, quelques instants plus tôt, lui apparut, brutale.

— Es-tu en train de me dire que tu ignores qui est le père de Lara ?

Cela ne pouvait être vrai. Pourtant, en regardant Sally enrouler ses bras autour de son corps frêle, il comprit qu'elle avait très peur tout à coup.

— Ecoute Sally. Les dates ne mentent pas. Elles devraient éclairer ta lanterne, tu es d'accord avec moi ?

Il s'empara du bloc-notes. Le poids de tous ces faits tangibles dans sa main lui parut curieusement réconfortant.

— Sur la base d'une période moyenne de gestation de…

— Le mot-clé est « moyenne », l'interrompit-elle. N'importe quel obstétricien te le dira : la période de gestation varie d'une femme à l'autre.

Colin aurait bien voulu qu'il en soit autrement. Malheureusement, il devait bien reconnaître que ce que Sally venait de lui faire remarquer était tout à fait pertinent.

— Bien... Admettons alors que les dates soient probantes dans une certaine limite, d'accord ? Ce que je veux dire, c'est qu'à une ou deux semaines près, nous devrions pouvoir calculer...

Elle ne le laissa pas terminer.

— Colin, j'ai couché avec Neil pour la première fois moins d'une semaine après notre petite aventure.

Cette révélation le réduisit momentanément au silence. Bien que sachant sa réaction ridicule, il était choqué. Pour sa part, il avait attendu au moins un mois avant d'avoir une relation avec une autre femme.

Et cette autre femme avait été Beth.

— Si tôt ? ne put-il s'empêcher de demander.

— Il faut croire que Neil m'a fait perdre la tête.

Elle avait riposté d'un ton si tranchant qu'il n'aurait pu dire si elle était sincère ou non. Quoi qu'il en soit, cela n'avait aucune importance. Que Sally ait éprouvé ou non le moindre sentiment pour lui à l'époque, le problème était de savoir si lui, Colin, pouvait réellement être le géniteur de Lara.

Or, pour la première fois, l'hypothèse était envisageable... Et il ne savait trop comment réagir.

— Est-ce que Neil est au courant ? Je veux dire...

Sally ferma les paupières et se détourna. Au bout de quelques instants, il se rendit compte qu'elle pleurait doucement.

Colin se sentit démuni. Il n'avait jamais été très habile, dans ce genre de situation.

— Ça va ? s'enquit-il à mi-voix, sachant que sa question était ridicule.

Se rapprochant d'elle, il lui effleura timidement l'épaule.

Comme elle ne se dérobait pas, il s'enhardit jusqu'à glisser un bras autour de sa taille.

— Ne t'inquiète pas, Sally. Ce n'est pas grave.

Quel idiot ! Bien sûr que si, c'était grave.

— Je ne sais plus où j'en suis, murmura-t-elle. Je ne m'étais jamais posé la question jusqu'à aujourd'hui... Après tout, nous n'avons passé qu'une nuit ensemble.

Certes... Cependant ils avaient fait l'amour à *trois* reprises. Mais il jugea plus sage de garder ce détail pour lui dans l'immédiat.

— Entre nous, cela n'a été l'affaire que d'une nuit, s'obstina-t-elle. Alors qu'avec Neil, j'avais une véritable relation. Or, si je ne me rappelle pas avoir eu de problèmes de préservatif, cela a bien dû se produire au moins une fois... Et il y a de fortes chances que ç'ait été avec Neil, tu ne crois pas ?

Elle avait levé vers lui son visage baigné de larmes et il aurait bien voulu être en mesure de la rassurer. Malheureusement, il s'en sentait bien incapable.

— Résumons-nous. Jusqu'à aujourd'hui, tu n'avais jamais envisagé que Lara soit la fille de quelqu'un d'autre que de Neil.

— Non. A aucun moment. J'ai dû me poser quelques questions quand je me suis rendu compte que j'étais enceinte, mais jamais je n'ai sérieusement douté...

— Donc, il est tout à fait possible, même si c'est peu probable, que je sois le... le père biologique ?

Elle détourna le visage.

— Oui. Je suppose que c'est possible, bien que hautement improbable.

— Enfin...

Encore une fois, il ne put terminer sa phrase. L'infime

possibilité qu'il soit le père de Lara venait d'agir comme un tremblement de terre sur sa vie.

— Nous devons découvrir la vérité, dit-il finalement. A tout prix.

— Mais cela va nous obliger à passer un test A.D.N. ! s'écria Sally, horrifiée.

— Je... j'ai déjà effectué quelques recherches sur la question, avoua-t-il.

Sally le dévisagea avec des yeux ronds.

Il lui sourit faiblement avant de poursuivre :

— Ce n'est pas très compliqué. Tout ce qu'il nous faut, c'est un peu de salive. La mienne, celle de Lara et la tienne aussi, si tu es d'accord. Nous pouvons obtenir les résultats en sept jours.

Elle continuait de le regarder sans rien dire.

— Je vais trop vite, c'est ça ? Excuse-moi. Mais c'est si...

Il eut soudain envie de la prendre dans ses bras. Toutefois, il lui parut évident qu'elle préférait sans doute garder ses distances.

Il prit appui sur le bureau et poursuivit ses explications, dans l'espoir de lui faire comprendre le bien-fondé de sa démarche.

— Je sais. C'est un peu tiré par les cheveux et cela risque d'avoir des conséquences fâcheuses. Lara est vraisemblablement la fille de Neil et nous ne gagnerons rien à faire ce test de paternité. Cela dit, j'aimerais vraiment connaître la vérité.

— Quand as-tu remarqué pour la première fois cette prétendue ressemblance entre Lara et ta mère ? demanda-t-elle d'un ton méfiant.

— Il y a quelques semaines. En voyant sa photo, dans ta salle de séjour.

Sally se tourna vers la fenêtre et inspira profondément. Lorsqu'elle lui fit de nouveau face, elle semblait distante.

— C'est pour cela que tu m'as invitée à dîner ? Parce que tu pensais qu'il y avait une petite chance pour que Lara soit ta fille ?

— Mais pas du tout ! Ce que j'éprouve pour toi n'a rien à voir là-dedans. Absolument rien... Je n'aurais même pas abordé le sujet dans l'immédiat, ajouta-t-il devant son air dubitatif. J'aurais attendu que notre relation soit plus solide.

De la méfiance, Sally passa à l'incrédulité la plus totale.

— Ah parce que tu comptais garder cela pour toi !

— Ecoute, Sally. Je n'essaie pas de te faire du mal, si c'est ce que tu insinues.

Elle ouvrit la bouche, sans qu'aucun son n'en sorte. Finalement, elle leva les mains en l'air dans un geste impuissant.

— Tout cela me paraît tellement absurde... Je n'arrive pas à y croire. C'est Neil, le père de Lara.

— Dois-je comprendre que tu t'opposes à ce test A.D.N. ?

— Un test A.D.N., un test A.D.N., répéta-t-elle avec amertume. Tu crois que c'est si simple que ça ?

— Ce n'est pas très compliqué, tu sais. Tu te passes un coton tige sur la langue et...

— Je ne te parle pas de ça ! Que dois-je dire à Lara, quand je lui demanderai un échantillon de sa salive ? « Ne t'inquiète pas, ma chérie. Je veux simplement m'assurer que je ne me suis pas trompée sur l'identité de ton père. » Nul doute que cela passera comme une lettre à la poste ! Les mères font *toujours* passer des tests A.D.N. à leurs enfants pour être sûres ! C'est bien connu !

Colin la dévisagea d'un air songeur.

— Tu as raison. C'est sans doute un peu plus délicat que je ne le pensais.
— Délicat ? ricana-t-elle. Franchement, Colin, tu n'as aucune notion des réalités parfois !

Tous les jeudis, Sally consultait bénévolement au palais de justice. Ce jour-là, elle eut affaire à un couple en pleine procédure de divorce.

L'entretien fut d'une courtoisie surprenante. Les deux parties étaient polies, voire attentionnées l'une envers l'autre. Elles ne se coupaient pas la parole et prenaient toutes leurs décisions en gardant à l'esprit l'intérêt de leurs enfants.

A la fin de la séance, Sally ne put s'empêcher de leur demander :
— Vous êtes bien certains de vouloir divorcer ? Vous me paraissez pourtant faits pour vous entendre, tous les deux.

Ce à quoi ils répondirent par un rire faussement léger.

Sally n'en remarqua pas moins une nuance de tristesse dans les yeux de l'homme, lorsqu'il lui tendit la main pour prendre congé.

Il aimait toujours sa femme. C'était évident.

Sally lui serra la main avec une chaleur destinée à lui transmettre sa compassion. Il la remercia de son geste pourtant modeste par un bref sourire.

Par la fenêtre, la jeune femme les regarda quitter le palais de justice, pensive. Lorsqu'ils furent sur le trottoir, ils se séparèrent ; la femme tourna à gauche, l'homme à droite. Sally fut soudain submergée par une véritable tendresse envers le mari. De toute évidence, il n'avait aucune envie de mettre fin à cette union et pourtant, il se conduisait avec une élégance exemplaire. Non seulement envers ses enfants, mais aussi avec sa femme.

« Il reste de braves gens, sur terre », songea-t-elle, émue malgré elle.

Si seulement elle avait pu en rencontrer un peu plus souvent !

Elle rentra chez elle et trouva Lara assise devant la table de la cuisine, plongée dans un bouquin. Elle lisait *Mémoires d'une Geisha*, un des ouvrages sur lesquels les élèves de première devaient rédiger une fiche de lecture dans l'année.

— Qu'est-ce qu'on mange ?
— J'ai passé une excellente journée, merci ma chérie. Et toi ? rétorqua Sally en posant les sacs de courses sur la table.

Elle en tira deux darnes de saumon et un filet de pommes de terre nouvelles. Avec un peu de chance, la laitue qu'elle avait achetée deux jours plus tôt serait encore bonne. Elle ouvrit le bac à légumes afin de s'en assurer. Ça allait. Seules, une ou deux feuilles de salade avaient bruni.

Elle les jeta et prépara le reste avant de remettre le tout au frigo jusqu'à l'heure du repas.

— C'est un bon livre ? s'enquit-elle en allumant le four, avant de rincer le saumon qu'elle disposa dans un plat.
— Mouais, fit Lara, qui n'avait toujours pas levé le nez de son livre.

Brusquement, elle se redressa.

— Maman ? Est-ce que tu dirais qu'il s'agit d'une métaphore, ici ? Ecoute...

Elle entreprit de lire le passage concerné à voix haute. Une fois que sa mère lui eut confirmé qu'il s'agissait bel et bien d'une métaphore, elle s'empara d'un stylo pour prendre note.

De la main gauche, comme d'habitude.

Colin était gaucher lui aussi, non ?

Sally aurait bien voulu pouvoir regarder sa fille sans chercher une ressemblance quelconque avec son père. Malheureusement, cela lui était devenu impossible ; elle ne pouvait que constater que Lara ne ressemblait en rien à Neil. Et si ce dernier avait toujours crié haut et fort que l'adolescente avait l'intelligence des Anderson, on pouvait difficilement qualifier Sally de demeurée... Quant à Colin...

Elle pouvait toujours se rabattre sur ce nez, particulièrement fin. Sally avait toujours pensé que Lara l'avait hérité des Anderson. Elle se plaça à l'autre extrémité de la table de cuisson pour examiner sa fille de profil.

— Qu'est-ce qu'il y a, maman ? Pourquoi me regardes-tu comme ça ? J'ai un bouton ou quoi ?

— Excuse-moi, ma chérie. J'essayais de me souvenir du livre que je lisais quand j'étais en première. Ça y est ! s'exclama-t-elle. Je sais. C'était *Ne tirez pas sur l'oiseau moqueur*, de Harper Lee.

Visiblement peu intéressée par la question, Lara haussa les épaules et poursuivit sa lecture.

Sally retourna vers la cuisinière. Après avoir enveloppé les pommes de terre dans du papier aluminium avec un peu de beurre et de romarin, elle les mit au four, toujours perdue dans ses pensées.

Colin avait au moins eu la bonne grâce de se conduire élégamment, étant donné la situation. La veille, il l'avait assurée qu'il ne la forcerait pas à soumettre Lara à ce test A.D.N. Cela dit, sur le plan légal, il ne pouvait l'y obliger. Sur le plan moral en revanche, Sally ne pouvait que lui concéder certains droits.

Comment avait-elle fait pour se mettre dans une situation pareille ? Ce n'était pas comme si elle avait passé sa jeunesse à papillonner d'un garçon à l'autre. Avant Colin, elle n'avait eu qu'un seul amant, son petit ami au lycée, avec qui elle avait rompu en terminale.

Non, décidément, les filles comme elles n'étaient pas vouées à avoir des doutes quant à l'identité du père de leurs enfants !

Et si tout cela finissait par se savoir ?

Sally voyait déjà les gros titres des journaux :

« L'AVOCATE PRESSENTIE A LA FONCTION DE JUGE DE LA COURONNE MÊLÉE À UNE ACTION EN RECHERCHE DE PATERNITÉ »

Avec un peu de chance, un reporter un peu plus audacieux que les autres glisserait dans son article un portrait de Lara. Cela ferait la une des tabloïds, avec un sous-titre racoleur du style : « Qui est le père de cette jeune fille ? Sa propre mère l'ignore elle-même ! »

Sally laissa échapper un gémissement.

— Qu'est-ce que tu as ce soir, maman ? Je vais lire dans ma chambre. Appelle-moi quand le repas sera prêt.

Sally attendit quelques minutes et décrocha le téléphone.

— Colin ? J'espère que je ne te dérange pas... Il fallait que je parle à quelqu'un. J'ai l'impression de devenir folle. Je n'arrive pas à croire que j'ai passé toutes ces années à... *présumer* que Neil était le père de Lara. Je ne dors plus la nuit. Je tourne dans mon lit en me demandant si je ne me suis pas trompée. Pire : je n'arrive plus à regarder ma fille sans...

Elle ne termina pas sa phrase mais Colin comprit ce qu'elle voulait dire. Sally devait examiner Lara sous toutes les coutures, à l'affût d'un signe évident que l'adolescente était bien la fille de Neil.

Il ne pouvait pas en être autrement. Sally voulait être certaine que l'homme qu'elle avait épousé était vraiment le père de l'enfant qu'ils élevaient conjointement, à défaut de l'élever ensemble.

Colin aurait dû éprouver la même chose qu'elle, par égard pour Sally, pour Lara et même pour Neil. Malheureusement, il devait y avoir une pointe d'égoïsme en lui. Plus qu'une pointe même... Car plus il y pensait, plus l'idée que Lara était sa fille le séduisait. Terriblement.

Certes il avait manqué un certain nombre d'étapes importantes. Quasiment toutes, en fait. Néanmoins, la pensée qu'il avait un enfant était tout simplement... merveilleuse, aussi incroyable que cela puisse paraître.

— Si c'est ce qui te préoccupe, Sally, je n'ai pas plus l'intention que toi d'en parler à quiconque. Neil est le père de Lara. C'est lui qui subvient à ses besoins, c'est lui qui s'occupe d'elle et il l'aime depuis toujours. Et ce sera toujours le cas.

Après quelques secondes de silence, Sally laissa échapper un long soupir.

— Tu veux que je te dise, Colin ? C'est la deuxième fois aujourd'hui que j'ai affaire à un honnête homme. C'est un record, crois-moi !

— Pas si honnête que cela... La preuve : j'ai quelque chose à te demander en échange.

— Laisse-moi deviner. Ça se cuisine à la sauce tomate ?

— Non, s'esclaffa Colin. Ça se présente dans une petite robe noire et en talons hauts. Accepterais-tu de dîner de nouveau avec moi, le week-end prochain ? Vendredi soir par exemple ?

— J'ai réunion avec mon club de lecture, vendredi. D'ailleurs cela me fait penser que je n'ai pas encore fini de lire ce fichu roman.

— Samedi alors... Je sais que c'est ton tour d'avoir ta fille pour le week-end, seulement comme l'autre fois, elle aura sûrement prévu une sortie.

— Gagné ! Mais je...

Colin perçut une nuance d'hésitation dans sa voix et comprit que la décision n'était pas facile à prendre. Il attendit patiemment en priant pour que les choses tournent à son avantage.

— Entendu Colin. Je serai ravie de sortir avec toi samedi soir.

Colin raccrocha, aux anges, rangea deux ou trois bricoles dans sa cuisine, puis, lorsqu'il n'eut plus rien à y faire, se surprit à errer dans la maison.

Il était dans un drôle d'état. Un peu comme s'il avait étrenné une nouvelle paire de tennis avec l'impression de ne pas toucher terre.

Qu'est-ce qui lui arrivait ? Un simple dîner avec Sally ne pouvait quand même pas le mettre dans de telles transes...

La réponse lui apparut en un éclair. Il n'avait pas éprouvé ce genre de sensations depuis l'annonce de la maladie de Beth, depuis que son existence avait changé à tout jamais.

Tout d'un coup, il était tourné vers le futur.

Libéré.

Il pouvait enfin regarder l'avenir comme une source potentielle de bonnes surprises.

Il allait laisser la question de la paternité de Lara reposer un petit moment. Il avait confiance en Sally. Son intégrité ne faisait aucun doute. Dès lors, elle finirait par comprendre qu'il avait le droit de savoir et elle accepterait d'en passer par ce fichu test A.D.N.

Quant à ce qu'ils diraient à Lara, le moment venu...

Il n'en avait aucune idée.

12.

Neil était presque certain que Sally avait rendez-vous ce soir.

Il avait appelé Lara, un peu plus tôt dans l'après-midi. La jeune fille devait aller au cinéma avec un des garçons de l'équipe de ski, et il voulait lui souhaiter une bonne soirée.

— Je suis pressée, papa, avait-elle dit. Je n'ai pas fini de me vernir les ongles et maman m'a demandé d'emmener Armani faire une longue promenade parce qu'il va rester seul toute la soirée.

— Ta mère ne peut pas aller le promener elle-même ? s'était-il étonné, ne voulant pas questionner trop ouvertement sa fille sur l'absence de Sally.

— Elle est chez le coiffeur. De toute façon, je suis responsable d'Armani, moi aussi. Maman fait déjà plus que sa part.

S'il y avait une chose que Neil détestait, c'était bien que Lara prenne la défense de sa mère. Et encore plus le silence qu'elle adoptait dès qu'il abordait certains sujets la concernant.

Lorsqu'elle était plus petite, encore naïve et un peu pipelette, Neil n'avait aucun mal à se renseigner sur les allers et venues de Sally. A présent, dès qu'il prononçait le nom de sa mère, Lara était sur ses gardes et ne dévoilait rien.

Aussi, à moins qu'il ne lui pose franchement la question,

il savait que Lara ne lui dirait pas ce que faisait Sally ce soir-là. Et même s'il le lui demandait, il n'était pas certain qu'elle réponde.

Tant pis. Il trouverait un autre moyen...

Il reprit le téléphone et appela la jeune femme qu'il fréquentait ces derniers temps pour annuler la sortie qu'ils avaient prévue. Elle sembla déçue mais il s'en moquait éperdument. Si jamais elle refusait de le voir la prochaine fois qu'il l'inviterait, il n'aurait aucune difficulté à la remplacer.

Vers 18 heures, il se glissa derrière le volant de sa deuxième voiture, une Toyota parfaitement anodine et qui ne rappellerait rien à Sally si jamais elle l'apercevait dans son quartier.

Il prit la direction d'Elbow Valley et chercha l'endroit idéal pour se garer et attendre. Il avait emporté un journal et s'était acheté un grand café pour s'occuper pendant sa planque.

Chris arriva un peu avant 19 heures. Neil regarda sa fille sortir de la maison en courant et éprouva l'habituel gonflement de fierté en la voyant. Malgré ses difficultés à accepter qu'elle soit définitivement sortie de l'enfance, il était heureux de constater qu'elle allait devenir une femme superbe.

Une demi-heure environ après le départ des deux adolescents, un deuxième véhicule se gara devant le pavillon de Sally. Neil reconnut immédiatement le 4x4 qu'il avait vu dans l'allée, le fameux soir où il s'était *accroché* avec son ex-épouse.

Soucieux d'avoir une bonne vision du conducteur au moment où il sortirait de sa voiture, Neil tira une paire de jumelles de la boîte à gants. Mais l'appareil se révéla totalement inutile car il reconnut immédiatement l'homme.

C'était Colin Foster.

Cette apparition le ramena des années en arrière. Ils avaient tous fréquenté la même faculté de droit et Colin avait épousé la meilleure amie de Sally. Par la suite, les deux couples s'étaient fréquentés régulièrement.

Puis, après le divorce, leurs rencontres avaient brutalement cessé. Et si Colin avait continué de se montrer cordial avec lui lorsque leurs chemins se croisaient dans le petit cercle juridique de Calgary, Beth en revanche, l'avait aussitôt snobé avec un mépris non dissimulé.

Il lui revint soudain à l'esprit que Beth était morte récemment. Il avait vu l'annonce de son décès dans le journal, à l'automne précédent. Qu'est-ce que Colin et Sally fabriquaient ensemble ? Ils ne s'étaient tout de même pas entichés l'un de l'autre !

Encore que…

Sally ouvrit la porte et sortit sur la terrasse. Neil se souvint que Lara lui avait dit que sa mère avait pris rendez-vous chez le coiffeur et il dut bien reconnaître que le résultat était des plus réussis. Lorsqu'elle se rendait au bureau ou au tribunal, Sally attachait presque toujours ses cheveux. Ce soir, en revanche, ils tombaient en boucles légères sur ses épaules. Par ailleurs, elle avait particulièrement soigné sa tenue et portait des hauts talons qui mettaient en valeur ses jambes de danseuse.

Les tempes bourdonnantes, Neil ferma les yeux et imagina Sally courant vers sa voiture pour s'installer à ses côtés. Il sentait presque son parfum et, l'espace d'un instant, crut même entendre son rire de gorge, ce rire qui le surprenait toujours, parce qu'il jurait un peu avec sa silhouette frêle.

Il rouvrit les yeux, juste à temps pour voir la jeune femme fermer la porte avec soin.

Un sourire méprisant se dessina sur ses lèvres. Sally serait tellement furieuse si elle savait qu'il avait un double de ses clés !

Par la vitre ouverte, Neil l'entendit rire à une remarque que lui avait faite Foster, et ses poings se crispèrent de rage.

Puis il la vit grimper à l'avant du 4x4 dont Foster ferma la portière avant d'aller s'installer au volant.

Il était bien prévenant, ce fumier ! Et bien trop pressé de partir avec une femme sur laquelle il n'avait rigoureusement aucun droit.

Neil éprouva une montée d'adrénaline provoquée par un mélange de jalousie et de colère noire. Le doute n'était plus permis : il y avait quelque chose entre Sally et Foster. De toute évidence, ils s'apprêtaient à passer la soirée ensemble.

Restait à savoir s'ils se limiteraient à cela.

A l'idée qu'il puisse en être autrement, la colère de Neil se mua en une véritable furie. Ses mains étaient tellement serrées sur le volant que leurs jointures avaient blanchi.

Avec le temps, Neil avait fini par accepter certains aspects du divorce. Comme vivre dans deux maisons différentes, ou se partager Lara par exemple.

Ce qu'il ne tolérait pas en revanche, et ne tolérerait jamais, était que Sally appartienne à un autre homme. Elle était la mère de sa fille. A ce titre, elle se devait de rester pure.

Le 4x4 démarra.

Neil n'hésita qu'une seconde.

Puis il tourna la clé de contact et les suivit.

Ils parlaient de moins en moins souvent de Beth, ces derniers temps.

Sally but une gorgée d'eau. Elle avait vue sur l'extérieur du restaurant et voyait Colin arpenter le trottoir, le téléphone collé à l'oreille.

Il avait dû prendre l'appel urgent qu'il avait reçu quelques minutes plus tôt. Sally ne s'était pas offusquée de cette interruption dans leur soirée. Dans un sens, elle s'en était même félicitée.

Cette petite pause était la bienvenue. Elle éprouvait le besoin de reprendre ses esprits. Colin semblait avoir un effet dévastateur sur elle, ce qui l'inquiétait au plus haut point. Bien qu'elle ait accepté quelques invitations à dîner par le passé, elle n'avait eu aucune relation sérieuse depuis son divorce.

Huit ans auparavant, elle s'était mise à fréquenter un homme plus âgé qu'elle. Il était membre du Conseil des ministres et, d'un commun accord, Sally et lui avaient passé leur relation sous silence, du moins dans un premier temps.

Pourtant, sans qu'elle ait jamais su comment, Neil avait fini par découvrir le pot aux roses. Il lui avait laissé un message menaçant au travail, et le lendemain, au moment de se rendre au tribunal, Sally avait trouvé l'avant de sa voiture enfoncé. Elle était arrivée en retard au procès et la police n'avait jamais retrouvé l'auteur de l'accrochage.

Sally, elle, savait que c'était Neil.

Deux ans plus tard, un incident similaire s'était produit alors qu'elle sortait avec l'un de ses confrères. Des pièces essentielles à la constitution d'un de ses dossiers avaient disparu... pour réapparaître le jour même où elle avait cessé de voir le confrère en question.

« Tu crois qu'elles étaient là, sous notre nez, depuis le début ? » lui avait demandé son assistante d'un ton perplexe.

Là encore, Sally avait reconnu la patte de Neil.

Elle avait alors fait installer un verrou spécial à la porte de son bureau, et fait équiper le pavillon d'une alarme. Malgré tout cela, elle continuait de vivre dans l'angoisse et passait son temps à se demander à quel moment Neil se remettrait à lui pourrir l'existence.

Bien qu'elle se soit souvent plainte de lui auprès de Beth,

elle ne lui avait jamais parlé de la perversité avec laquelle Neil s'immisçait dans sa vie. Elle savait que Beth aurait attendu d'elle qu'elle prenne des mesures sérieuses. Jamais son amie n'aurait pu comprendre qu'il était plus facile de laisser Neil penser qu'il contrôlait la vie de son ex que de se lancer dans une bataille stérile, à l'issue de laquelle la véritable perdante aurait été Lara.

De toute manière, Sally n'avait pas le temps de s'investir sur le plan affectif. Sa carrière et sa fille, à qui elle se consacrait pleinement, ne lui laissaient que très peu de loisirs. Il fallait être réaliste : quand aurait-elle pu trouver du temps pour un homme, dans tout cela ?

Pourtant, elle n'éprouvait aucune difficulté à en trouver pour Colin..., eut-elle l'honnêteté de reconnaître.

Elle le vit regagner leur table et sentit son cœur s'emballer.

— Excuse-moi, dit-il en s'asseyant. Nous avons un procès important, cette semaine. Un gros bonnet dans la panade... Un de mes subalternes travaille sur l'affaire ce soir, et il voulait mon avis sur une question particulièrement épineuse.

— De quel procès s'agit-il au juste ? Si tu es en mesure de m'en parler, bien entendu ?

— Est-ce que le nom d'Alderman Victor Exshaw te dit quelque chose ?

— Tu plaisantes !

Bien sûr qu'elle connaissait, et le personnage, et les faits. L'affaire faisait la une de la presse locale depuis des semaines. Exshaw avait assisté à une soirée caritative au musée de Glenbow et semblait en avoir profité pour s'approprier une magnifique statuette de bois appartenant au stand d'objets d'art inuit.

— Il a vraiment volé cette statuette ? s'enquit Sally.

— C'est toute la question.

La serveuse vint leur porter leur café et Colin se renversa sur sa chaise.

— Nous avons un témoin et des empreintes digitales. Malheureusement, nous ne pouvons pas nous appuyer sur les caméras. Au moment où le larcin a été commis, une silhouette se trouvait juste devant l'objectif.

— Accidentel ou délibéré ?

— J'aime ta manière de réfléchir... La personne qui se trouvait devant l'objectif au moment crucial était la petite amie d'Exshaw. C'est une sacrée coïncidence, tu ne trouves pas ? Par ailleurs, je te laisse imaginer la réaction de Mme Exshaw si ce détail est exposé au tribunal !

— Ce serait plutôt embarrassant, en effet !

Sally s'empara du biscuit posé sur le rebord de sa tasse et le trempa dans son cappuccino mousseux. Colin et elle avaient beaucoup parlé travail ce soir. Et voyages... Ils avaient aussi abordé le sujet de la couverture sociale et du hockey.

Lorsqu'ils avaient commencé à se voir, Beth était au centre de toutes leurs conversations. Ce soir, en revanche, ils n'avaient pas prononcé son nom une seule fois.

Sally se demanda si elle devait se sentir coupable. Et est-ce que Colin culpabilisait, lui ?

A le voir, elle aurait dit que non. Il était particulièrement souriant ce soir, et c'est le sourire aux lèvres qu'il se pencha en avant pour lui effleurer la main.

— Je passe une soirée merveilleuse, Sally.

Elle aussi. Un peu trop à son goût, même. Un mouvement dans la rue attira son attention et elle tourna la tête juste à temps pour voir un homme brun passer devant la vitre du restaurant.

L'espace d'une seconde, elle crut reconnaître Neil. L'individu avait à peu près le même âge, la même taille... Non. Neil avait certainement mieux à faire un samedi soir que d'épier son ex-épouse en compagnie d'un homme, dans un restaurant.

Elle devenait vraiment paranoïaque.

Sally fut très tentée d'accepter l'invitation de Colin à boire un dernier verre chez lui. Pourtant, elle refusa. Elle voulait être de retour chez elle bien avant minuit, heure à laquelle Lara devait rentrer, le samedi soir.

Colin la raccompagna jusqu'à sa porte.

— Pas de regrets ? murmura-t-il à son oreille, la mettant délibérément en position de faiblesse.

L'espace d'un instant elle s'abandonna contre son torse, se délectant de la façon dont ses bras musclés l'enserraient.

— Il fait tellement sombre ici... Tu vas te sentir bien seule, insista-t-il, enjôleur.

— Vous essayez d'influencer le témoin, monsieur le procureur.

— J'aimerais bien, Votre Honneur. Malheureusement, elle ne se laisse pas faire.

— Je ne demanderais pas mieux que de me laisser faire, Colin. Malheureusement, dans l'immédiat, je dois rentrer pour affronter l'éternelle angoisse maternelle. Tu sais... Ce moment toujours renouvelé où je fais les cent pas dans la salle de séjour en guettant les phares des voitures, jusqu'à ce que l'une d'entre elles se gare dans l'allée.

— Cela doit être épuisant... Un dernier baiser avant que je m'en aille ?

La requête semblait bien innocente. En temps normal, Sally n'aurait été que trop heureuse d'y accéder. Pourtant, elle se sentit subitement gênée, sur sa terrasse, au su et au vu de tout un chacun.

Et en particulier de Neil.

Elle se sentait nerveuse depuis qu'elle avait cru le reconnaître, devant le restaurant. Tout le long du chemin, au retour, elle n'avait cessé de regarder dans le rétroviseur, s'attendant à chaque instant à voir surgir sa Jaguar verte.

Elle jeta un coup d'œil aux alentours et ne vit rien d'autre qu'une Toyota de couleur sombre, garée à quelques dizaines de mètres de son pavillon.

Elle posa néanmoins les mains sur la poitrine de Colin, de manière à limiter leur baiser à une étreinte amicale.

— C'est tout ? grogna-t-il.

Il prit un regard de chien battu, ses lèvres tout près de celles de la jeune femme qui dut fermer les yeux et inspirer longuement pour trouver la force de se dégager.

— Je te remercie, Colin. J'ai passé une excellente soirée.

Il eut un petit sourire mélancolique.

— Tu me manques déjà, Sally. Et je ne suis pas encore parti !

A ce moment-là, elle faillit céder et le faire entrer. Toutefois elle savait qu'elle perdait la notion du temps, quand elle était en sa compagnie, et il n'était pas question que Lara rentre chez elle pour trouver sa mère dans les bras d'un homme.
Sans compter qu'elle ne parvenait pas à se débarrasser du sentiment, complètement irrationnel, que Neil voyait tout ce qu'elle faisait...

Colin dut lire dans ses pensées.

— Ce n'est pas à cause de Lara que tu ne m'invites pas à entrer, n'est-ce pas ? C'est encore à cause de Neil.

Elle fut d'abord tentée de le contredire. Toutefois, se ravisant, elle se contenta de hausser les épaules.

— Sois patient Colin, je t'en supplie. Ce ne sera plus très long à présent.

— Je suppose qu'il est complètement inutile de te demander quand nous nous reverrons.

De nouveau, elle haussa les épaules et lui sourit.

— Je t'appellerai.

— Je vois, fit Colin d'un ton sec en s'éloignant.

Sally le regarda regagner sa voiture et résista difficilement à l'envie de le rappeler. Il n'était pas si fréquent que la vie vous donne une deuxième chance d'aimer. Or, maintenant que Colin et elle avaient cette opportunité, elle la laissait échapper. Mais quelle était donc cette force qui la paralysait ainsi ? Neil n'avait tout de même pas un pouvoir aussi maléfique !

A plusieurs reprises, elle faillit courir dans la rue pour rattraper Colin. Mais la raison l'emporta. Elle ne pouvait ignorer l'autre problème, bien plus sérieux, auquel Colin et elle devaient faire face : celui de la paternité de sa fille. Plus elle voyait Colin Foster, plus elle se rapprochait du moment fatidique où elle devrait affronter cette question. Dans l'immédiat cependant, elle préférait ne pas y penser.

La politique de l'autruche, en quelque sorte... Bien joué, Sally !

Lorsque les phares de la voiture de Colin eurent disparu dans la nuit, la jeune femme s'enferma chez elle, non sans avoir laissé la veilleuse extérieure allumée pour sa fille.

Elle se rendit dans la cuisine pour se préparer une tisane. Ensuite, elle irait s'installer dans un fauteuil, dans la salle de séjour et écouterait un peu de Diana Krall en attendant Lara.

En entrant dans la cuisine, elle aperçut un objet incongru par terre.

C'était un caillou, gros comme une balle de base-ball.

Comment était-il arrivé là ?

Puis elle sentit la brise printanière et se tourna vers la fenêtre.

L'un des carreaux de la fenêtre à meneaux était cassé, et de minuscules éclats de verres jonchaient le carrelage.

Brusquement, elle eut le sentiment qu'elle n'était pas seule dans la maison. Elle pivota sur elle-même, le cœur battant mais ne vit rien. Il n'y avait personne.

Armani se mit à geindre dans la buanderie. Elle l'avait complètement oublié. Il voulait probablement sortir. Mais elle ne pouvait le laisser pénétrer dans la cuisine avant d'avoir ramassé tous ces morceaux de verre.

Elle porta une main tremblante à sa poitrine ; son cœur battait la chamade à présent. Etait-il possible que quelqu'un se soit introduit dans son pavillon ? Logiquement, non. Le carreau était beaucoup trop petit pour laisser passer un être humain. De plus, elle avait branché l'alarme avant de partir.

Elle prit appui sur la table et se força à inspirer calmement.

Que faire ? Appeler la police ? Ou appeler Colin qui ne manquerait pas d'accourir, dès qu'il apprendrait ce qu'il s'était passé ?

Non. Ce devait être un acte de vandalisme. Quelques semaines auparavant, deux adolescents qui vivaient dans le quartier, avaient été renvoyés de l'école pour dégradation de matériel. Ils avaient dû profiter de son absence pour lui rendre une petite visite...

Quand son angoisse se fut un peu calmée, elle ouvrit le placard pour en tirer des gants de caoutchouc, une pelle et un balai. Elle ramassa les plus gros morceaux de verre à la main et balaya soigneusement les autres avant de les jeter à la poubelle. Elle entreprit ensuite de débarrasser le meneau des bris de glace qui en dépassaient et alla chercher du scotch et un morceau de plastique pour empêcher la fraîcheur de la nuit d'entrer.

Elle ferait réparer le carreau dès le lendemain. A présent, elle se félicitait de ne pas s'être affolée. Il n'y avait pas de quoi prévenir les autorités. Ce n'était vraiment rien. Un banal incident, sans plus.

Elle venait de faire sortir Armani dans la cour lorsqu'elle entendit un bruit de moteur au-dehors. Résistant à l'envie de se précipiter à l'extérieur, elle mit la bouilloire en route et sortit deux sachets de tisane.

— Maman ? Tu es rentrée ?
— Oui. Je suis dans la cuisine.

Lara pénétra dans la pièce, radieuse. Elle avait visiblement passé une bonne soirée. Elle grimpa sur un tabouret, à côté de sa mère et prit sa tasse entre ses deux mains.

— Tu t'es bien amusée, ma chérie ?
— Oui, répondit l'adolescente avec un large sourire.
— Tant mieux. Chris m'a l'air très sympathique.
— C'était un peu bizarre, au début. D'être toute seule avec lui, je veux dire... Sans les autres membres du club.
— Cela me paraît normal, ma grande.
— Enfin... Au bout d'un moment, nous avons trouvé un bon nombre de sujets de conversation.

Des sujets de conversation ? C'était rassurant...

— Où avez-vous mangé ?
— Dans une pizzeria super. Ils font tout un tas de garnitures plus fantaisistes les unes que les autres. Nous nous sommes cantonnés à la traditionnelle *calzone*, Chris et moi.

Sally sourit. Les adolescents étaient plus traditionnels qu'on ne le pensait en réalité.

— Et ce film ?
— Un truc complètement idiot. Je ne sais même plus comment ça s'appelle. Nous sommes sortis avant la fin, pour aller faire un tour.

— Un tour ? demanda Sally, vaguement alarmée. Où ça ?
— Au parc Bataillon.

Le parc était situé sur une colline très escarpée, au nord de la place où se trouvaient les cinémas. Le numéro de régiment des victimes de la Première Guerre mondiale y était gravé sur une pierre blanche, pour que chacun puisse les voir, du centre de la ville. A côté de la plaque, un long escalier de bois permettait aux piétons de descendre de la colline jusqu'au centre commercial.

Sally essaya de ne pas se représenter les deux adolescents, s'embrassant éperdument au sommet des marches...

Ni ces mêmes adolescents flirtant allègrement à l'arrière de la voiture de Chris...

— Eh ! Cool, maman ! Ne fais pas ces yeux ! Nous ne risquions absolument rien, dans ce parc. Pour le reste, je sais à quoi tu penses et je peux te dire que tu te trompes. Nous n'avons rien fait de semblable. C'était notre premier *vrai* rendez-vous, tu comprends !

Sally avala une gorgée de sa tisane et sourit à sa fille.

— Mais je te fais confiance, Lara.

— C'est clair, répliqua l'adolescente en levant les yeux au ciel. Papa commence toujours par me dire ça. En général, il enchaîne par une leçon de morale interminable... A son avis, je ne devrais pas grandir trop vite. Il pense que je dois profiter de ma jeunesse au maximum et protéger ma santé.

Au moins, lorsqu'il s'agissait de leur fille, Neil avait la tête sur les épaules.

— Mais il a raison, ma chérie !

— Au moins une chose sur laquelle vous êtes d'accord, toi et lui ! Ce n'est déjà pas si mal...

Sally sursauta. Le commentaire, en apparence anodin, semblait avoir un sens plus profond. Lara souffrait probablement plus de la tension entre ses deux parents qu'elle ne le pensait, surtout maintenant qu'elle était en âge de comprendre.

— Je suis désolée, ma chérie. Je sais que ton père et moi ne nous entendons pas aussi bien que nous le devrions. Et je peux comprendre que ce soit difficile pour toi.

Lara la dévisagea sans rien dire. Sa mère avait abordé un sujet qu'elle évitait d'habitude, la prenant de court. Finalement, elle fit une petite grimace.

— Je déteste la façon dont il te parle, avoua-t-elle.

De nouveau Sally tressaillit, songeant qu'elle avait été bien naïve de penser que les piques de Neil échappaient totalement à leur fille. Elle secoua la tête avec tristesse.

— Il te traite comme... comme une moins que rien, poursuivit Lara après avoir hésité quelques secondes. Et toi, tu te défends jamais ! Tu restes là, tranquille... Sans rien dire !

— Mais Lara...

Sally s'interrompit. Elle ne s'était pas attendue à ce que sa fille voie la situation sous cet angle. Pour sa part, elle avait toujours refusé de s'abaisser à employer les mêmes méthodes que lui. Et voilà qu'au lieu de la considérer comme moralement supérieure à son père, Lara l'accusait de se comporter avec lâcheté.

— Tu préférerais que nous nous hurlions des horreurs chaque fois que nous nous voyons ?

— Bien sûr que non. Seulement tu... Oh, je ne sais pas, soupira Lara en se laissant glisser du tabouret. Je peux finir ma tisane dans ma chambre ?

Sally hésita ; la conversation n'était pas terminée. Toutefois, sa fille semblait fatiguée. Pire, elle avait les larmes aux yeux.

— Va ma chérie, murmura-t-elle en se penchant pour la serrer dans ses bras. Je t'aime.

— Moi aussi, je t'aime, maman.

Sally écouta le bruit rassurant des pas de sa fille remontant le couloir pour gagner sa chambre.

Sa toute petite… Elle avait grandi si vite. Il lui arrivait bien trop souvent, à présent, de se demander ce qu'il se passait dans sa tête. Elle avait été loin d'imaginer, par exemple, que Lara la trouvait faible.

Elle se sentait épuisée et, sa tasse à la main, se dirigea vers le lave-vaisselle. Au moment où elle contournait la table, un de ses doigts de pieds alla heurter un objet dur.

— Bon sang ! s'exclama-t-elle en grimaçant de douleur.

Elle prit son orteil entre ses mains et le frotta avec vigueur. C'était incroyable ce qu'une aussi petite partie du corps pouvait souffrir. Elle attendit que la douleur diminue puis se pencha pour voir dans quoi elle avait tapé.

C'était ce fichu caillou, venu d'on ne sait où…

Son sang ne fit qu'un tour. Elle le ramassa en se promettant d'aller dire deux mots à ces garnements, dès le lendemain matin. Ils ne s'en tireraient pas comme ça. Après tout, ils avaient vandalisé la propriété d'autrui et…

Son regard se porta soudain sur la pierre. On y avait gravé un mot.

« Garce », déchiffra-t-elle.

Aussitôt, elle sut que la pierre n'avait pas été jetée là par des gamins mal élevés.

Ceci était l'œuvre de Neil.

Un sentiment enfoui au plus profond de son être depuis des années la submergea. Là, debout dans sa cuisine, la jeune femme sentit la pulsion monter en elle et se glisser dans ses veines jusqu'à ce que son corps tout entier vibre sous sa puissance.

Une colère folle venait de s'emparer d'elle. Une colère sans mélange et sans peur.

Et avec elle, une idée forte. Lara avait tout à fait raison de la prendre pour une mauviette. N'était-ce pas l'impression qu'elle donnait, en évitant d'abord certains sujets ou, pire, en organisant sa vie sentimentale autour des exigences de son ex-mari ?

Elle avait réussi à se convaincre qu'elle devait à tout prix éviter les scènes. A présent, elle se demandait si c'était pour le bien de Lara... ou pour son propre confort.

Et si cela avait peut-être été une bonne idée de tendre l'autre joue à une période reculée de l'histoire du monde, cette attitude était tout bonnement en train de la détruire, elle, Sally Stowe.

De plus, il apparaissait que Lara en souffrait également.

Parfait...

C'était terminé.

A partir de maintenant, elle ne tolérerait plus la tyrannie de son ex-mari.

13.

Le lundi matin, au bureau, Sally était toujours d'une humeur massacrante. En revanche, elle avait mûrement réfléchi et avait décidé d'adopter une approche totalement différente avec Neil. Et tant pis pour sa promotion en particulier et pour le qu'en-dira-t-on en général.

Les choses étaient allées suffisamment loin comme ça.

Elle commença par appeler Colin. Elle était toujours indécise quant à leur relation, d'une part parce qu'elle avait le sentiment de trahir sa meilleure amie, ce qui la gênait au plus haut point, et d'autre part parce qu'elle ne voulait pas faire face à l'éventualité que Colin soit le père de Lara.

Il n'en restait pas moins qu'elle avait fort mal dormi la nuit précédente, trop préoccupée par la souffrance qu'elle avait lue dans ses yeux lorsqu'il l'avait quittée. Aussi avait-elle décidé que son ex-mari ne ferait plus partie de ses choix de vie.

Au début de leur conversation, Colin ne lui parut que modérément content d'entendre sa voix.

— Sally ? Je ne pensais pas avoir de tes nouvelles de si tôt.

— Vous vous sous-estimez, monsieur le procureur.

— Et Neil ? risqua-t-il au bout d'un moment.

— Oublie-le. J'ai été bien bête de prendre son opinion en

ligne de compte toutes ces années. J'aimerais te revoir, ajouta-t-elle très vite.

Colin la fit attendre quelques secondes.

— Les Flames jouent sur leur terrain, samedi. J'ai deux billets et je parviendrai probablement à en dégoter un troisième. Cela vous dirait de m'accompagner, Lara et toi ?

— Lara ne pourra pas venir. Elle passe le week-end avec son père. En revanche, je serai ravie d'assister à ce match avec toi.

— Et tu es certaine de ne pas craindre la réaction de Neil s'il apprenait que nous sommes sortis ensemble ?

— Certaine ! J'ai été bien bête d'essayer de l'épargner, jusqu'à présent. Cela fait treize ans que nous sommes divorcés, après tout !

Elle était sincère. Et sûre d'elle. Il lui apparaissait clairement aujourd'hui qu'elle aurait dû tenir tête à son ex-mari dès le début de ses mesures de représailles, aussi mesquines que puériles.

— Tu m'en vois ravi. Parce que très franchement, je commençais sérieusement à m'inquiéter du pouvoir qu'il semble avoir sur toi !

— Qu'il *semblait* avoir sur moi, Colin. C'est terminé tout cela. J'ai eu une petite conversation avec Lara samedi soir quand elle est rentrée, et j'ai été étonnée de la manière dont elle voit la situation. J'étais convaincue de devoir arrondir les angles par égard pour elle, je me croyais forte, alors qu'elle me voit comme une victime. Une victime ! Une bien piètre image de mère à donner à une adolescente, non ?

C'était même le dernier exemple qu'elle souhaitait donner à sa fille.

— Tu es dans une situation difficile, tu sais, Sally...

D'une main rageuse, elle se mit à tracer des spirales noires sur son bloc-notes. Situation difficile ou pas, elle n'aurait jamais dû s'abaisser à ce genre de compromis. Elle avait fière allure la grande avocate qui conseillait à ses clientes de se battre, quoi qu'il en coûte...

— Cela va changer, crois-moi. Et dès aujourd'hui.

— Méfie-toi tout de même, répliqua Colin d'un ton vaguement inquiet. Neil ne va certainement pas te laisser remettre ainsi en question votre petit statu quo sans réagir. Si tu as besoin de moi pour amortir le choc...

— Je te remercie de ta proposition, Colin.

— Il t'a déjà *agressée* une fois, poursuivit-il en appuyant sur le terme, et il y a fort à craindre qu'il recommence.

Pour la première fois, elle ne prit pas la peine de le contredire sur ce point.

— Je serai prudente, promit-elle simplement.

Une fois qu'ils eurent convenu d'une heure pour le samedi suivant, Sally raccrocha, sûre d'avoir pris la décision qu'il fallait.

Elle passa un second coup de fil, cette fois-ci pour appeler la réceptionniste, à l'accueil.

— Evelyne ? Est-ce que nous avons une boîte en carton suffisamment grande pour contenir disons... une balle de base-ball ?

— C'est pour un cadeau ?

— Si l'on veut, oui.

— Un instant, madame Stowe. Je regarde.

Cinq minutes plus tard, Evelyne posait une boîte carrée d'environ quinze centimètres de côté sur son bureau, ainsi qu'une feuille d'emballage à bulles et un rouleau de scotch.

— Voulez-vous que je m'en occupe ? proposa gentiment la jeune femme.

— Non, cela ira. Je vous remercie.

Sally attendit qu'Evelyne soit ressortie et enfila la paire de gants de ménage qu'elle avait apportée le matin même. Puis elle tira de son attaché-case la pierre qu'elle avait trouvée sur le carrelage de sa cuisine et l'essuya soigneusement avant de l'envelopper dans le papier à bulles et de la mettre dans la boîte.

Elle imprima rapidement une étiquette à l'adresse professionnelle de Neil suivie d'une autre, qui spécifiait qu'il s'agissait d'un envoi « Personnel et Confidentiel ». Lorsqu'elle eut terminé, elle examina attentivement le colis ; elle avait devant les yeux la première étape de sa libération, et cette constatation l'emplit d'une force étrange où se mêlait néanmoins quelque appréhension.

Elle avait rendu divers services au patron d'une société de coursiers. Nul doute qu'il ferait en sorte que son petit présent soit livré sans que l'adresse de l'expéditeur apparaisse si elle le lui demandait.

De sorte qu'en aucun cas on ne pourrait remonter jusqu'à elle, si jamais les choses s'envenimaient.

Neil, en revanche, n'aurait aucun doute sur la provenance du paquet.

De retour du tribunal, Neil aperçut un paquet posé sur son bureau. Il avait également un message de sa mère ; dans son émoi, après sa découverte du week-end, il avait oublié de s'acquitter de son devoir filial et ne l'avait pas appelée, comme il le faisait tous les dimanches matins.

Mais il était toujours trop perturbé pour s'occuper de sa mère aujourd'hui. Elle attendrait... Il chiffonna le message et le jeta dans la corbeille à papier.

Il se tourna ensuite vers le colis.

— Qui m'a fait parvenir cela ? demanda-t-il à la nouvelle hôtesse d'accueil qui passait dans le couloir.

Il ignorait son nom et se demanda vaguement si c'était la nouvelle mode d'embaucher du personnel tout droit sorti du lycée. Cette fille lui paraissait à peine plus âgée que Lara. Pire, elle avait des piercings partout où il était possible d'en avoir. Fort heureusement, Lara ne semblait pas attirée par ce genre de mutilation.

— Oh, ça ! s'exclama-t-elle. C'est arrivé par coursier, cet après-midi.

— Il devait y avoir l'adresse de l'expéditeur, sur le reçu !

— Je n'en ai pas vu, monsieur Anderson.

Il secoua la tête, irrité et désabusé. Il était las de toute cette incompétence à laquelle il semblait se heurter, où qu'il aille. Déjà au tribunal ce matin, il avait découvert que ses subalternes avaient commis de graves erreurs avec le dossier médical du prévenu. Or, si quelque chose l'irritait au plus haut point, c'était bien de passer pour un idiot devant un juge.

Il espérait que les jeunes avocats qu'il avait vertement tancés une heure plus tôt allaient suer sang et eau pour réparer leurs bêtises. En revanche, il n'avait quasiment plus d'espoir pour ce point particulier de son plaidoyer. Il lui faudrait trouver autre chose. Que de temps perdu !

Tout en songeant aux diverses possibilités qui s'offraient à lui, il retira le scotch du paquet, le roula en boule et le jeta avant d'ouvrir la boîte.

Elle contenait un objet lourd et sans doute fragile car il avait été enveloppé avec un soin particulier. Il le débarrassa de son papier à bulles et, pendant une fraction de seconde, le regarda sans comprendre.

Une pierre ? Qu'est-ce que...

Soudain, il comprit. Il ne s'agissait pas d'une banale pierre.

Non. C'était *la* pierre ! Celle qu'il avait lancée dans la cuisine de Sally. Il distinguait encore le mot qu'il y avait gravé avec son tournevis.

Sally...

Sally la lui avait renvoyée !

La surprise laissa bientôt place à une colère noire. Alors comme ça, cette garce essayait de s'affirmer ? Bon sang ! Il aurait dû la secouer un peu plus fort quand il en avait eu l'occasion, ce fameux vendredi. Elle aurait peut-être compris qu'il ne plaisantait pas.

Sa main droite se crispa sur la pierre. Il se voyait déjà en train d'effacer, une bonne fois pour toutes, cette expression hautaine sur le visage de poupée de porcelaine de Sally Stowe. A la voir, on aurait cru qu'elle descendait de la famille royale !

Elle... elle qui n'était qu'une pauvre gosse, née dans une bourgade quelconque de la province d'Alberta... Une moins que rien, jusqu'à ce qu'elle l'épouse, lui, Neil Anderson !

Elle n'avait aucun droit de le toiser avec cet air supérieur ! Tout comme elle, il avait obtenu ses diplômes avec les honneurs. Et il s'était propulsé en haut de l'échelle, dans cette profession qu'ils avaient tous les deux choisie, encore plus rapidement qu'elle.

Si l'un d'entre eux méritait de devenir juge... Encore qu'il n'était pas disposé à renoncer à son salaire du moment pour les honneurs. Toutefois, l'idée que Sally soit pressentie par certains pour occuper une position supérieure à la sienne lui déplaisait fortement.

Et pire ! Il ne pouvait supporter d'avoir un jour à plaider dans un tribunal présidé par elle... Cette éventualité le mettait hors de lui.

Son emprise sur la pierre se resserra, et il s'imagina la lui jetant au visage. Elle s'écroulerait à ses pieds et...

Il aurait payé cher pour qu'elle se traîne devant lui, le supplice de lui laisser la vie sauve, admette enfin qu'il était plus fort qu'elle... et qu'elle avait besoin de lui.

Au lieu de quoi elle voyait un autre homme. Ce Colin Foster, par-dessus le marché. Déjà à la faculté de droit, Neil se méfiait de lui. Foster était brillant et avait la fâcheuse habitude de faire passer les autres étudiants pour des imbéciles et d'en rire ensuite, comme s'il s'agissait d'une vaste plaisanterie.

Le téléphone retentit et Neil le laissa sonner. Il n'était pas d'humeur à parler à quiconque. Pour sa plus grande irritation toutefois, la réceptionniste aux piercings pointa son vilain museau par la porte entrouverte.

— Mme Stowe sur la ligne deux. Elle dit que c'est personnel.

Sally ?

Neil s'empara du combiné et s'efforça de réprimer les paroles acerbes qui lui montaient aux lèvres ; il ne voulait pas lui montrer qu'elle avait réussi à l'atteindre.

Il se renversa sur sa chaise et se rappela que c'était lui qui menait la danse dans cette relation.

— Tiens, Sally ! lança-t-il d'une voix traînante. Quelle bonne surprise. Tu m'appelles si rarement !

— Je suis ravie que tu considères cela comme un plaisir. Ce ne sera peut-être plus le cas quand j'en aurai terminé.

Des menaces à présent ? De la part de Sally, c'était pour le moins surprenant ! Mais quelle mouche l'avait donc piquée ?

Neil posa doucement la pierre sur un coin de son bureau.

— Alors, Sally ? Que puis-je pour toi ? C'est que je n'ai pas que ça à faire. Tu as quelque chose d'important à me dire ?

— Oui. A propos du maillot de bain que tu as offert à Lara. Je le trouve parfaitement indécent.

Il faillit éclater de rire. C'était donc pour cela qu'elle était si furieuse ? A cause de ce Bikini ? Les femmes étaient vraiment ridicules à certains moments.

Lara avait eu tellement envie de ce maillot qu'il n'avait pas eu le cœur de le lui refuser. Cela dit, il était d'accord avec Sally. La manière dont les garçons avaient regardé sa fille pendant la soirée Jacuzzi, ne lui avait pas échappée et il avait eu bien du mal à se maîtriser.

— C'est elle qui l'a choisi, pas moi !

— Je m'en doute, Neil ! Le problème est que tu aurais dû dire non.

— Seulement je ne l'ai pas fait. Et toi ? Qu'est-ce que tu comptes faire ?

— Je vais me débrouiller pour qu'elle le donne aux Bonnes Œuvres de Calgary.

Parfait ! Comme ça, ce serait Sally qui jouerait les rabat-joie. Pas lui.

— Comme tu veux !

Il entendit Sally prendre une longue inspiration. Elle était loin d'être aussi sûre de son fait qu'elle voulait le laisser paraître, pensa-t-il avec un sourire mauvais.

— Il y a aussi la voiture.

— Quoi, la voiture ? Bon sang, Sally ! J'ai du boulot, moi !

— C'est important. D'après ce que j'ai compris, tu as l'intention de lui offrir une décapotable toute neuve, dès qu'elle aura son permis.

— Oui. Et alors ?

— Enfin, Neil ! Elle n'a que seize ans ! C'est encore un peu jeune pour avoir un cadeau aussi coûteux, tu ne trouves pas ? J'avais l'intention de lui prêter ma voiture de temps en temps…

— Ta voiture de mamie ? Tu vois Lara au volant d'un tacot pareil, toi ?

Il laissa échapper un sifflement ironique.

— Sally, libre à toi de conduire la voiture que tu veux. Moi, j'achète à Lara une BMW décapotable. Maintenant, si tu n'as rien d'autre à me dire…

— Si ! jeta précipitamment Sally.

Neil attendit une seconde.

— Je t'écoute ! reprit-il, comme elle ne disait rien.

— Tu n'as pas eu la visite d'un coursier aujourd'hui, par hasard ?

Neil reprit la pierre et fit doucement glisser son pouce sur les lettres qu'il y avait si sommairement gravées. Elles ne lui avaient jamais paru aussi appropriées qu'en cet instant précis.

— Maintenant que tu m'en parles, j'ai bien reçu un paquet dont le contenu est pour le moins… déroutant. Et bien que l'adresse de l'expéditeur n'apparaisse nulle part, j'ai pensé qu'il provenait de toi.

— *Déroutant* ? Arrête, Neil. Je sais que c'est toi qui as jeté cette pierre par ma fenêtre, samedi soir.

— Pardon ? Vous devriez revoir votre dossier, maître. Il me semble que les faits rapportés sont inexacts.

— Ils ne pourraient être plus exacts au contraire, rétorqua-t-elle d'une voix glaciale.

— Si tu le dis…

Il était cependant ravi qu'elle ait deviné la vérité. Il avait un instant craint qu'elle ne classe l'incident comme un simple acte de vandalisme anonyme, ce qui aurait anéanti tous les effets qu'il avait recherchés. Il ne lui restait plus qu'à espérer qu'elle le savait maintenant capable de pire. De bien pire, même…

— La prochaine fois, j'appelle la police, Neil. Recommence seulement une seule fois, essaye de t'en prendre à mes biens, ou de me nuire d'une manière ou d'une autre et je porte plainte. Tu es prévenu !

Interloqué, Neil s'était redressé sur sa chaise. Il n'en croyait pas ses oreilles. La garce ! La petite garce ! Pour qui se prenait-elle ?

— Tu rêves, ma pauvre fille ! Aucun flic ne croira jamais que je suis venu jusque chez toi furtivement dans la nuit, rien que pour le plaisir de jeter une pierre par la fenêtre de ta cuisine !

Un silence s'ensuivit et Neil s'aperçut qu'il avait fait une gaffe. Quel crétin !

— Comment sais-tu qu'elle est arrivée chez moi par la fenêtre de la cuisine, Neil ?

— Quelle importance ? répliqua-t-il d'un ton faussement détaché.

— Cela fait des années que tu me pourris l'existence avec tes enfantillages. A présent, la coupe est pleine, Neil. A partir d'aujourd'hui, c'est fini ! Tiens-le-toi pour dit.

Ah vraiment ? Neil crispa ses doigts dans le vide et sentit le sang bourdonner à ses tempes. Il l'aurait volontiers étranglée...

— Je ne sais toujours pas de quoi tu parles, au juste.

Elle ne répondit pas à la provocation.

— Je t'aurai prévenu, répéta-t-elle avant de raccrocher.

Neil résista à la tentation de balancer le téléphone et la pierre à travers son bureau. Ainsi, cette garce se croyait en position de lui donner des ordres ! Elle pensait qu'elle allait mener la danse et reprendre son existence en mains...

Eh bien, il allait lui montrer de quoi il était capable ! Elle pouvait s'attendre au pire. Quant à son arrogant petit ami, il ne perdait rien pour attendre.

Et, pour être franc, il s'était déjà occupé de cet aspect de la question...

Il tira un trousseau de clés de la poche de sa veste et ouvrit le dernier tiroir de son bureau.

Il avait passé une bonne partie de l'après-midi du dimanche à suivre le procureur de la Couronne.

Colin Foster était un homme bien imprudent. Il semblait avoir pris l'habitude d'emporter chez lui des documents importants et de sortir sans verrouiller sa porte de derrière.

Neil s'empara du dossier qu'il avait réussi à soustraire de la bibliothèque de son rival. Il passa rapidement en revue les rapports d'un détective privé, faisant état d'une liaison entre Alderman Exshaw et une jolie jeune femme qui avait travaillé pour lui pendant sa campagne.

Si Neil n'était pas certain de la façon dont Foster pensait exploiter l'information, il était intimement convaincu qu'elle était d'une importance capitale. Foster ne pourrait qu'être déstabilisé par la disparition de cette pièce du dossier.

Cela allait être amusant de jouer avec les nerfs de ce Colin Foster qui se permettait de fréquenter sa femme.

Pour l'instant cependant, il avait d'autres jeux à organiser. Sally pensait qu'elle pouvait faire la loi ? Il allait lui faire voir de quel bois il se chauffait.

Il rangea soigneusement le dossier du procureur dans son attaché-case et se remit à fouiller dans son tiroir. Il y remisait tout un tas de renseignements divers, y compris une copie du carnet d'adresses e-mails de Sally.

Il avait vu le nom d'une de ses clientes, dans les journaux, quelques semaines auparavant. Un nom qui pouvait s'avérer fort utile. Il parcourut la liste et trouva non seulement une adresse e-mail mais aussi un numéro de portable et un numéro professionnel.

Il essaya le numéro de portable et fit mouche.

Après s'être vaguement présenté, il expliqua le motif de son appel.

— Je sais de source sûre que vous avez quelques problèmes avec votre ex-épouse et son avocate, en ce moment. Or je crois pouvoir vous aider.

Il laissa son interlocuteur se répandre en récriminations pendant quelques minutes avant de l'interrompre :

— Je suis entièrement d'accord avec vous, c'est tout à fait injuste. Et comme je vous l'ai dit, je crois savoir comment vous sortir de votre situation présente.

L'homme parut hésiter.

— Je n'ai pas les moyens de…

— Cela ne vous coûtera pas un centime, lui assura Neil. En fait, il se trouve que nous avons des intérêts communs dans cette affaire. A un point tel que cette histoire pourrait même vous rapporter un peu d'argent.

— Vraiment ? Rappelez-moi votre nom…

Neil sourit à ce brusque revirement. Il avait toute l'attention de son interlocuteur à présent.

— Cela n'a pas d'importance dans l'immédiat. Nous verrons ce détail lors de notre première entrevue. Demain vous convient-il ?

L'homme lui proposa de déjeuner avec lui.

— Excellente idée. En revanche, je préfère éviter le centre-ville.

Il lui donna l'adresse d'un petit restaurant discret, sur la Seizième Avenue.

— Demain, à midi ? Parfait.

Aussitôt après avoir raccroché, Neil s'empara de son agenda électronique et inscrivit les mots « Déjeuner avec R.M. » à la page du mercredi.

14.

Le vendredi suivant comme chaque semaine, Sally passa chercher Lara au lycée. Elle arrivait devant l'établissement lorsque son téléphone portable se mit à sonner. Elle ne répondit pas ; les moments passés avec sa fille étaient prioritaires, et puis la messagerie était faite pour cela.

— Tu as passé une bonne journée, ma chérie ?

Lara se lança dans une diatribe contre son professeur de sciences qui leur avait donné une interrogation surprise. Les élèves avaient corrigé leur copie eux-mêmes, et la jeune fille avait eu un B+. Or Sally savait que sa fille, même si elle faisait mine de ne pas prendre ses notes trop à cœur, surtout en présence de ses camarades, ne se satisfaisait pas de notes inférieures à A.

— Ce n'est pas bien grave. Ces tests n'ont qu'un coefficient faible dans ta moyenne, lui rappela-t-elle. Sans compter qu'un B+ reste une note fort honorable !

Lara croisa les bras et laissa échapper un grognement peu convaincu.

Sally réprima à grand-peine un petit sourire et garda pour elle la remarque qui lui était venue à l'esprit. Lara n'aurait pas apprécié qu'elle lui dise combien elle était mignonne ainsi. Pourtant, avec cette moue boudeuse et en chemisier blanc, jupe plissée et chaussettes hautes voulus par le règlement de l'école, elle lui rappelait la petite fille qui exigeait que sa maman lui tresse les cheveux tous les matins.

Comme il semblait loin, ce temps-là... Aujourd'hui, Lara ne l'aurait jamais laissée toucher à une seule mèche.

De nouveau le téléphone sonna. Cette fois, Lara s'en empara et consulta l'écran.

— C'est Pamela, maman.

D'ordinaire, Sally refusait de prendre des appels professionnels lorsqu'elle était en voiture. Cette fois-ci néanmoins, elle eut le sentiment qu'elle devait faire une exception.

— Cela ne t'ennuie pas que je réponde ?
— Pas du tout.

Sally se gara sur le parking désert d'une église.

— Oui Pam. Que se passe-t-il ?
— Je crois que nous avons poussé Rick dans ses derniers retranchements.

Sally regarda sa fille et leva les yeux au ciel.

— Qu'est-ce qu'il a encore fait ?
— J'ai reçu une lettre par coursier, ce matin. Tu ne devineras jamais ce qu'il y avait à l'intérieur.
— Non. Dis-moi vite...
— Il faut le voir pour le croire. Tu ne veux pas passer manger une pizza avec Lara ?
— Lara ne peut pas. Son père vient la prendre d'ici une petite heure.
— Viens toute seule dans ce cas.
— Entendu. J'apporte une bouteille de vin ? Ou même deux, ajouta-t-elle en pensant à la facétie précédente de Rick Moore.
— Une seule devrait suffire. Ne tarde pas. Tu ne vas pas en

revenir. C'est la dernière chose à laquelle nous nous attendions, toi et moi.

Pam sortait deux pizzas du four lorsque Sally arriva, un peu plus tard dans la soirée.

— Désolée. Je les ai faites moi-même, annonça Pamela. C'est beaucoup moins cher et les enfants ont l'air de les trouver à leur goût.

Sally éclata de rire.

— Tu es vraiment la seule femme de ma connaissance à s'excuser parce qu'elle a fait la cuisine elle-même ! Cela m'a l'air tout bonnement délicieux. Sans compter que ce doit être meilleur pour la santé. J'ai apporté une bouteille, comme promis. Tu veux que je l'ouvre ?

— Fais comme chez toi. Le tire-bouchon est dans ce tiroir. Les enfants ? Allez vous laver les mains et venez manger !

Tous quatre s'installèrent autour de la petite table de cuisine en pin, Tabby sur un rehausseur et Samuel à genoux sur sa chaise. En plus de la pizza, Pamela avait posé sur la table deux verres de lait pour les petits et un saladier de jeunes carottes crues pour tout le monde.

— J'aurais dû faire une vraie salade.

— Arrête de t'excuser toutes les cinq minutes ! C'est très bien comme ça.

En tout cas, cela semblait être l'avis des enfants : ils terminèrent leur repas en un temps record, ce qui était le plus beau des compliments pour une mère. Sally ne se souvenait que trop de la tendance de Lara à traîner pendant des heures devant un plat qu'elle n'aimait pas, quand elle était petite.

Samuel demanda la permission d'aller regarder la télévision

avec sa petite sœur et Pam l'autorisa à mettre une cassette vidéo.

— Une seule, d'accord ? Ensuite, ce sera l'heure du bain.

Les deux femmes installèrent Tabby et Sam côte à côte sur le canapé et regagnèrent la cuisine qu'elles rangèrent en un tour de main.

Puis Sally se risqua enfin à poser la question qui lui brûlait les lèvres :

— Cesse de faire durer le suspense, Pam ! Dis-moi ce qu'il a encore fait !

Elle n'avait pourtant rien remarqué d'anormal en arrivant. Ni sur la maison elle-même, ni sur la voiture de son amie.

Pour toute réponse, Pam se dirigea vers le placard et en tira son sac à main. Elle en sortit un morceau de papier rectangulaire et le tendit à Sally d'un air triomphant.

— Regarde !

— Mais... c'est un chèque !

Elle l'examina de plus près et n'en crut pas ses yeux.

— Un chèque de Rick, d'un montant de...

— Quatre mois de pension alimentaire ! *Avec* les intérêts, s'il vous plaît. C'est incroyable, non ?

Cela n'aurait pas dû les surprendre outre mesure et pourtant Pam avait raison, c'était incroyable. Sally jeta un coup d'œil au nom de la banque et en vérifia l'adresse. Le chèque n'avait rien de suspect au premier abord.

— J'espère que le compte est bien approvisionné. Je ne voudrais pas que ce chèque te soit refusé...

— Je ne pense pas, non. Et pour couronner le tout, il y avait un petit mot avec.

Rick s'excusait pour sa conduite passée et affirmait vouloir repartir sur des bases plus saines. Il avait décidé de vendre son terrain et de se remettre à travailler. Par ailleurs, il s'engageait à payer la pension régulièrement et le premier de chaque mois, comme convenu.

C'était vraiment une bonne nouvelle. Et bien qu'elle soit fort surprise, Sally était ravie pour Pam et les enfants.

— C'est étonnant en effet, conclut-elle, à court de mots.

Pam hocha la tête et sourit.

— Et cela veut dire que je ne vais plus être obligée d'abuser de ton temps.

— Comme cliente, peut-être. Comme amie, en revanche...

— A la vie, à la mort, répliqua Pam en lui serrant le bras.

La semaine était enfin terminée, laissant place au week-end tant attendu.

Le samedi soir, en prévision du match de hockey, Sally revêtit un maillot rouge à l'emblème des Flames et un blue-jean. Elle ne se souvenait pas avoir jamais attendu une sortie avec une telle impatience.

Colin sonna à sa porte cinq minutes avant l'heure prévue. Elle s'empressa d'aller ouvrir et l'observa un instant avec un petit sourire en coin.

— As-tu une idée du plaisir que cela me fait de te voir ?

— Aucune. Par contre, moi je sais que je suis absolument ravi de passer la soirée avec toi.

Colin portait un maillot identique au sien, comme il se devait quand on était un fan de l'équipe de hockey. Ce soir, la patinoire serait une véritable mer rouge de supporters en délire.

Ils s'achetèrent des hot dogs sur place, ainsi que des *nachos* au fromage fondu. Et pour éliminer toutes ces graisses, de grandes cannettes de bière bien fraîche.

Après un moment de pur délire dans une ambiance surchauffée, et malgré la défaite de leur équipe, Sally et Colin rentrèrent ravis de leur soirée.

— Chez toi ou chez moi, les hostilités finales ? demanda Colin, sur le chemin du retour.

Quelle drôle d'expression…, pensa Sally en réfléchissant à toute vitesse.

— Chez moi, répondit-elle d'une voix ferme.

Après la traditionnelle « dernière promenade d'Armani », elle sortit deux tasses et prépara un peu de café. En passant, elle appuya sur le bouton de son répondeur téléphonique.

« Premier message », déclara la voix électronique.

S'ensuivirent une bonne dizaine de secondes de silence. Enfin, pas vraiment. En tendant bien l'oreille, la jeune femme crut percevoir une respiration bruyante.

Le message prit fin et, avant qu'elle n'ait eu le temps de l'effacer, Colin se pencha pour le repasser. Il resta auprès d'elle tandis qu'ils écoutaient, plus attentivement cette fois-ci.

— Tu crois que c'est Neil ? demanda-t-il, préoccupé.

Sally haussa les épaules et s'efforça de cacher son angoisse. C'était possible bien sûr. Et même probable.

— J'attendais le moment propice pour te demander comment cela s'était passé avec lui, cette semaine, poursuivit Colin.

— Allons nous asseoir, veux-tu ?

— C'est si grave que ça ?

Ils emportèrent leurs tasses dans la salle de séjour et s'installèrent sur le canapé.

— Voilà, commença-t-elle en évitant de le regarder. Samedi soir, quand tu m'as ramenée du restaurant, j'ai trouvé une pierre dans la cuisine. Ainsi qu'un carreau cassé.

Elle lui parla du mot gravé dans la pierre et de sa quasi-certitude de la culpabilité de Neil.

— Quel…

Elle l'apaisa d'une petite pression sur le bras.

— Enfin reconnais que c'est franchement minable, comme démarche ! Tu es sûre que c'est Neil qui en est l'auteur ?

La jeune femme soupira. C'était le genre de réaction qu'elle redoutait depuis le départ. Pour tous ceux qui le connaissaient, Neil n'était pas du genre à se comporter de manière aussi grossière. Qui voudrait la croire si elle dénonçait à présent les mauvais côtés de son mari ?

Colin comprit aussitôt ce qui la tracassait.

— Je ne mets pas ta parole en doute, Sally. Je pense en juriste, rien de plus.

— Je le sais. Et c'est aussi ce que penseront la plupart des gens si je suis un jour obligée d'en parler. C'est même ce qui rend les choses si compliquées. Je sais que c'est Neil qui a envoyé ce caillou par ma fenêtre. D'ailleurs je l'ai emballé et je le lui ai renvoyé par coursier spécial.

— Tu as fait ça ? s'exclama Colin, avant de partir d'un grand rire.

— Ensuite, je l'ai appelé pour le prévenir que dorénavant, à la moindre anicroche, j'aurai recours à la police. Et il sait que je ne plaisante pas.

— Bien joué, Sally !

Colin garda le silence quelques instants, réfléchissant aux éventuelles conséquences de ce geste.

— Cela ne va pas être facile, n'est-ce pas, reprit-il. De toute évidence, Neil niera farouchement t'avoir agressée dans ta cuisine ou avoir cassé ton carreau avec cette pierre...

— Il y a des chances, oui. Tu as parfaitement raison, ce ne sera pas facile. Cela dit, j'aurais dû réagir bien plus tôt, dit-elle en repensant à sa conversation avec Lara. Par ailleurs, je regrette de ne pas avoir mis par écrit tout ce qu'il m'a fait, au fil des années.

Elle aurait dû prendre des photos, chaque fois qu'il s'en était pris à ses biens, noter soigneusement la date et l'heure de chaque incident. En sa qualité d'avocate, elle n'avait aucune excuse de ne pas l'avoir fait. En étant certaine de contrôler la situation en gardant son calme et en faisant mine de ne s'apercevoir de rien, elle avait commis une erreur qu'elle risquait de payer cher aujourd'hui.

— En tout cas, je peux témoigner de l'état dans lequel je t'ai trouvée, le soir où il t'a malmenée, déclara Colin. Et puis, le service des urgences a dû garder une trace de ton passage. Au pire, nous pourrons toujours nous appuyer là-dessus.

— J'espère que nous n'aurons pas besoin d'en arriver là ! essaya-t-elle de plaisanter avec un petit rire moqueur.

— Tu crois qu'il y a une chance pour que Neil fasse marche arrière ?

— Après toutes ces années pendant lesquelles il a eu le sentiment d'avoir tout pouvoir sur moi ?

Elle secoua la tête avec amertume.

— Non. J'aimerais pouvoir te répondre par l'affirmative, mais c'est vraiment peu probable, soupira-t-elle en reposant sa tasse sur la table basse. Si tu savais comme j'en ai marre de vivre avec cette menace constante autour de moi.

— C'est terminé tout cela, affirma Colin en lui prenant la main. Je suis vraiment content que tu aies décidé de lui tenir tête. Et tu n'es pas seule dans cette bataille. Je vais t'aider. Tu le sais, non ?

L'espace d'un instant, elle fut tentée de poser sa tête sur son épaule et de se laisser bercer par l'illusion que tout irait bien désormais. Hélas... Si la déclaration de Colin lui avait réchauffé le cœur, elle lui donnait de nouvelles raisons de s'inquiéter.

— Tu sais, si jamais Neil apprend que nous nous voyons, il risque de s'en prendre à toi aussi.

Une expression aussi étrange que fugace traversa le regard de Colin, mais presque aussitôt, il reprit son attitude protectrice.

— Ne t'en fais pas pour moi, Sally. Je suis un grand garçon.

Elle le dévisagea encore plus attentivement, inquiète ; pendant cette fraction de seconde, il s'était trahi.

— Tu as déjà fait les frais de sa colère, c'est bien ça ?

Colin commença par nier mais elle s'acharna.

— Colin, n'essaie pas de me mentir. Je ne pourrais pas le supporter.

Il laissa échapper un long soupir.

— Bon. Je ne voulais pas t'inquiéter, c'est tout. Cela dit, tu as raison. Un des documents que j'avais mis dans le dossier Exshaw a disparu. Bien sûr, il se peut que je l'aie égaré…

— C'est Neil qui te l'a volé ! Ne cherche pas plus loin.

— C'est un peu rapide comme conclusion, tu ne crois pas ? Disons simplement que la dernière fois que j'ai vu ce document, il était sur mon bureau, dans la bibliothèque, fit Colin en haussant les épaules. Je suis sorti quelques minutes et quand je suis rentré chez moi… Pff ! Envolé !

— Je te dis que c'est Neil, répéta Sally, obstinée. Je craignais un incident de cette sorte. C'est ma faute. J'aurais dû te prévenir plus tôt…

— Oh, tu sais… Maintenant, je verrouille systématiquement mes portes…

— Mais ce document ? Il était important ?

— Oui. A mon avis, Neil n'a pas vraiment l'intention de saccager mon procès. Il veut simplement me faire savoir qu'il n'apprécie pas que nous nous fréquentions, toi et moi.

Il l'attira à lui et cette fois-ci, elle se laissa faire. Elle posa sa joue contre son torse et inspira longuement.

Si seulement il lui avait suffi de fermer les yeux pour que tous ses problèmes s'évanouissent...

Pourtant, dans les bras de Colin, les choses semblaient reprendre leur véritable place ou, tout au moins, elles paraissaient moins redoutables, plus sereines.

— Colin... j'ai repensé à ce test A.D.N., déclara-t-elle brusquement. Tu avais raison. Nous devons faire quelque chose.

— C'est vrai ?

Elle vit une telle lueur d'espoir dans ses yeux qu'elle se sentit terriblement coupable de ne pas avoir accepté de faire cet examen dès le début.

— Oui. Cela dit, je ne sais toujours pas quoi dire à Lara.

— Il y a de fortes chances pour que Neil soit son père, tu sais. Dans ce cas, tu n'auras rien à lui dire du tout.

— Colin ! Il faut que je me débrouille pour obtenir un échantillon de sa salive ! J'ai besoin d'un minimum de collaboration de sa part quand même !

Colin se frotta le menton, l'air ennuyé.

— Tu n'as qu'à lui passer un coton tige à l'intérieur de la joue pendant qu'elle dort. Elle n'en saura jamais rien.

Sally se renfrogna. Le procédé ne lui paraissait pas très élégant. D'un autre côté, si Neil était réellement son père, comme elle le pensait, il était inutile de la perturber pour rien...

— Apporte-moi le matériel, laissa-t-elle tomber. Je te promets que je ferai ce prélèvement.

Sans un mot Colin se pencha vers la jeune femme et leurs lèvres se rencontrèrent.

Leur baiser se prolongea et Sally se sentit revivre. Elle était tellement fatiguée de s'inquiéter au sujet de Neil, de se soucier des conséquences que le moindre de ses actes pouvaient avoir...

Colin l'attira plus près de lui.

Sally n'avait jamais fait passer ses désirs en premier. Ce soir pourtant, rien ne s'opposait à ce qu'elle s'abandonne. Aussi, pour la première fois depuis une éternité, elle laissa ses sentiments prendre le pas sur sa raison.

Les mains de Colin descendirent le long de son dos et se faufilèrent sous son chemisier. Elle sentit son corps ferme et élancé sous le sien...

Oh, Colin... Elle avait tellement envie de lui...

Le plaisir était immense. Comment avait-elle fait pour s'en passer aussi longtemps ? Cette main empressée sur ses seins, la chaleur qui montait en elle, cette envie irrésistible, incroyable de sentir sa peau contre la sienne...

Le canapé se révéla trop étroit et ils se laissèrent glisser sur le parquet. Et s'ils parvinrent à retirer leurs T-shirts sans trop de mal, les jeans, en revanche, se révélèrent plus difficiles à enlever...

Lorsque Colin fut enfin complètement nu contre elle, elle se mit à l'explorer avec fièvre, ses mains et sa bouche retrouvant, comme par miracle, le chemin des zones les plus sensibles, sentant un plaisir vertigineux monter en elle.

— Sally... J'attends ce moment depuis si longtemps...

Elle ne lui demanda pas depuis combien de temps exactement. Elle le savait.

Et puis soudain, sans prévenir, un sentiment de culpabilité terrible s'empara d'elle. Beth...

Elle dut fermer les paupières pour refouler les larmes brûlantes qui lui étaient montées aux yeux.

Colin lui effleura les paupières du bout des lèvres.

— Sally... Tout va bien, ma chérie. Tout va bien...

Non. Tout n'allait pas bien. Peut-être étaient-ils sur le point de commettre un acte terriblement méprisable qu'ils allaient regretter toute leur vie...

Une chose était certaine toutefois : envers et contre tout, elle désirait ardemment cet homme ; depuis toujours. Et bientôt, le souvenir de Beth, ses inquiétudes pour Lara et sa crainte des réactions de Neil laissèrent place à la fièvre qui semblait s'être emparée d'elle ce soir. La vie prenait parfois des détours que l'on ne comprenait pas toujours forcément au bon moment. L'espace d'un instant, Sally comprit que ce qu'elle vivait là avec Colin était juste.

— Fais-moi l'amour, Colin... Maintenant...

Il se remit à genoux et fouilla la poche de son jean, à la recherche d'un préservatif.

Sally eut l'impression de revenir seize ans en arrière. Elle le regarda dérouler la protection sur son sexe dressé, et se pencher sur elle. Les mots doux qu'il chuchota à son oreille auraient pu être ceux qu'il lui avait murmurés à l'époque.

Il répétait son nom, inlassablement.

Puis il la pénétra doucement, comblant un désir pour en créer un autre.

C'était ce qu'elle voulait. Encore et encore...

Elle avait tellement envie de lui qu'elle en fut effrayée. Et pas seulement pour ce soir mais pour toujours.

Elle avait retrouvé ses esprits.

— Sally...

Elle inspira brièvement et s'écroula, l'orgasme se diffusant en elle par vagues. Elle l'entendit crier, s'entendit gémir, et ce fut le silence. Un silence épuisé, tendre et plein d'espoir, où leurs deux cœurs battaient à l'unisson.

Sally posa sa tête sur la poitrine de son amant et écouta. C'était un bruit agréable. Le plus merveilleux qui soit.

Colin tendit la main pour attraper un plaid sur le dossier d'une des chaises. Elle aurait pu rester là éternellement, la main de Colin posée sur sa taille, l'autre dans ses cheveux emmêlés, perdue dans cette douce chaleur.

— Mon amour, chuchota-t-il si doucement qu'elle ne fut pas sûre d'avoir bien entendu.

Dix minutes plus tard, il dormait profondément. Elle était sur le point de s'endormir à son tour lorsque le bruit d'un moteur de voiture remontant l'allée l'arracha doucement à la douce torpeur qui l'envahissait peu à peu.

Une voiture...

Neil !

Mais c'était impossible. Il passait le week-end avec Lara et jamais il ne l'aurait laissée seule dans son appartement pour ressortir au beau milieu de la nuit.

15.

Sally avait tout l'après-midi pour elle avant le retour de Lara et elle en était ravie. Elle voulait savourer tranquillement les événements de la nuit précédente, se remémorer le moindre détail, la moindre parole, le moindre regard. Revivre en boucle ce moment merveilleux.

Elle se félicitait de ce que Colin soit parti tout de suite après le petit déjeuner. Tous deux avaient bu un café et grignoté quelques toasts en lisant les journaux, après quoi Colin avait visiblement eu envie de la raccompagner jusqu'à sa chambre à coucher…

Mais elle avait besoin de réfléchir et Colin n'avait pas insisté.

C'était un des traits de caractère qu'elle préférait chez lui : sa souplesse d'esprit et la réelle attention qu'il portait à ses désirs en faisant abstraction des siens.

Après avoir marché si longtemps sur le fil du rasoir pour essayer de répondre aux attentes de Neil jamais satisfaites, c'était un véritable bonheur pour Sally que de pouvoir dire ce qu'elle pensait et ce qu'elle voulait sans être obligée de se censurer. Enfin elle pouvait plaisanter et rire sans craindre de brusques accès de colère.

Enfin elle respirait…

Le matin, en se réveillant aux côtés de Colin, elle s'était sentie différente. Comme libérée d'un poids. Sans s'en rendre vraiment compte, elle avait passé des années dans une prison affective. A présent, elle ne comprenait plus pourquoi elle s'était laissée ainsi dominer par Neil. De quoi avait-elle eu peur au juste ?

D'une bosse sur sa voiture ? D'un carreau cassé ?

Ce n'était certes pas très glorieux mais elle était bien obligée de constater qu'elle n'avait fait que céder aux caprices de Neil. Et tout cela pourquoi ? Pour avoir la paix ? Pour le bien-être de Lara ? Lara qui n'avait pas été dupe…

Non. Par manque de courage, tout simplement. Fort heureusement, elle venait de mettre fin à cette situation étouffante.

La seule ombre au tableau restait Beth. Sally avait-elle droit à un tel bonheur quand son amie n'éprouverait plus jamais un sentiment semblable ?

Elle savait bien qu'elle était ridicule de penser une telle chose, malheureusement elle savait aussi qu'elle ne pourrait éviter la charge émotionnelle qui allait de pair avec sa situation. Après tout, elle s'était éprise du veuf de sa meilleure amie…

Vers 15 heures, elle sortit faire quelques courses, acheta un poulet, des légumes verts et rentra immédiatement pour les cuisiner, heureuse comme cela ne lui était pas arrivé depuis longtemps.

Lorsque la Jaguar se gara dans l'allée, le fumet du poulet rôti et des pommes de terre qu'elle avait fait cuire avec un peu de romarin embaumait toute la maison.

Neil resta dans la voiture et Sally ne bougea pas de la terrasse. Elle regarda Lara sortir son sac du coffre avant d'aller embrasser son père et lui faire un dernier signe de la main.

— Tu as passé un bon week-end, ma chérie ?

Sally aurait été bien en peine de le dire tant l'expression de l'adolescente était impossible. Mais Lara était toujours ainsi lorsque ses deux parents étaient à proximité, réservée et en apparence maîtresse d'elle-même.

— Parfait ! répondit-elle sobrement en embrassant sa mère.

Puis elle pénétra dans la maison et se rendit directement dans sa chambre, sans un mot de plus.

Sally attendait que Neil reparte mais il ne semblait pas pressé. Il la dévisageait, son fameux rictus de prédateur aux lèvres.

Elle le conjura silencieusement de faire marche arrière et de s'en aller au plus vite. A son grand désarroi cependant, il descendit nonchalamment de voiture et s'appuya sur le toit, souriant toujours de ce même air indulgent, vaguement condescendant, comme s'il savait quelque chose qu'elle ignorait.

—Tu as passé un sacré week-end, dis donc, Sally !
— Va te faire voir, Neil !

Bien que l'expression de son ex-mari n'ait pas changé d'un iota, elle savait qu'elle l'avait contrarié. Neil détestait que les femmes utilisent ce genre de langage.

Surtout lorsqu'elles s'adressaient à lui.

— Cela ne t'a pas arrangé le caractère de t'envoyer en l'air à ce que je vois. Tu devrais peut-être te trouver un autre homme. *Un vrai !*

— Tu es sur une propriété privée, Neil. La mienne. Va-t'en immédiatement !

— Tu crois que c'est une manière de parler au père de ta fille ?

— Quand tu t'adresses à moi sur ce ton, oui. Va-t'en, Neil. Va-t'en sinon...

— Sinon quoi ? ricana-t-il. Tu appelles la police ? Pour quel motif ? Etre venu déposer ma fille chez toi à la fin du week-end réglementaire ? Je me demande combien ça va chercher, ce genre de délit, par les temps qui courent...

Sally comprit que si elle le laissait faire, il la provoquerait comme cela pendant des heures. Elle s'empara du portable accroché à sa ceinture.

— Posons-leur la question. Qu'en penses-tu ?
— Ça va, Sally. Je m'en vais...

Elle suspendit son geste, espérant qu'il ne verrait pas à quel point ses doigts tremblaient.

— Tout de suite !
— Tu te crois forte, hein ! siffla-t-il. Sally Stowe... futur juge de la Couronne... Intouchable ? Pourtant je vais te donner un petit conseil : ne vends pas la peau de l'ours avant de l'avoir tué. Quelque chose me dit qu'avant la fin de la semaine, tu seras la dernière personne à pouvoir prétendre à un coup de fil officiel de notre très estimé ministre de la justice.

Sally frissonna. Ce n'était pourtant pas la première fois qu'il la menaçait, mais le clin d'œil confiant qu'il lui lança avant de remonter en voiture lui glaça le sang.

— Que veux-tu dire par là ?
— Tu verras bien, Sally. Tu verras bien...

Et sur ces paroles, il claqua sa portière et démarra enfin, laissant la jeune femme en proie à un terrible malaise.

Le lendemain matin, en descendant la 6ᵉ Rue pour gagner son bureau, Sally aperçut le *Sun* dans un distributeur. Son attention fut attirée par la photo d'un homme qu'elle connaissait bien, sortant d'une maison qu'elle connaissait encore mieux.

Le seul problème était que l'homme en question n'était autre que Rick Moore... et le pavillon était celui de la jeune femme.

Le gros titre lui donna l'impression d'entrer tout droit dans un cauchemar.

« L'AVOCATE PRESSENTIE AU POSTE DE JUGE DE LA COURONNE RATTRAPÉE PAR SA VIE PRIVÉE ! »

Sally jura comme un charretier, glissa une pièce dans la fente du distributeur et en sortit un exemplaire du tabloïd.
Elle se mit à lire fébrilement, debout au coin de la rue.

« Selon des sources sûres, Sally Stowe, une avocate de Calgary, spécialisée dans les affaires familiales, aurait une liaison avec l'ex-mari de l'une de ses clientes, ce qui va totalement à l'encontre de l'éthique établie par le barreau de la province d'Alberta. Sally Stowe, la quarantaine, est divorcée et mère d'une jeune fille de 16 ans. Son nom figure parmi ceux des candidats au poste de juge au service de Sa Majesté, en remplacement du juge Kendal qui prendra sa retraite au mois de juin prochain. »

Au bas de la page était imprimée une photo de Sally. Une photo qu'elle n'avait jamais vue auparavant. Elle se tenait devant sa porte — celle par laquelle on voyait sortir Rick Moore sur l'autre cliché —, en jean et T-shirt, les cheveux ébouriffés et l'air tellement béat qu'elle en paraissait presque stupide.

En un éclair, elle comprit que cela avait été pris au lendemain de sa nuit avec Colin.

« Un voisin affirme qu'un véhicule inconnu est resté garé devant le pavillon de l'avocate toute la nuit de samedi à dimanche. Il semblerait que Rick Moore, l'ex-mari d'une des clientes de Me Stowe, ait passé la nuit avec elle, avant de s'éclipser au petit matin. »

Abasourdie, Sally laissa retomber ses bras et se sentit vaciller. Elle ne parvenait pas à assimiler la nouvelle. Comment ces photos se trouvaient-elles en première page ? Elle jeta un coup d'œil autour d'elle et se demanda si c'était l'effet de son imagination ou si plusieurs passants s'étaient déjà retournés sur elle.

Elle replia le journal d'une main tremblante et, le coinçant sous son bras, se hâta d'aller chercher refuge dans son bureau.

A 9 h 30, trois de ses clientes avaient déjà annulé leur rendez-vous de la journée. Par ailleurs, Gérald Thornton et Willa Kendal avaient tous deux exprimé leur désir de s'entretenir avec elle, un peu plus tard dans l'après-midi.

Le sang lui battait dans les tempes. Elle avait relu l'article dans la tranquillité relative de son bureau et éprouvait toujours quelques difficultés à comprendre. Que faisait Rick Moore devant chez elle ? Et qui avait pris ces photos ? Enfin, comment étaient-elles arrivées entre les mains d'un reporter du *Sun* ?

Neil ! C'était Neil qui avait orchestré cet effroyable coup monté. Elle revit son sourire lorsqu'il l'avait quittée après avoir ramené Lara.

Restait à savoir comment il s'y était pris. Rick Moore n'évoluait pas dans le même cercle social que lui. Comment les deux hommes s'étaient-ils rencontrés ?

Sally se souvint alors de la joie de Pamela lorsqu'elle avait reçu le chèque de Rick, la semaine précédente. Se pouvait-il que... Non ! Moore ne tenait tout de même pas cet argent de Neil ! C'était peu probable.

Encore que...

Il se pouvait que Neil ait réussi à accéder à son fichier de clientèle. Il avait dû reconnaître Rick, dont la photo était parue dans la presse après l'incident des détritus. Et il était tout à fait capable de se servir du ressentiment d'autrui pour parvenir à ses fins. Dès lors, on pouvait envisager qu'il ait approché

Moore en lui proposant un marché qui leur soit profitable à tous les deux.

Sally avait conscience de ce que sa théorie était un peu tirée par les cheveux, seulement c'était la seule explication possible. Hélas, qui serait prêt à croire une histoire pareille ?

Elle se frotta les tempes dans l'espoir de retarder un mal de crâne imminent.

Son téléphone se mit à sonner.

Pamela...

Elle n'avait même pas encore réfléchi à ce qu'elle allait lui dire.

— Tu as lu le journal, je suppose, lança Pamela d'une voix blanche avant de réprimer un sanglot.

— C'est un tissu de mensonges, Pam. Tu en es consciente, j'espère ?

— Je ne sais pas... Je ne sais pas quoi penser. Ces photos...

Les sanglots reprirent de plus belle.

— J'ignore comment elles ont été prises. Tout ce que je peux te dire, c'est que je ne sors pas avec Rick. Je ne l'ai jamais vu qu'en ta compagnie.

— Mais enfin Sally ! On le voit sortir de chez toi ! Tu ne vas pas me dire qu'il existe un autre pavillon, exactement similaire au tien ! On voit même la couronne de fleurs séchées que tu as achetée au marché de Longview, l'été dernier.

Oh ça, il n'y avait aucun doute ! Il s'agissait bien de son pavillon. Un pavillon qu'elle fermait toujours soigneusement à clé après en avoir activé l'alarme, et gardé par un chien qui, pour l'instant n'avait rien d'un féroce chien de garde, mais qui savait parfaitement aboyer pour intimider un quelconque visiteur.

— Rick a dû réussir à s'introduire chez moi d'une manière

ou d'une autre. Ne me demande pas comment... Je serais bien en peine de te le dire !

L'explication était bien faible et Sally en avait tout à fait conscience. Malheureusement, elle n'avait rien de plus convaincant à soumettre à son amie.

— Et ton alarme ?

L'alarme ? Elle devait être défectueuse.

Ou bien...

Il y avait une autre possibilité... Celle que Neil ait une clé et qu'il connaisse le code de l'alarme.

Lara ?

— Je sais que c'est beaucoup demander, mais tu dois me croire, Pam. Rick n'a pas passé la nuit chez moi. N'a jamais passé de nuit avec moi. Je ne l'ai pas vu depuis plus d'un mois.

Mais Pam ne l'écoutait déjà plus.

— C'est pour ça qu'il m'a enfin payé ce qu'il me devait, hein ? Tu voulais juste te débarrasser de moi... Et si ça se trouve, c'est même toi qui lui as donné cet argent !

— Ne dis donc pas de bêtises, Pam !

Pamela avait cessé de pleurer. Sa voix se fit dure et glaciale.

— Tu sais ce qui fait le plus mal ? C'est d'avoir cru que tu étais mon amie. J'aurais pu accepter d'être trahie par mon avocate. C'était moins dur que de savoir qu'une amie m'avait délibérément trompée.

Sally renonça à se défendre. De toute évidence, Pamela n'était pas d'humeur à entendre ses arguments pour l'instant. On pouvait difficilement lui en vouloir d'ailleurs : toutes les apparences étaient contre Sally.

Elle envoya Neil brûler dans les flammes de l'enfer. Cette fois, il ne s'était pas contenté de lui nuire. Il avait aussi blessé Pam.

Et Lara.

Lara !

Sally imaginait sans peine le genre de railleries auxquelles sa fille allait être soumise, aujourd'hui, et son ventre se tordit de douleur. Il fallait qu'elle appelle le lycée pour la dispenser de cours et qu'elle aille la chercher !

— Pam, je te contacterai plus tard, si tu veux bien. Je suis certaine que...

— C'est inutile. Je ne veux plus jamais avoir affaire avec toi. Les avocats ne sont pas au-dessus des lois morales, tu sais. Je vais prendre conseil auprès d'une de tes consœurs et porter plainte. Fais-moi confiance !

A ce moment-là seulement, Sally prit toute la mesure des conséquences de ce cauchemar. Il y aurait une enquête. Et s'il y avait peu de risques qu'elle soit rayée du barreau, sa réputation ne manquerait pas d'en souffrir.

Quant à son éventuelle promotion... Ce n'était plus la peine d'y penser.

Tout se déroulait exactement comme Neil le lui avait prédit.

Sally pensa soudain à Colin.

Avait-il lu le journal ? Il fallait qu'elle lui passe un coup de fil.

Pourquoi ne l'avait-il pas encore contactée ? Elle aurait eu grand besoin d'un peu de réconfort.

A moins qu'il n'ait avalé toute cette histoire, lui aussi.

16.

Lorsque Sally émergea de l'ascenseur, une équipe de journalistes de la chaîne de télévision locale l'attendait dans le hall d'accueil de l'immeuble qui hébergeait le cabinet d'avocats.

Elle était tellement préoccupée par la nécessité immédiate d'aller chercher Lara qu'elle ne s'aperçut de leur présence que lorsqu'on lui mit un micro sous le nez.

— Madame Stowe ? Qui est l'homme que l'on a vu sortir de chez vous dimanche matin ? Pouvez-vous nous donner son nom ?

Sally regarda sans comprendre la mêlée autour d'elle. Une foule d'agités, des caméras, un spot éblouissant dont émanait une chaleur vive.

— Est-il exact que votre amant est l'ancien mari d'une de vos clientes ?

La tentation était grande de profiter de l'occasion pour nier toute l'histoire en bloc et Sally dut se faire violence pour se contenter de répondre qu'elle ne ferait aucun commentaire.

Cela ne lui aurait servi à rien de s'épancher devant la presse maintenant. Elle avait beau savoir qu'elle avait été piégée, elle n'en avait pas la moindre preuve. En essayant de nier ce qui semblait être l'évidence, elle ne ferait que passer pour une menteuse.

Elle se fraya donc un chemin à travers la nuée de journalistes et se dirigea vers la porte menant au parking. Fort heureusement, personne ne la suivit, et c'est avec une tranquillité d'esprit relative qu'elle prit la route du lycée de sa fille.

En chemin, et contrairement à ses habitudes, elle sortit son portable pour appeler tour à tour Gérald et Willa.

Ni l'un ni l'autre n'étaient à son bureau et elle n'aurait su dire si elle en était soulagée ou non. Elle leur laissa à tous deux un message identique.

« J'ignore ce qu'il se passe, mais je peux vous affirmer que les allégations parues dans le journal d'aujourd'hui sont totalement mensongères. J'essaierai de vous rappeler plus tard. Pour l'instant, il faut que je parle à ma fille. »

Lara… Qu'allait-elle bien pouvoir lui dire ? Elle aurait bien voulu être en mesure de lui exposer les faits tels qu'ils étaient. Malheureusement, elle ne se voyait pas expliquant à sa fille qu'il s'agissait d'un complot de son père pour l'empêcher d'être promue à la fonction de juge. Et encore moins qu'il agissait ainsi, peut-être aussi parce qu'il ne supportait pas qu'elle fréquente un autre homme.

Elle avait à peine atteint l'allée circulaire menant à l'entrée principale de l'école que Lara se précipita vers elle. La jeune fille lui parut inquiète et terriblement vulnérable.

Elle grimpa dans la voiture et claqua la portière.

— Je suis contente que tu sois là ! Qu'est-ce qui se passe, maman ? C'est du délire cette histoire !

Elle regardait sa mère d'un air si confiant que Sally en aurait pleuré.

« Ma fille ne croit rien de toute cette histoire, elle au moins… »

— A la vérité ma chérie, je n'en sais rien. C'est très compliqué. Tu n'as pas trop souffert, ce matin ?

— Pas vraiment, non. J'ai eu droit à quelques commentaires grossiers de la part de certains garçons, sans plus. Je leur ai simplement répondu que c'était de la calomnie pure. C'est bien ça, hein, maman ?

Son front était barré par une ride soucieuse et elle cherchait de toute évidence à être rassurée.

— Bien sûr, ma chérie.

— Pourtant, c'est bien le mari de Pam, sur cette photo ? Et il sort de chez nous !

— Oui. C'est bel et bien lui. Et je n'ai aucune idée de la façon dont il a pu s'introduire chez nous. A part la dame qui vient s'occuper d'Armani pendant la journée, nous sommes les seules, toi et moi, à avoir les clés et le code de l'alarme.

Colin lui-même, s'il avait toujours le trousseau de Beth, ignorait la combinaison qui éteignait l'alarme.

Lara s'était mise à se mordiller l'intérieur de la joue tout en jetant des coups d'œil inquiets à sa mère.

— Quelque chose te tracasse, ma chérie ?

— Papa le connaît lui aussi. Le code.

Sally fut parcourue d'une sueur froide.

— Mais je ne lui ai jamais donné nos clés ! s'écria-t-elle.

— Il a fait faire un double des miennes. Il voulait pouvoir entrer chez nous en cas d'urgence. Par exemple si tu avais été en voyage d'affaires ou autre et…

Lara haussa les épaules. De toute évidence, elle éprouvait quelques difficultés à se souvenir des raisons précises que son père lui avait exposées pour obtenir d'elle qu'elle lui prête sa clé.

— Et je suppose que c'est toi qui lui as aussi donné le code, par la même occasion ?

Lara acquiesça, pas fière d'elle.

— Je n'aurais pas dû ?

Sally sentit un nouveau frisson la parcourir et ne répondit pas. Si Neil pouvait entrer chez elle comme il le voulait, tout s'expliquait. Il n'avait pas dû avoir grand mal à se mettre en rapport avec Rick Moore. Il lui avait suffi de recopier le fichier clientèle, sur son ordinateur personnel.

Par ailleurs, elle avait un double de ses clés de bureau dans son secrétaire, à la maison...

Il n'y avait à présent plus de doute sur la façon dont Neil avait fomenté tout cela. Et Lara, avec sa vivacité d'esprit habituelle, était visiblement en train de suivre le même cours de pensée.

— Papa n'aurait tout de même pas...

Sally comprit que la jeune fille éprouvait quelques difficultés à imaginer que son père était capable de ce genre de plaisanterie.

— ... même s'il en avait eu la possibilité, finit-elle par dire. Pourquoi est-ce qu'il te ferait une chose pareille ?

La question était sous-tendue d'une telle souffrance que Sally en eut mal au cœur. Elle détestait Neil. Ne serait-ce que parce qu'il ne prenait jamais en compte les conséquences que ses actes pouvaient avoir sur leur fille.

— Je n'en sais rien, ma chérie.

Bien que répugnant à mentir à sa fille, elle ne pouvait pas lui dévoiler de cette façon les motivations peu glorieuses de Neil. Lara semblait bien s'entendre avec son père, et il n'était pas question de semer la zizanie dans leurs rapports. Plus tard, elle aviserait.

— Il y a peut-être une autre explication, sait-on jamais ? ajouta-t-elle. L'important dans l'immédiat est que tu sois convaincue que rien dans cet article n'est vrai. Absolument rien. Pam est plus qu'une cliente, tu sais. C'est une amie. Et même si elle avait été mariée à Brad Pitt en personne, jamais je n'aurais envisagé un seul instant de...

— Je te crois, maman.

Sally saisit la main de sa fille et la serra tendrement. Mais il lui restait néanmoins une chose à avouer à Lara.

— Ce journaliste a tout de même raison sur un point, ma chérie. Je... je vois quelqu'un. Pas Rick Moore, bien sûr. Quelqu'un d'autre.

— Le mari de Beth ?

Sally sursauta. L'expression lui paraissait particulièrement mal choisie. Toutefois, elle hocha la tête.

— Oui.

Lara digéra la nouvelle en silence. Lorsqu'elles arrivèrent chez elles, elle n'avait toujours fait aucun commentaire.

Sally rentra la voiture au garage, coupa le contact et se pencha pour effleurer le bras de sa fille.

— Cela t'ennuie que je sorte avec Colin ?

— Pas vraiment. C'est un type bien.

— Seulement cela te fait un drôle d'effet qu'il ait été le mari de Beth, c'est ça ?

Lara hocha lentement la tête et sourit faiblement, soulagée que sa mère ait formulé sa pensée à sa place.

— Je t'avouerai que cela me gêne un peu, moi aussi, reconnut Sally. En même temps, je me dis que Beth aurait voulu que Colin et moi soyons heureux. Elle était très généreuse, souviens-toi. Elle avait un cœur d'or...

— C'est vrai.

Mais Lara n'avait pas l'air entièrement convaincue et Sally la comprenait. Comment aurait-elle pu convaincre sa fille qu'elle ne faisait rien de répréhensible, alors qu'elle-même n'en était pas persuadée ?

Comme elle s'y était attendue, Lara se rendit directement dans sa chambre. Sally hésita une seconde et décida de lui donner un peu de temps avant de reprendre leur conversation là où elles l'avaient laissée.

Elle gagna son bureau pour y lire son courrier électronique. Elle avait d'ores et déjà annulé ses autres rendez-vous de la journée, ce qui lui laissait l'après-midi pour s'acquitter de son travail en retard.

Elle s'était à peine installée lorsque son portable sonna. C'était Willa, exigeant des éclaircissements. Presque immédiatement après, Gérald la rappela à son tour. Ni l'un ni l'autre ne semblaient très convaincus par les explications qu'elle leur fournit. Surtout lorsqu'elle leur laissa entendre qu'elle soupçonnait son ex-mari d'avoir orchestré toute l'affaire.

C'était exactement ce qu'elle redoutait depuis le début. La réputation de Neil dans le monde juridique était bien trop assise pour qu'on le soupçonne de telles bassesses. Or, si Willa et Gérald, qui étaient ses amis et l'avaient toujours soutenue, doutaient de sa parole, elle ne se faisait aucune illusion avec le reste de ses confrères.

Dire qu'elle avait été si confiante la veille encore ! Heureuse et fière d'avoir été capable de pouvoir enfin tenir la dragée haute à son ex-époux ! La bonne blague... Jamais elle ne serait libérée de Neil et de ses manigances. Jamais, tant que l'un d'entre eux serait en vie...

Elle était là, sa réponse. La seule chose qu'il lui restait à faire, la seule solution à ses problèmes était de tuer Neil !

« Je suis en train de devenir aussi cinglée que lui... », songea-t-elle avec horreur en se massant les tempes.

On sonna à la porte et Sally alla ouvrir, heureuse de cette diversion. A cet instant, elle était prête à écouter des heures les interminables discours d'un régiment de démarcheurs en tout genre !

Colin se tenait sur la terrasse et la dévisagea avec une tristesse infinie. Il avait mauvaise mine et restait là, planté devant elle, sans un mot.

Elle comprit immédiatement qu'il avait lu l'article. Pire ! il y accordait crédit...

Sally avait passé sa matinée à plaider sa bonne foi et n'avait plus l'énergie pour essayer de convaincre qui que ce soit d'autre. Si l'homme dont elle pensait être amoureuse était prêt à la croire capable du pire, alors plus rien n'avait d'importance. Autant que cette histoire cousue de fil blanc soit vraie, finalement.

— Désolée, Colin. Je n'ai pas la force de m'expliquer, pour l'instant.

Elle fit mine de refermer la porte mais Colin l'en empêcha.

— Je t'ai appelée à ton bureau dès que j'ai entendu parler de l'article du *Sun*. Evelyne m'a expliqué que tu étais rentrée pour travailler chez toi cet après-midi. Comment te sens-tu ? Pour ma part, je n'arrive pas à croire que quiconque puisse s'abaisser à de tels actes. Même Neil.

— Tu crois aussi que c'est Neil qui est derrière tout cela ? murmura-t-elle, soulagée.

— Qui d'autre ?

— Et moi qui pensais que tu avais avalé toute cette histoire...

— Tu plaisantes j'espère ! Cette photo de toi a été prise dimanche matin, au moment où je m'en allais. Tu crois que je ne me souviens pas avec précision de ton expression, quand je suis parti ? J'ai dû me faire violence pour ne pas faire demi-tour et te traîner de force jusqu'à ta chambre à coucher...

— Oh, Colin !

Elle se blottit dans ses bras grand ouverts, et il lui sembla que toutes les mauvaises ondes de la matinée venaient de s'envoler comme par magie. Il l'embrassa et elle se laissa aller encore un instant, avec un bonheur accru. Cette sinistre histoire qui la touchait de plein fouet lui apparut soudain sous un autre angle et beaucoup plus abordable.

— Lara est ici. Je suis allée la chercher au lycée, souffla-t-elle, reprenant ses esprits.

Colin repoussa doucement en arrière une mèche qui lui tombait sur le front.

— Tu fais bien de me prévenir... J'allais te faire l'amour...

— Allons dans la montagne, dit-elle brusquement. On louera une chambre à Baker Creek en attendant que la tempête soit passée.

— Et Lara ?

— Elle pourrait aller chez son père, et... Non. C'est ridicule.

De plus, l'idée était loin d'être séduisante. Car si jusqu'à présent Sally avait présumé que sa fille était en sécurité avec Neil, maintenant qu'elle soupçonnait son ex-mari d'être à l'origine de cet article de journal, Lara n'était peut-être pas autant à l'abri que Sally était en droit de l'espérer. Cette pensée la glaça.

— Aussi tentant que ce soit, nous ne pouvons pas aller nous réfugier dans les montagnes, répondit Colin, doucement mais avec fermeté. Cette affaire risque de ruiner ta carrière, Sally. Il est hors de question que nous laissions Neil te faire une chose pareille.

— Tu connais un moyen de l'en empêcher ? Parce que

moi, non. Sauf prendre sur mes économies pour embaucher un tueur à gages...

Colin sourit.

— Viens. Allons nous asseoir pour réfléchir. A nous deux, nous arriverons bien à trouver une solution moins radicale que l'homicide pur et simple, mais tout aussi efficace.

Elle le guida jusqu'à son bureau dont elle referma soigneusement la porte pour éviter que Lara ne surprenne leur conversation, si jamais elle passait dans le couloir.

Colin se dirigea droit vers la fenêtre et contempla le paysage un instant en silence.

Sally s'appuya contre le mur opposé.

— Il faut que je puisse fournir une explication raisonnable à l'existence de ces photos, commença-t-elle. Une explication que tout le monde sera en mesure de croire.

Colin secoua la tête.

— Non. Tu dois parvenir à prouver la vérité. Et la vérité est que tu as été piégée par ton ex-mari.

— Mais tu sais bien que ce sera impossible ! Tout le problème est là. Pour cela, il faudrait que Rick passe aux aveux, et il y a peu de chances pour que cela se produise. Neil a dû le payer grassement !

— Comment a-t-il eu accès à ta maison ? Sur le cliché, on le voit indéniablement *sortir* de chez toi.

Sally lui rapporta les aveux de Lara sur le sujet.

— D'après ce que j'ai compris, cela fait des années que ça dure.

Rien qu'à cette pensée, elle avait la chair de poule. Dès son retour, elle avait modifié le code de l'alarme. Demain, elle ferait changer les serrures.

— Et tu as une idée de la façon dont Neil a pu se mettre en rapport avec Moore ?

— Je me suis posé un certain nombre de questions à ce propos. Et j'en suis venue à la conclusion que Neil a dû se souvenir de la photo de Rick publiée suite à l'épisode des détritus. Ensuite, et c'est toujours une supposition, il a dû trouver le numéro de Rick sur ma messagerie électronique... Ou par un autre biais, totalement différent. Rick Moore est un citoyen comme les autres après tout.

Colin secoua la tête, admiratif malgré lui de l'intelligence diabolique de Neil.

— Il a joué fin en choisissant une personne qui t'en voulait à coup sûr. Il a dû payer Rick pour poser sur le pas de ta porte. Et nul doute que Rick s'est empressé d'accepter, puisque tu es l'avocate de son ex-épouse.

— Rick a toutes les raisons de m'en vouloir, en effet, renchérit Sally en frissonnant. Je t'avais bien dit que Neil était futé.

— Ça, pour être futé, il est futé ! Mais moi, j'emploierai plutôt « machiavélique ». Tu te souviens de ce dossier qui avait disparu de chez moi, l'autre jour ? Eh bien figure-toi qu'il a miraculeusement réapparu cette semaine. On l'a retrouvé sur le comptoir, à l'accueil de nos bureaux. De sorte que je ne peux même plus essayer de le coincer pour vol.

— Je suis navrée, Colin. Avant de sortir avec moi, tu n'avais pas ce genre de soucis...

— Tu n'y es pour rien. Nous allons affronter ce problème ensemble, toi et moi. Neil est indéniablement malin, mais il va trouver à qui parler. Je vais appeler un des détectives auxquels nous avons parfois recours au travail. Avec un peu de chance, nous arriverons à prendre Neil à son propre jeu !

Confortablement installé dans son appartement, Neil lut l'article qui s'étalait à la une du *Sun* pour la dixième fois de la journée. Il était ravi. S'il avait rédigé ce papier lui-même, il n'aurait pas fait mieux.

Pour la première fois depuis son divorce, le vent semblait tourner de son côté. La carrière de Sally ne survivrait jamais à un scandale pareil. Certes, cette liaison supposée n'entraînerait pas sa radiation du barreau. Cependant il y aurait une enquête, et la mauvaise presse qui s'ensuivrait suffirait à annihiler ses chances d'être promue juge. Mieux encore : ses affaires en souffriraient elles aussi. De surcroît, jamais plus l'ensemble de la profession ne lui accorderait la même estime qu'auparavant.

Bon sang ! Il avait fait preuve de génie, ni plus ni moins !

Il saisit son téléphone pour appeler Rick Moore.

— Vous avez lu le journal ? lui demanda immédiatement son interlocuteur.

— Oui. Bon travail, Moore.

— Alors, pour la deuxième moitié de l'argent...

— Lundi prochain, comme convenu. Même heure, même endroit que la dernière fois.

— Pourquoi attendre une semaine ? Vous avez eu ce que vous vouliez. A présent, c'est mon tour.

— Votre tour viendra. Nous devons nous montrer prudents. Que l'on nous voie ensemble et nous sommes cuits. Tous les deux !

— Dans ce cas, nous n'avons qu'à nous voir ce soir. Une fois la nuit tombée...

— Pas question, l'interrompit fermement Neil. Tenons-nous-en à notre plan initial.

Il raccrocha, vaguement contrarié.

Le téléphone retentit presque aussitôt, et son agacement augmenta d'un cran.

225

— Je viens de vous dire..., gronda-t-il dans le combiné.
— Neil ? C'est toi ?

Neil s'interrompit, atterré. N'importe qui, sauf elle...

— Bonjour, maman.
— Qu'est-ce qui te prend de hurler ainsi en répondant au téléphone ?
— Désolé. Je t'ai prise pour quelqu'un d'autre.

Conscient de ce que cela ne constituait pas une excuse suffisante, il s'empressa d'ajouter :

— Tu m'appelles à propos de notre voyage, cet été ?
— Evidemment ! Je t'ai laissé un nombre incalculable de messages, que ce soit au bureau ou chez toi. Pourquoi ne me rappelles-tu pas ? Je pourrais être hospitalisée, tu n'en saurais rien ! Je ne pensais pas t'avoir aussi mal éduqué !

Elle continua sur ce ton pendant de longues minutes et Neil l'écouta, sachant pertinemment qu'il n'y avait rien d'autre à faire. Quand sa mère avait quelque chose sur le cœur, elle ne manquait jamais de le faire savoir. Le plus clairement possible.

Ce qui avait été le cas lorsqu'il lui avait présenté Sally.

Sa mère s'était farouchement opposée au choix qu'il avait fait en épousant la jeune femme à qui elle reprochait juste d'être la seule raison qui retenait son fils en Amérique du Nord, et elle s'était montrée fort désagréable avec elle, lors de son unique visite à Calgary, peu après la naissance de Lara.

Quand Neil lui avait annoncé leur divorce, elle avait clamé haut et fort qu'elle avait toujours su que cette union se terminerait ainsi, pour lui demander aussitôt quand il comptait rentrer en Angleterre. Neil avait été bien soulagé qu'ils soient séparés par un océan lorsqu'il lui avait répondu qu'il entendait rester au Canada.

Car s'il avait pris Lara comme prétexte, la vérité était tout autre : il préférait de loin vivre sur un autre continent que sa mère.

— Pardonne-moi, maman. J'ai été très occupé.

— Trop occupé pour appeler ta propre mère ? Maintenant, dis-moi, poursuivit-elle, d'un ton encore plus impétueux, as-tu acheté tes billets d'avion ?

— Tout est arrangé, répondit-il en ouvrant son agenda à la page où il avait consigné les informations relatives au vol. Je suis allé chercher le passeport de Lara, la semaine dernière. Nous voyageons par Air Canada.

Il lui indiqua ensuite le numéro de vol et leur heure d'arrivée.

— J'enverrai une voiture vous chercher, lui promit sa mère.

Elle lui posa ensuite quelques questions supplémentaires sur l'organisation de leur voyage et Neil lui répondit patiemment et avec toute la courtoisie dont il était capable :

— Lara est très impatiente de faire ta connaissance, tu sais, déclara-t-il.

Sa mère ne l'avait vue qu'une seule fois, quand elle n'était encore qu'un nourrisson. Et bien que Sally et lui aient eu une chambre d'amis dans le petit appartement qu'ils occupaient à l'époque, Mme Anderson mère avait catégoriquement refusé de s'installer chez eux, ne serait-ce que pour quelques jours, sous prétexte que l'appartement était trop petit et qu'elle préférait la nourriture des hôtels à toute autre.

Personne n'avait été dupe, bien évidemment. Mais toute discussion eût été inutile.

— Je dois dire que je suis curieuse de voir ce qu'elle est devenue. Je t'accorde que c'était un bébé très sage.

— Qui est devenu une jeune fille merveilleuse, maman. Elle est parmi les dix premiers de sa classe et au ski…

— Tu m'as déjà dit tout cela, l'interrompit sa mère avec impatience. Ce qui m'intéresse, moi, c'est son éducation, la façon dont elle se tient en société.

Neil éprouva un court moment de panique. Si Lara se comportait incontestablement mieux que la moyenne des jeunes nord-américains, il savait que les exigences de sa mère allaient bien au-delà...

Il s'enquit de la santé de sa tante Jacqueline, puis de celle de Duster, le petit chien de sa mère.

Lorsqu'il put enfin raccrocher, il se promit d'inscrire Lara à un cours de maintien et de bonnes manières dès le lendemain.

Puis il se fit griller un steak et une tomate pour dîner. Il apportait toujours un soin particulier à ses repas, veillant à ne pas trop manger pour garder la ligne et rester en bonne santé.

Après dîner, il nettoya méthodiquement la cuisine, allant jusqu'à désinfecter à la fois l'évier et les comptoirs.

Lors de son entretien avec Rick Moore, la semaine précédente, il avait été atterré par les manières de son interlocuteur. Celui-ci parlait la bouche pleine, et aurait allumé une cigarette en plein milieu du repas si le serveur ne lui avait pas rappelé qu'il était interdit de fumer. Encore plus inconcevable aux yeux de Neil, il avait profité de ce qu'ils attendaient l'addition pour se donner un coup de peigne.

A table !

Sa mère avait raison au moins sur un point, conclut Neil. Ces Américains étaient des rustres.

Ce ne fut qu'une fois couché et sur le point de s'endormir qu'il se remit à penser à Sally et à Foster.

Etaient-ils ensemble en ce moment ?

L'idée lui faisait plus horreur encore que lorsque Sally avait commencé à voir d'autres hommes, après leur divorce.

La dernière fois qu'il avait dû affronter Foster dans un tribunal, c'est Foster qui avait remporté la victoire.

Et à présent, il voulait lui prendre sa femme !

Cela devait cesser.

Mais comment ?

Neil avait le sentiment que les tactiques qu'il avait employées par le passé ne fonctionneraient pas cette fois-ci.

Il fallait qu'il trouve un autre moyen.

Un moyen sûr à cent pour cent.

17.

Le but principal de la visite de Colin avait été d'assurer Sally de son soutien. Toutefois, il avait profité de l'occasion pour lui apporter quelque chose.

Aussi, ce soir-là, une heure environ après que Lara eut éteint la lumière de sa chambre, Sally grimpa les marches sur la pointe des pieds, un bâtonnet de coton dans une main, un tube stérile dans l'autre.

La confiance sans mélange et la loyauté dont Colin avait fait preuve envers elle aujourd'hui n'avait fait que la renforcer dans sa décision. Elle était décidée à prélever un échantillon de la salive de sa fille pour qu'il sache enfin s'il était son père biologique ou non.

Ainsi, elle apprendrait la vérité elle aussi.

Lara dormait à poings fermés.

Sally s'avança jusqu'au lit de la jeune fille. Elle était allongée sur le dos, la tête tourné sur le côté, la bouche légèrement entrouverte.

Cet espace d'un demi-centimètre suffisait largement.

Pourtant, Sally ne parvenait pas à s'y résigner. Elle approcha le bâtonnet de coton du visage de Lara et le retira aussitôt.

Le procédé lui semblait tellement sournois... Tellement méprisable !

D'un autre côté, Colin avait le droit de savoir. Quant à Lara, si le test confirmait ce qu'elles avaient toujours pris pour argent comptant, l'une comme l'autre, à savoir que Neil était bien le père de la jeune fille, elle ne saurait jamais que l'on avait prélevé un échantillon de sa salive.

« Alors vas-y, Sally ! Qu'est-ce que tu attends ? Prélève cet échantillon et sors de cette chambre ! »

Non ! Décidément, elle ne pouvait faire une chose pareille. Elle s'assit sur le lit et se mit à caresser doucement la joue de sa fille endormie.

Lara ouvrit les yeux et la dévisagea un instant, surprise.

— Maman ? Qu'est-ce qui se passe ?

Sally attendit quelques secondes que sa fille soit complètement réveillée.

— Tu sais, ce que je t'ai dit tout à l'heure... Que Colin et moi sortions ensemble...

— Oui ?

— Eh bien...

Elle s'éclaircit la gorge et sentit son cœur battre un peu plus fort.

— Cela s'était déjà produit, une fois, par le passé. Il y a bien longtemps. Avant que Colin soit marié avec Beth et avant que j'épouse ton père.

Lara se redressa et prit appui sur ses deux coudes. Ses yeux étaient grand ouverts à présent et elle semblait attendre la suite avec appréhension. A croire qu'elle avait déjà deviné que ce qu'elle était sur le point d'entendre ne lui plairait guère.

— Le problème, Lara, c'est que j'ai couché avec Colin une semaine environ avant de faire l'amour avec ton père pour la première fois.

— Maman ! gémit Lara en grimaçant. Pourquoi me racontes-tu ça ?

— Ne te méprends pas sur mon compte, ma chérie. Je n'avais pas pour habitude de passer d'un homme à l'autre. Mais quand j'ai eu cette aventure avec Colin, j'ignorais que Beth s'était éprise de lui, et quand je l'ai appris, j'ai fait tout mon possible pour l'oublier aussi vite que possible. C'est juste après que tout a commencé avec ton père. Il m'a invitée chaque soir, cette semaine-là et nous avons terminé au lit à l'issue de notre quatrième rendez-vous.

Lara se couvrit le visage des deux mains.

— Je suis désolée, ma chérie. Je sais que tu aurais préféré ne rien savoir de tout cela. Malheureusement, je devais te le dire, pour que tu sois en mesure de comprendre une chose essentielle.

— Quoi ? soupira Lara, épiant sa mère à travers ses doigts entrouverts.

Sally ne pouvait plus reculer à présent, et elle savait qu'après cet aveu, sa relation avec sa fille risquait de changer du tout au tout.

— Il y a une possibilité, mais infime je te rassure, pour… pour que Colin Foster soit ton père biologique.

— *Quoi ?*

Lara fit remonter ses genoux jusqu'à sa poitrine et glissa ses bras autour de ses jambes, ne formant plus qu'une petite boule étroitement refermée sur elle-même. Elle fronça les sourcils puis secoua la tête.

— Non. Non ! répéta-t-elle, d'une voix plus forte.

— Mais c'est vraiment peu probable, ma chérie.

L'expression de Lara se tendit. De toute évidence, elle se méfiait.

— Pourquoi me racontes-tu ça ce soir ? Tu t'es encore disputée avec papa ?

— Cela n'a rien à voir avec ton père et moi, ma chérie. C'est Colin qui...

Elle s'interrompit. Il aurait été injuste de rejeter toute la responsabilité sur Colin, sous prétexte qu'il avait été le premier à avoir quelques doutes.

— Je suis presque sûre que Neil est ton père, poursuivit-elle avec conviction.

— Dans ce cas, pourquoi me dis-tu tout cela ?

— Parce que je pense que nous devons savoir. Colin, moi et même toi...

Lara ne répondit rien.

Sally voulut lui poser une main sur le dos pour la réconforter, mais l'adolescente grimaça et se rétracta.

Le cœur de la jeune femme se serra. Elle commençait à penser qu'elle aurait mieux fait de profiter du sommeil de sa fille pour prélever cet échantillon. A présent, il était trop tard. Elle avait ouvert la boîte de Pandore, une boîte que, comme chacun sait, nul ne peut refermer.

— Je ne comprends toujours pas pourquoi tu me dis ça aujourd'hui, reprit Lara, le regard fermé.

— Parce que ce n'était pas facile à expliquer. Je sortais avec ton père depuis plusieurs mois quand je me suis aperçue que j'étais enceinte. A l'époque, je ne me suis pas posé la question. Je sais, j'aurais dû. Je n'ai aucune excuse. Mais à aucun moment je n'ai envisagé la possibilité que tu ne sois pas de lui.

— De sorte que... Colin Foster pourrait être mon père ?

Lara déglutit péniblement avant de continuer.

— Tu veux dire... que c'est... que c'est *matériellement* possible ?

— Oui.

— Mais...

Lara parut sur le point de contester cette éventualité et s'en trouva bien incapable. Elle toisa sa mère avec une exaspération non dissimulée, avant de baisser les yeux sur le bâtonnet d'ouate que celle-ci tenait toujours en main.

— Qu'est-ce que c'est ?

Sally lui répondit qu'il s'agissait d'un kit de prélèvement en vue d'un test A.D.N. et lui en expliqua le fonctionnement.

— Tu dis que nous aurons les résultats dans une semaine ?

— Oui.

La poitrine de la jeune fille se souleva puis retomba en un gros soupir. Elle tendit la main sans regarder sa mère et, après une courte hésitation, Sally lui passa le tampon.

Lara le considéra fixement.

— Il faut que je me passe ce truc à l'intérieur de la joue, c'est bien ça ?

— Oui. Ensuite, nous le mettrons directement dans ce tube stérile, répondit Sally d'une voix étranglée en lui montrant l'objet. Pour ne pas risquer de le contaminer.

Au bout d'un long moment, Lara porta le bâtonnet à sa bouche. Lorsqu'elle eut terminé, elle le laissa tomber dans le tube, en évitant toujours de regarder sa mère.

Sally ne savait trop que dire.

— Je te remercie, Lara. J'espère...

Elle s'interrompit.

Qu'espérait-elle au juste ? Qu'elle avait eu raison de penser que Neil était le père de Lara ou bien qu'elle s'était trompée ?

— J'espère que tu sais que quoi qu'il arrive...

Lara se tourna ostensiblement vers le mur.

— Tu as eu ce que tu étais venue chercher, maman. Maintenant, j'aimerais que tu me laisses seule, s'il te plaît.

La gorge nouée, Sally se leva. La lèvre inférieure de sa

fille tremblait légèrement ; de toute évidence, elle était à deux doigts d'éclater en sanglots.

— Je sais que le choc a été terrible, ma chérie. Si tu veux parler...

— Je ne veux pas parler, maman. Et surtout pas à toi. Laisse-moi tranquille, c'est tout ce que je demande !

Si elle s'était écoutée, Sally se serait précipitée vers sa fille pour la serrer contre elle. Pourtant, elle n'en fit rien. Elle ne pouvait pas lui en vouloir de la rejeter ainsi ; elle venait de faire voler en éclats les bases mêmes de son existence. Comme si le divorce n'avait pas été suffisamment difficile à encaisser...

Elle traversa la pièce d'un pas lent. Lorsqu'elle fut arrivée sur le seuil, elle jeta un coup d'œil derrière elle. Lara s'était recroquevillée sous ses couvertures.

— Je t'aime, ma chérie.

Pas de réponse.

Bien sûr, Sally ne s'était pas attendue à en avoir une. Malgré tout, le silence de Lara l'atteignit de plein fouet. Elle considéra le tube qu'elle tenait en main en se demandant s'il permettrait d'améliorer la situation...

Ou au contraire, s'il ne ferait que l'aggraver.

Une semaine après la publication de sa prétendue liaison avec Rick Moore, Sally reçut une lettre officielle au bureau.

Elle savait parfaitement ce qu'elle contenait et attendit d'être seule pour l'ouvrir. Comme prévu, le barreau lui faisait savoir que sa cliente, Pamela Moore, avait porté plainte contre elle, pour conflit d'intérêt.

Sally avait déjà été prévenue que l'article du *Sun* donnerait lieu à une enquête. Néanmoins, la vision de cette lettre, signée par un homme qu'elle considérait à la fois comme un ami et un confrère respectable, lui porta un coup rude. Elle replia le document et sentit les larmes lui brûler les yeux. Elle battit des paupières et songea soudain à la dernière fois qu'elle avait pleuré.

Cela devait être un mois environ après les obsèques de Beth. Sous le coup d'un de ces automatismes irraisonnés, Sally s'était dirigée vers le téléphone pour passer un petit coup de fil à son amie. Ce n'est qu'une fois l'appareil en main qu'elle s'était souvenue. S'en était suivi un instant terrible, pendant lequel elle avait véritablement compris que jamais plus elle ne pourrait appeler Beth. Sa crise de larmes avait duré une bonne heure.

Quoi qu'il en soit, elle ne pouvait se permettre de craquer aujourd'hui. Et encore moins ici, au bureau.

Quelques jours plus tôt, Gérald lui avait suggéré de prendre un congé. Sur le moment, elle s'était insurgée contre cette idée, craignant que son absence ne passe pour un aveu de culpabilité. Cependant, elle devait reconnaître qu'il lui était plus difficile de se concentrer sur son travail qu'elle ne l'avait pensé. Et à présent qu'elle devait se préparer à affronter cette enquête, les choses ne feraient qu'empirer.

Elle sortit de son bureau et alla voir Gérald. Sans un mot elle lui tendit la lettre du barreau.

— Ce n'est pas une surprise, déclara-t-il après l'avoir lue. Tu savais aussi bien que moi que c'était inévitable.

Il leva les yeux vers elle et Sally se surprit à éviter son regard. Elle considéra un instant ce bureau qui lui était si familier et s'arrêta sur un portrait de famille, pris à Noël, deux ou trois ans plus tôt. Elle connaissait bien la femme de Gérald, ainsi que ses fils, tous deux étudiants. Les Thornton les invitaient chaque année, Lara et elle, pour le réveillon de Noël ; elles faisaient presque partie de la famille.

— C'est un coup terrible, tu sais, Sally.

Surprise et blessée, elle le regarda et, cette fois, soutint son regard. Il semblait attendre d'elle qu'elle lui présente des excuses. Seulement elle n'avait rien fait de mal et il était hors de question qu'elle se comporte comme une coupable, ni même qu'elle se laisse aller à un quelconque sentiment de culpabilité vis-à-vis de quiconque. De plus, elle était terriblement déçue de constater que rares étaient ceux de ses amis qui étaient prêts à la croire sur parole.

— J'ai réfléchi, déclara-t-elle d'une voix ferme. Peut-être que ce ne serait pas une mauvaise idée, après tout, que je me tienne à l'écart pendant quelque temps.

Gérald n'hésita que quelques instants puis il laissa échapper un long soupir et lui rendit sa lettre.

— C'est une sage décision il me semble.

Il n'ajouta rien mais elle crut discerner dans sa voix une pointe d'amertume. Gérald avait nourri de grands espoirs pour elle. Et pour la première fois, elle l'avait déçu.

Et à quel point ! Sa chute était de celles qui s'affichent à la une des journaux, comme tous les scandales.

Sally dut se faire violence pour ravaler les paroles qui lui montaient aux lèvres. Elle aurait tant voulu lui répéter qu'elle était innocente ! Malheureusement, dans ce genre d'affaire, l'important était d'avoir des preuves. Or, dans le cas présent, tout jouait en sa défaveur.

Découragée, elle regagna son bureau et entreprit de ranger dans son attaché-case les divers documents dont elle pourrait avoir à s'occuper dans les semaines à venir.

Il n'y en avait pas beaucoup... Elle avait déjà distribué les dossiers de la plupart de ses clients et elle se demanda vaguement si elle pourrait les récupérer.

Elle commençait d'ailleurs à se demander si, après cette

affaire, elle allait conserver une clientèle, tout simplement. Après tout, quelle femme choisirait une avocate susceptible de coucher avec l'homme dont elle était en train de divorcer ?

Sally arriva chez elle bien avant l'heure à laquelle Lara était censée rentrer. Elle fit le tour du jardin en regardant Armani courir comme un fou, puis alla préparer une grande casserole de bolognaise.

Pendant que le mélange mijotait, Lara l'appela pour lui rappeler qu'elle avait une leçon de conduite après les cours et lui demander si elle pouvait dîner chez Jessica avec qui elle devait préparer un exposé.

— Le moniteur me déposera devant chez elle, expliqua-t-elle. Et comme Jess a eu son permis la semaine dernière, elle me ramènera à la maison quand nous aurons terminé.

Après les angoisses de l'heure de rentrée des samedis soirs était venue l'angoisse de l'accident de voiture... Sally soupira et, un peu malgré elle, lui donna sa permission.

Lara n'avait pas passé beaucoup de temps à la maison, depuis le soir où elle avait accepté de se prêter au test A.D.N. C'était à prévoir et Sally l'acceptait en toute conscience. Et pourtant, la compagnie de sa fille lui manquait. Ça et la complicité qui les avait toujours unies, toutes les deux. Elle ressentait comme une cassure, un éloignement sensible, et se sentait étrangement fragilisée.

Elle reposa le combiné et, s'emparant de la cuiller de bois, remua sans enthousiasme la sauce qui bouillonnait toujours dans la casserole. Elle en aurait beaucoup trop si Lara ne mangeait pas avec elle. Tant pis, elle n'avait qu'à la congeler.

Alors qu'elle transférait la sauce dans des récipients de plastique, on sonna à la porte. Armani, qui avait observé avec attention ses efforts culinaires dans l'espoir de grappiller quelque miette, fonça droit vers la porte de devant. Les oreilles dressées, il aboya une seule fois, avant de revenir vers elle pour prendre ses instructions.

Sally jeta un coup d'œil dans le judas et rassura le chiot.

— C'est un ami, Armani, déclara-t-elle en ouvrant la porte.

Colin, qui avait dû venir directement du bureau, était toujours en costume.

Il la gratifia d'un sourire affectueux et la prit par la taille pour l'attirer contre lui et l'embrasser.

— Cela sent drôlement bon chez toi, dis-moi !

— J'ai préparé de la bolognaise, murmura-t-elle d'un ton las. Pour un régiment...

— Tu m'as manqué, dit-il en l'embrassant de nouveau.

— La semaine a été plutôt rude, expliqua-t-elle en se dégageant de son étreinte, gênée tout à coup.

La calomnie dont elle était victime la perturbait bien plus qu'elle ne l'avait imaginé. Ce matin, dans le bureau de Gérald, elle avait compris qu'elle avait perdu toute crédibilité, en tant qu'avocate, bien sûr, mais aussi en tant que femme. Alors, lorsque Colin l'avait embrassée, elle s'était presque prise en horreur ; elle ne se sentait pas digne de son amour, elle ne le méritait pas.

Elle l'examina attentivement, à l'affût du moindre signe de dégoût ou de malaise.

— Il paraît que tu es en vacances..., poursuivit-il, toujours souriant.

— Oui. Une fois que j'ai été officiellement prévenue que j'étais sous le coup d'une enquête du barreau, il m'a paru difficile de continuer comme si de rien n'était. Cela faisait déjà un petit moment que mes associés essayaient de me convaincre de me mettre au vert. Ils doivent donc être *heureux* de ma décision ! lâcha-t-elle, une note d'amertume dans la voix.

— Tu retrouveras ton poste, ne t'en fais pas. A long terme, tu sais bien que ta carrière n'en souffrira pas tant que ça.

Croyait-il vraiment ce qu'il disait ? Pour sa part, elle se sentait loin d'être aussi confiante.

— Il faut que je finisse de mettre ma sauce à congeler. Tu viens avec moi ?

Il la suivit jusqu'à la cuisine et lui parla de tout et de rien pendant qu'elle terminait ce qu'elle avait commencé. Mais il dut lui venir en aide ; elle ne cessait de répandre la moitié de la sauce à côté des boîtes.

Colin lui retira doucement la louche des mains.

— Sally, écoute-moi. Ce n'est pas la fin. Tu seras innocentée, j'en suis sûr.

— Qu'est-ce que tu en sais ? Ma réputation en a pris un sacré coup. Tu connais aussi bien que moi l'impact que peut avoir un tel article sur l'esprit des gens malgré eux. Ce genre de scoop a la vie dure. Jamais je ne serai en mesure de prouver que ces photos ont été truquées. Jamais

— Taratata ! Nous y arriverons. Je te le promets.

— Et comment ? demanda-t-elle en levant la tête vers lui. Ton détective a trouvé un renseignement utile ?

— Pas encore, toutefois...

Sally eut un frémissement de colère.

— Mais tu ne comprends donc pas ? Neil est bien trop intelligent pour faire le moindre faux pas maintenant ; il ne bougera plus. Il voulait m'empêcher de devenir juge et il a réussi. Si ça se trouve, j'ai même aussi perdu mon travail, moi, dans cette histoire !

Et brusquement, elle fut submergée par une nouvelle envie de pleurer. D'un geste rageur, elle reprit sa louche et versa de la sauce dans un autre Tupperware.

— Ne baisse pas les bras si tôt, Sally, murmura-t-il en la serrant contre lui.

Elle commença par lui résister, puis sa colère diminua.

C'était merveilleux que d'être réconfortée ainsi. Elle était seule depuis si longtemps... Et même lorsqu'elle était mariée, Neil avait plus souvent été une source d'angoisse qu'une épaule sur laquelle pleurer.

— Oh, Colin... J'ai eu tellement peu de soutien de la part de mes amis... Alors que toi...

Elle ne put achever sa phrase.

Elle se dégagea légèrement et le regarda dans les yeux. Elle y vit briller une lueur étrange, mélange de joie et de crainte.

Elle recula légèrement et sentit son estomac se contracter.

— Tu as eu les résultats du test.

Il hocha la tête, les yeux brillants.

Il sembla à la jeune femme que la terre s'ouvrait, quelque part, là, tout près d'elle... Tout d'un coup, elle avait du mal à respirer.

Colin paraissait heureux.

... Et vaguement inquiet.

— Tu es...

— Oui.

18.

— Oh, Colin..., murmura Sally, la gorge nouée.

Mille sensations se bousculaient dans son esprit, mille pensées parmi lesquelles émergea la certitude... qu'elle n'aurait jamais voulu connaître cette vérité-là. Une grande partie de son existence ainsi que toute celle de Lara, était fondée sur l'idée que Neil était le père de son enfant.

L'aurait-elle épousé si elle avait su cela seize ans auparavant ? Aurait-elle avoué la vérité à Colin ?

Et Beth ? Que lui aurait-elle dit ?

— Colin, je n'arrive pas à y croire... Toutes ces années, et je n'ai jamais pensé une seule seconde...

Elle se mit à arpenter la pièce d'un pas nerveux, le regard comme perdu dans les années imaginaires de ce qui aurait pu être si elle avait su cela plus tôt.

— Je sais que c'est un choc pour toi, murmura Colin. J'ai du mal à y croire moi-même.

Soudain, Sally se figea et le regarda, horrifiée.

— Tu dois te sentir terriblement lésé !

— D'une certaine manière, oui. En même temps, je m'étais fait depuis si longtemps à l'idée que je ne serais jamais père que j'ai l'impression d'avoir reçu le plus beau cadeau de mon existence.

Sally porta une main à sa bouche. Pour la troisième fois ce jour-là, elle craignait de se mettre à pleurer et ne sut que dire.

— Je sais…, poursuivit-il. Lara risque de ne plus savoir où elle en est, pendant quelque temps. Il se peut même que la nouvelle la mette hors d'elle. Quoi qu'il en soit, je veux que tu saches que je n'attends pas d'elle qu'elle cesse d'aimer Neil et de le considérer comme son père. Mais qui sait… Peut-être qu'avec le temps, elle finira par éprouver un peu d'affection pour moi aussi.

— Il lui faudra sûrement un certain temps pour se faire à l'idée que tu es son père, tu sais.

— Ce n'est pas grave. Nous avons toute la vie devant nous. Et je parle pour toi autant que pour Lara.

Il se rapprocha d'elle et caressa doucement son visage.

— Je suis amoureux de toi, Sally. Fou amoureux.

Neil avait bien dû lui faire une déclaration similaire, un jour ou l'autre. Pourtant la jeune femme eut le sentiment d'entendre ces mots pour la première fois. Elle ne put retenir plus longtemps ses larmes.

— Cela te rend donc si triste ? lui chuchota-t-il à l'oreille, visiblement blessé.

Elle secoua la tête sans rien dire.

— Alors pourquoi pleures-tu ? Sally ? Dis-moi ce que tu as… Dis-moi à quoi tu penses.

Elle prit une longue inspiration et sentit les doigts de Colin lui essuyer doucement les joues.

— J'ai peur. Terriblement peur. Tu as vu de quoi Neil était capable. S'il apprend la vérité, il sera fou furieux… Lara est tout pour lui. Tout !

— Je m'occupe de Neil. Nous nous occuperons de lui ensemble. Aie confiance en moi. Sally ?

Mais la jeune femme ne l'écoutait déjà plus, cherchant désespérément comment annoncer à Lara que Neil n'était pas son père.

Quand la jeune fille rentra enfin de chez Jessica, Sally lui demanda de venir la rejoindre dans la salle de séjour.

La télévision était éteinte, ainsi que la chaîne hi-fi. Le pavillon tout entier était plongé dans un silence presque sinistre.

Lara s'assit sur le canapé, raide comme un piquet, les mains posées sur ses genoux, connaissant déjà le sujet de la discussion.

— Les résultats sont arrivés, c'est ça ?

Bien qu'elle ait posé la question d'un ton détaché, Sally vit qu'elle faisait de son mieux pour ne pas se mettre à pleurer.

— Oui, fit-elle avant de prendre son souffle. C'est Colin.

Il lui avait semblé moins cruel d'aborder la question de manière vague, du moins dans un premier temps.

Elle se leva et alla s'asseoir à côté de sa fille.

— Je suis désolée, ma chérie. Je sais à quel point le choc est rude pour toi.

Elle passa un bras timide autour des épaules de l'adolescente qui se raidit et se dégagea pour aller se réfugier à l'autre bout du canapé. Elle rougit violemment et reprit la parole, d'une voix plus forte :

— Et que va dire papa quand il apprendra la nouvelle ? Attends un peu... Du coup, je ne dois plus l'appeler papa, c'est ça ?

— Mais bien sûr que si, mon cœur ! Neil reste ton père. C'est lui qui t'a élevée... Il t'aime !

— Ça, pour m'aimer, il m'aime !

Lara se tut et fixa un point précis devant elle, le regard fermé. Au bout de quelques secondes, elle se tourna vers sa mère.

— On est vraiment obligées de lui dire la vérité ? reprit-elle à voix basse.

— Pas dans l'immédiat, ma chérie. Attendons un peu. Cela a été un choc pour moi aussi, tu sais. Et pour Colin… Nous avons tous besoin d'un peu de temps pour nous habituer à cette idée.

— Colin… Purée ! Ça va me faire bizarre, la prochaine fois que je le verrai… J'espère qu'il ne va pas me demander de l'appeler papa, au moins !

— Bien sûr que non ! Rien n'a changé entre toi et lui. Il sait que tu t'entends à merveille avec ton père et que tu l'aimes, et il ne veut pour rien au monde se mettre en travers de votre relation.

— Dans ce cas, il n'avait qu'à pas nous faire passer son test à la noix !

Lara jeta un coussin à travers la pièce et se leva d'un bond.

— Ça craint, maman, tu sais ! déclara-t-elle en faisant les cent pas. Ça craint vraiment !

Que pouvait dire Sally pour lui rendre les choses plus faciles ?

— Je suis désolée…, bredouilla-t-elle, consciente d'être pitoyable.

— Et qu'est-ce que je vais dire à mes copines maintenant ?

— A mon avis, rien pour l'instant. Du moins tant que ton père n'aura pas été informé.

— Tu vois bien que nous allons être forcées de le lui dire !

— Sûrement oui. Un jour ou l'autre…

245

Lara secoua la tête.

— C'est vraiment dingue. Tu te rends compte ? C'est le genre de choses qu'on voit dans les talk-shows ! Ça n'arrive jamais dans la vraie vie, des trucs pareils !

Sally sourit amèrement, navrée de constater soudain que son existence tout entière était devenue un sujet idéal pour un talk-show.

— Encore une fois, Lara, je suis désolée. Tu es une fille bien, en passe de devenir une femme merveilleuse. Tu ne méritais pas ça.

« Moi non plus d'ailleurs », songea-t-elle tristement.

Le lendemain, Sally déposa Lara au lycée, comme d'habitude, avant de rentrer chez elle. Elle ne s'était toujours pas habituée à ce changement dans sa routine, et la demi-heure de trajet jusqu'à son bureau lui manquait cruellement.

Elle libéra Armani qui lui fit fête avec un enthousiasme débordant.

Elle avait au moins fait un heureux en ne se rendant plus au travail chaque matin, pensa-t-elle avec amertume.

Après avoir tourné en rond et rangé quelques bricoles inutiles, elle se servit un café et l'emporta dans son bureau.

Armani l'observa quelques minutes et, sûr qu'elle ne bougerait plus, alla s'installer dans le fauteuil, dans un coin de la pièce.

Sally mit son ordinateur en marche et ouvrit son courrier de la veille.

Il n'y avait qu'un e-mail sur sa messagerie électronique ce matin-là. Il provenait de Willa.

« Sally,

> J'ai réfléchi à ce que vous m'avez dit et très honnêtement,
> je ne sais que penser. Bien que j'aie du mal à vous croire assez
> stupide pour vous embarquer dans une liaison avec l'ex-époux
> d'une de vos clientes, j'ai tout autant de difficultés à croire que
> Neil ait pu vous piéger avec un tel machiavélisme. »

Bon sang ! Ce qu'il pouvait être manipulateur ! Bien sûr il avait fait son numéro de charme à Willa et bien sûr, il était parvenu à la séduire.

Sally poussa un juron qui effraya Armani.

Après avoir rassuré le chiot, elle poursuivit sa lecture.

La dernière phrase de Willa lui porta le coup final.

> « Tout en continuant à vous tenir en haute estime et
> en vous souhaitant le meilleur pour l'avenir, je me vois
> dans l'obligation de vous faire savoir que je ne suis plus
> en mesure de vous recommander pour la position de juge
> de la Couronne. »

Neil... Qu'il crève ! Elle ne pouvait le laisser s'en tirer comme ça. Il y avait certainement quelque chose à faire.

Elle n'avait plus rien à perdre. Elle allait donc tout mettre en œuvre pour faire plier son ex-mari.

— Je t'aime, papa.
— Moi aussi je t'aime, Princesse.

Neil raccrocha d'un air songeur. Que se passait-il donc ? Lara ne l'appelait jamais au travail, à moins d'avoir quelque chose d'important à lui demander, comme la conduire chez une de ses amies, lui acheter une nouvelle paire de skis ou encore négocier une augmentation de son argent de poche.

Aujourd'hui pourtant, elle n'avait rien eu de particulier à

lui dire. Si l'on exceptait bien sûr l'étrange question qu'elle lui avait posée : « Papa ? Dis-moi, si tu apprenais que je ne suis pas ta vraie fille... Par exemple, si on s'était trompé de bébé, à la maternité... Tu m'aimerais quand même ? »

Enfant, Lara avait toujours posé les questions les plus incongrues. A l'âge de huit ans par exemple, elle avait voulu savoir si son père ne regrettait jamais qu'elle ne soit pas un garçon.

Seulement elle avait seize ans à présent et Neil se demandait d'où lui venait ce brusque sentiment d'insécurité et de doute.

Il se leva lentement, songeur, et se dirigea vers la baie vitrée. Tout en contemplant les tours qui se dressaient dans le centre-ville de Calgary, il pensa à Sally et à ce qu'elle pouvait bien faire de ses journées, à présent qu'elle ne travaillait plus.

Le week-end précédent, Lara lui avait annoncé que sa mère avait été *vivement encouragée* à prendre quelques congés.

Neil avait cru percevoir une nuance légèrement accusatrice dans l'intonation de sa fille quand elle lui avait annoncé la nouvelle, et il avait dû se faire violence pour prendre l'air attristé de circonstance.

Mais tout cela, il le savait déjà. Le vendredi, en sortant du tribunal, il était tombé sur le juge Kendal. Il lui avait offert un verre au Marietta et, par la même occasion, avait eu la primeur des derniers développements de l'affaire.

Pamela Moore avait officiellement porté plainte auprès du barreau et Sally était devenue persona non grata chez Crane, Whyte & Thornton. En prime, Willa avait confié à Neil qu'elle ne soutiendrait pas la candidature de Sally à sa succession.

Tout se déroulait exactement comme il l'avait prévu. La carrière de Sally était fichue et son existence deviendrait un véritable enfer.

Il aurait dû être satisfait.

Malheureusement, cela ne lui suffisait plus. Pas tant qu'elle continuerait à voir Colin Foster.

Et cette idée lui déplaisait de plus en plus.

L'autre jour, Lara et lui jouaient au football, au parc, lorsque sa fille lui avait annoncé que sa mère avait un nouvel ami.

Il avait avoué qu'il était au courant, puis s'était tu, dans l'espoir d'en apprendre davantage.

Et Lara s'était épanchée, lui confiant que cela lui faisait un drôle d'effet de voir sa mère sortir avec le mari de Tata Beth. Pour finir, elle lui avait demandé s'il savait que Colin et Sally s'étaient déjà rencontrés par le passé.

Neil avait cru que son cœur s'arrêtait de battre.

— Par le passé tu dis ma grande ? Il y a combien de temps, exactement ?

— Juste avant que vous ne vous rencontriez, maman et toi.

Bon sang ! Il n'en avait jamais rien su ! Et à présent, il lui semblait étrange que Sally ait omis de lui en parler. Ce qui l'amena tout naturellement à se poser la question qui s'imposait.

Qu'entendait exactement Lara par « ils s'étaient rencontrés » ? Se pouvait-il que... Non ! C'était impossible. Toutes les parcelles de son corps résistaient à cette idée.

Lara était bien sa fille.

Elle était tout pour lui.

Pourtant... Il avait souvent remarqué que la jeune fille ne ressemblait en rien à sa famille paternelle. Et que dire de ses exploits sportifs ? Le ski n'avait jamais été son fort, alors qu'il savait que Foster avait failli être sélectionné pour les jeux Olympiques dans cette discipline, quand il était jeune.

A sa colère se mêla un chagrin comme il n'en avait encore jamais éprouvé. Un chagrin qui lui rappela celui qu'il avait ressenti quand il avait compris que Sally voulait divorcer.

Seulement ceci était plus grave, bien sûr. Beaucoup plus grave...

Il regagna son bureau et sortit deux cachets d'un flacon qu'il avait toujours en réserve dans son tiroir. Puis il posa ses mains sur le bureau et ferma les yeux. Il sentait le sang battre dans ses tempes et, à chaque battement, sa respiration se faire plus courte.

Il devait sortir de cet immeuble. Marcher. Changer d'air. Il attrapa sa veste et se précipita vers le couloir, passant devant l'hôtesse ébahie qui essaya néanmoins de lui demander à quel moment il pensait être de retour. Elle n'avait pas terminé sa phrase qu'il était déjà dans l'ascenseur.

Il sortit à toute vitesse du parking souterrain. Lorsqu'il atteignit l'autoroute, il avait soigneusement élaboré son plan.

Lara étant toujours à l'école, Sally serait seule chez elle. Avant tout cependant, il devait passer chez lui. Il avait conservé quelques *souvenirs* de ses entrevues avec Rick Moore.

Des souvenirs qui brouilleraient les pistes à merveille.

19.

Après un entretien infructueux avec Rick Moore — qui avait purement et simplement refusé de lui parler —, Sally emmena Armani faire une longue promenade sur les sentiers qu'elle avait autrefois parcourus en compagnie de Beth.

Le jeune chien était tout excité d'être au grand air, et cette promenade au soleil fit le plus grand bien au moral de Sally. Au détour d'un sentier, elle tomba soudain sur un banc de bois qui la ramena une année en arrière... Beth et elle s'étaient si souvent assises à cet endroit précis pour discuter, avec leur effusion habituelle, de leur sujet de préoccupation du moment...

Ces discussions avec son amie lui manquaient terriblement.

Elle se laissa tomber sur le banc et contempla un moment le paysage, si familier : le ciel bleu pâle parsemé de nuages blancs, la rivière qui serpentait au-dessous d'elle, les saules et les herbes folles sur ses rives...

Le constat de sa vie lui apparut brusquement à l'esprit. Moins de deux mois auparavant, elle menait encore une existence bien réglée. Aujourd'hui, sa carrière était fichue, sa réputation professionnelle ternie. Pire encore, le rapport qu'elle entretenait avec sa fille était compromis.

Dans ces conditions, quelles étaient ses chances de réussir

sa relation naissante avec Colin, sérieusement compromise par le fait qu'il ait été le mari de sa meilleure amie ? Et voilà qu'ils se trouvaient en passe d'affronter bon nombre de problèmes, non seulement avec Lara mais aussi avec Neil.

Neil avec qui elle devrait toujours compter…

C'était lui qui lui faisait le plus peur. Elle s'était crue suffisamment forte pour lui tenir tête. Aujourd'hui, elle savait que ce n'était pas le cas et commençait à redouter qu'il s'en prenne à Colin ou même à Lara. Neil était capable du pire.

Sally ferma les paupières et offrit son visage au soleil.

— Beth… Que dois-je faire, Beth ?

Hélas. Même si elle avait été là, son amie aurait probablement été incapable de l'aider. Sally lui avait toujours caché la facette la plus sombre de son ex-mari.

Sally repensa à la nuit qu'elle avait passée avec Colin lorsqu'ils étaient étudiants. Pourquoi avait-elle accepté de le suivre dans son appartement ce soir-là ?

Le lendemain matin, en rentrant pour prendre une douche et se changer avant d'aller en cours, elle avait trouvé Beth, assise devant la table de la cuisine, se lamentant sur l'attitude du garçon avec lequel elle sortait depuis peu.

— Il n'a pas appelé hier soir non plus. Ça fait une semaine à présent, Sally. Tu crois que j'ai cessé de l'intéresser ?

Sally s'était attendue à ce que Beth lui demande d'où elle rentrait. Mais son amie était bien trop préoccupée pour cela.

— Tu ne veux pas lui parler ? avait supplié Beth. Il est en dernière année de droit, comme toi. Il s'appelle Colin Foster. Tu le connais sûrement !

« Il s'appelle Colin Foster. Tu le connais sûrement. »

Ces deux phrases avaient explosé comme deux coups de tonnerre dans l'esprit de Sally, changeant à jamais le cours de son existence. Atterrée, elle avait ignoré Colin toute la journée du lendemain, à la grande consternation du jeune homme, et lorsque Neil Anderson était venu vers elle, comme cela lui arrivait de plus en plus souvent, elle avait accepté son invitation à déjeuner.

Colin lui avait lancé des regards noirs tout au long du cours et, assise à côté de Neil, elle avait fait mine de ne pas voir ses efforts désespérés pour attirer son attention. A la fin de l'heure, il l'avait prise à part.

— Tu peux m'expliquer ce qu'il se passe, Sally ? Hier soir, je pensais que…

— Nous n'aurions jamais dû passer la nuit ensemble. C'était une erreur. Cela ne se reproduira plus.

A partir de ce moment-là, Neil était devenu son petit ami officiel. Et dès qu'elle s'était aperçue qu'elle était enceinte, elle s'était résolue à l'épouser.

Colin, lui, s'était rendu à la réalité et avait fini par rappeler Beth.

Par la suite, Beth s'était émerveillée devant les hasards de la vie qui avaient fait que les deux amies soient tombées amoureuses quasiment en même temps.

Dans sa détermination à se tenir à l'écart de l'homme dont son amie s'était éprise, Sally s'était littéralement forcée à aimer Neil. Ou du moins à se convaincre que c'était le cas.

Sans sa grossesse accidentelle, si elle avait fréquenté Neil un peu plus longtemps avant de s'engager à l'épouser, elle aurait peut-être vu les signes avant-coureurs de sa folie destructrice. Malheureusement, tout s'était passé très vite. Beth et Colin s'étaient fiancés tout de suite après la remise des diplômes et il leur avait paru tout naturel, à Neil et à elle, d'en faire autant.

La jeune femme rouvrit les yeux et regarda autour d'elle d'un air absent. Elle se sentait lasse, malheureuse d'avoir ressassé ces vieux souvenirs. Armani tira doucement sur sa laisse.

Sally soupira, se releva péniblement et prit le chemin du retour.

Neil avait retrouvé tout son sang-froid. Son plan était prêt, dans les moindres détails. Il était d'un naturel méthodique, et s'en était toujours félicité.

Il était passé chez lui pour y chercher le peigne que Rick Moore avait oublié au restaurant, lors de leur premier rendez-vous. Il en avait retiré deux ou trois cheveux châtains qu'il avait glissés dans un sachet en plastique, ainsi qu'un bouton qui s'était détaché du poignet de la chemise de Moore et une cigarette à demi fumée.

Cela constituerait des preuves plus que suffisantes.

Comme la fois précédente, il prit la Toyota, se gara à une distance respectable du pavillon de Sally et, contournant la demeure en toute hâte, gagna la porte de derrière.

Sally était allée se promener, comme en témoignaient ses tennis maculées de boue, posées sur la terrasse. Il y avait également la laisse de ce fichu cabot, ainsi qu'un sac plastique renfermant une substance abjecte, sur la nature de laquelle Neil préféra ne pas s'attarder.

A travers la fenêtre ouverte, il entendit de la musique et la voix de Sally qui chantait en cadence. Il remarqua qu'elle avait réparé le petit carreau qu'il avait cassé.

Se dissimulant sous un lilas en fleurs, il s'agenouilla devant les meneaux et colla son visage contre le verre pour voir ce qu'il se passait à l'intérieur.

Sally sortait des ingrédients divers d'un placard.

L'heure du déjeuner était passée depuis bien longtemps, et il était encore bien trop tôt pour préparer le repas du soir.

— Incroyable ! marmonna-t-il entre ses dents. Elle se met enfin à la pâtisserie...

Il la vit se tourner dans sa direction et se baissa précipitamment.

Il attendit un bon moment. Quand le bruit d'un mixer résonna enfin dans la cuisine, il essaya d'ouvrir la porte du patio.

Elle était fermée à clé.

Sans se décourager, il sortit la clé de sa poche... et ne parvint pas à la faire tourner dans la serrure. Il s'acharna quelques instants avant de se rendre à l'évidence : Sally avait fait changer les serrures.

Il n'avait pas prévu cela. Furieux, il retourna sous les buissons bordant la terrasse pour réfléchir.

Certes, il pouvait s'introduire dans la maison par effraction. Mais une vitre brisée ne cadrerait pas avec le scénario qu'il avait si soigneusement élaboré. Il devait trouver autre chose. Et vite. Le bus qui ramenait Lara serait là dans moins de deux heures, et tout devait être terminé bien avant son retour.

Lara.

La simple évocation de sa fille lui causait une peine incommensurable. Est-ce qu'elle se doutait qu'il n'était peut-être pas son vrai père ? A cette seule idée, il serra les poings.

Le moteur du mixer s'arrêta. Neil entendit deux écureuils se disputer dans l'épicéa, à une dizaine de mètres de lui. Mû par une inspiration soudaine, il fouilla dans sa poche, à la recherche d'une des barres de céréales qu'il avait toujours sur lui pour Lara. Après avoir ouvert l'emballage d'un geste sec, il coupa la barre en morceaux qu'il jeta dans les buissons, à portée des écureuils.

Les rongeurs s'interrompirent puis se rapprochèrent de l'offrande pour l'examiner de plus près. Au bout de quelques secondes, ils se disputaient de nouveau bruyamment ce don providentiel.

Neil jeta un nouveau coup d'œil dans la cuisine. Comme il s'y était attendu, le chien avait dressé l'oreille. Quelques secondes plus tard, Sally lui ouvrait la porte et le chiot se précipitait vers les buissons, aboyant comme un fou après les deux rongeurs.

Neil tendit l'oreille et écouta attentivement la porte se refermer. Il était à peu près certain que Sally n'avait pas enclenché le verrou.

Il rampa lentement hors de sa cachette. Le chiot était tellement occupé par les écureuils qu'il ne le vit pas s'approcher de la porte.

Il posa une main moite sur la poignée qu'il tourna tout doucement. Il entendit un déclic.

Il avait réussi. Il était entré.

Il sortit un mouchoir de sa poche et essuya soigneusement la poignée avant d'enfiler une paire de gants en latex.

Cela faisait si longtemps que Sally n'avait pas fait de gâteaux qu'elle ne savait plus s'il était vraiment essentiel de verser les ingrédients secs dans un récipient et le beurre fondu, le sucre, le lait et les œufs dans l'autre. Il lui paraissait idiot de salir deux saladiers alors que le tout finirait par aller dans le même moule.

Elle relut la recette. Il n'y avait pas d'erreur. Il était bien spécifié que la farine, le sel et la levure devait être mélangés dans un saladier séparé.

Il lui parut plus prudent de suivre les directives à la lettre. En soupirant, elle alla chercher un deuxième saladier dans le placard.

Au moment où elle se levait, elle vit une ombre bouger près de la porte de la cuisine qui, à sa grande surprise, n'était pas complètement fermée. Elle aurait pourtant juré qu'elle avait enclenché le loquet après avoir fait sortir le chien.

— Armani ? appela-t-elle à tout hasard.

Elle savait que le chiot ne répondrait pas. Elle l'entendait aboyer dans le jardin.

Elle s'avançait vers la porte lorsqu'elle s'immobilisa, le cœur battant. Elle venait d'entendre un bruit suspect. On aurait dit... une respiration... là... tout près d'elle.

Une peur terrible commença à la gagner.

Neil ?

A peine avait-elle évoqué son nom, que son ex-mari se matérialisa, comme par enchantement, bondissant de derrière la table de cuisson.

Elle hurla en le voyant se précipiter sur elle. Il la tira brutalement vers lui et lui plaqua une main sur la bouche.

Sa peau contre ses lèvres était étrangement lisse et avait une odeur inhabituelle. Elle baissa les yeux et vit les gants de latex.

Pourquoi portait-il des gants ?

Sa peur se mua alors en une franche terreur.

Colin avait passé la journée au tribunal et écoutait ses messages tout en triant machinalement les nouveaux dossiers qui s'étalaient sur son bureau. Ses doigts s'immobilisèrent lorsqu'il entendit la voix de stentor de Harry Reiswig.

— Colin ? Harry à l'appareil. J'ai du nouveau dans l'affaire qui nous occupe. Rappelle-moi sur mon portable.

Colin composa vivement le numéro du détective.

Il redoutait presque d'entendre ce que Harry Reiswig avait à lui annoncer. Sally serait tellement déçue, si jamais le détective n'avait toujours pas réussi à trouver la moindre preuve incriminant son ex-mari !

Reiswig décrocha au bout de cinq sonneries.

— Salut, Harry. C'est Colin. Tu as découvert quelque chose ?

— Un instant, veux-tu ?

Colin entendit le crissement de papiers que l'on remuait.

— Voilà, fit enfin Harry. Ce type, ce Neil Anderson...

— Oui ?

— Il avait un rendez-vous hier après-midi, au Bernie's, sur la Seizième Avenue.

— Avec qui ? demanda Colin, s'efforçant de ne pas s'emballer.

— Avec notre ami. Du moins avec la copie conforme de la photo publiée par le *Sun*.

Alléluia ! Exactement ce qu'ils avaient espéré... Ils étaient enfin parvenus à établir un lien entre Rick Moore et Neil Anderson !

— Tu as réussi à filmer l'entrevue ?

— Un peu ! Et j'ai encore mieux, si tu veux savoir. Pendant que je les avais dans mon objectif, une enveloppe a changé de main.

— Dans quel sens ? D'Anderson à Moore, je suppose ? demanda Colin, incapable de contenir plus longtemps l'excitation qui s'était emparée de lui.

— Exact ! Ça s'est passé exactement comme tu l'avais prévu. Ton avocat est arrivé en premier et son jeune comparse ensuite. Ils ont commandé de la bière et des hamburgers et, au bout d'un petit quart d'heure, le plus âgé des deux a passé une enveloppe à l'autre qui s'est empressé de la fourrer dans sa poche.

— Bon sang !

— Tu peux le dire. J'ai tout filmé. Et j'ai pris quelques photos numériques, pendant que j'y étais.

Colin sourit béatement. Quand Sally apprendrait cela...

— Pouvons-nous nous voir d'ici un quart d'heure ? demanda-t-il.

Il voulait avoir les preuves avec lui lorsqu'il irait annoncer la bonne nouvelle à Sally.

Sally n'avait jamais considéré Neil comme un homme potentiellement violent. Sa spécialité était plutôt la joute verbale ; la cruauté mentale et la manipulation étaient ses moyens de défoulement de prédilection.

Pourtant, à présent que son bras était refermé sur elle tel un étau tandis que de l'autre, il essayait d'atteindre les couteaux, elle comprit que les barrières, qui jusque-là l'avaient empêché de perdre la tête, avaient volé en éclats.

— Neil..., souffla-t-elle, d'une voix étranglée.

— Tu as quelque chose à dire ?

Ses doigts se refermèrent sur l'un des couteaux enfoncés dans leur bloc en érable.

— Cela tombe bien parce que j'ai justement envie d'écouter.

Il retira doucement sa main de sa bouche et lui rappela, d'une pression subtile, la présence de la lame contre sa gorge.

La jeune femme passa sa langue sur ses lèvres sèches, remarquant au passage le goût métallique de la peur.

— Tu pourrais commencer par me dire qui est le père de Lara, par exemple, poursuivit Neil. C'est Colin Foster ? Hein ? Avoue !

Mon Dieu ! Elle était perdue. Comment avait-il eu l'idée de lui poser cette question ? Comment l'avait-il su ? Qu'importe.

Elle ne pouvait le laisser deviner la vérité et fit tout son possible pour feindre une colère indignée.

— Bon sang, Neil ! Tu as complètement perdu la raison ou quoi ? En voilà une question idiote ! Pose-moi ce couteau !

Il la tira violemment contre lui. Elle sentait la chaleur de son torse derrière elle, ses hanches, ses cuisses. Et la pression de la lame sur sa gorge...

— Je sais ce que j'ai à faire ! Réponds-moi ! Qui est le père de Lara ?

— Neil ! Enfin ! Sois raisonnable !

Elle commençait à avoir mal au cou, et sentait une crampe monter dans son bras. Toutefois, elle n'osait pas se redresser.

— Réponds à ma question, Sally. Réponds-moi !

— C'est toi ! C'est *toi* le père de Lara !

Elle s'aperçut qu'elle n'avait eu aucun problème à répondre avec conviction. Lara *était* la fille de Neil, au sens littéral du mot.

— Comment peux-tu douter...

Elle poussa un petit cri. Il avait encore resserré son emprise autour de son bras qui lui barrait dorénavant l'estomac de la manière la plus inconfortable qui soit.

— Je sais que tu as couché avec Foster quand nous étions encore à la fac.

D'où tenait-il cette information ? Il n'avait pu en venir à cette conclusion tout seul, quand même ! Elle se tortilla autant que le lui permettait la menace du couteau, et croisa son regard aussi dur qu'amer.

Ses lèvres étaient étirées en ce fameux rictus de glace.

— Tu ne crois pas que tu aurais pu me le dire ? Tu as couché avec Foster avant que nous commencions à sortir ensemble.

Après aussi, si ça se trouve. C'est à cause de lui que tu as voulu divorcer, hein ? Espèce de petite pute mensongère...

— Je t'en supplie, Neil. Lâche-moi. Il faut que nous parlions sérieusement.

— Nous n'avons plus rien à nous dire, Sally. Tu n'as plus rien à faire dans ma vie.

Son intonation était terrifiante. Pire encore : sa colère semblait l'avoir déserté pour faire place à une détermination aussi froide que farouche. Il ne reculerait plus, songea-t-elle, glacée de terreur.

— Ne fais pas l'idiot, Neil. On te démasquera. Tu seras arrêté...

— Tu te trompes, encore une fois. C'est Rick Moore que la police démasquera, comme tu dis. Et c'est lui qui sera arrêté.

— Mais...

— J'ai tout prévu. J'ai en ma possession des cheveux de Moore, un bouton de chemise et même le mégot de l'une de ses cigarettes ! Et tu veux savoir comment cela va se passer au juste ? La police en viendra à une conclusion évidente. Tu auras voulu rompre avec Moore qui ne l'aura pas entendu de cette oreille. S'en sera suivi une querelle amoureuse à l'issue de laquelle, pour la plus grande consternation de tous, tu auras perdu la vie. Génial, non ?

Sally frissonna. Elle aurait dû savoir que Neil ne serait jamais venu sans un plan d'attaque bien précis. Elle réfléchit à toute vitesse. Elle pouvait toujours essayer de le griffer pour avoir des résidus de sa peau sous les ongles.

Malheureusement, maniaque et soucieux du moindre détail comme il l'était, il ne manquerait pas de lui nettoyer les ongles après l'avoir tuée. Et toute autre trace qu'il aurait pu laisser dans la maison serait facilement expliquée par ses visites relativement fréquentes ; après tout, il venait chercher sa fille un week-end sur deux.

— Et si Rick a un alibi ?

— J'y ai pensé. Je l'ai envoyé faire une petite course et il sera dans l'impossibilité de justifier ses allers et venues pour l'après-midi.

Sally sentit ses genoux se dérober sous elle. Neil avait pensé à tout.

— Tu vas mourir, Sally...

Mon Dieu ! C'était vrai. Elle allait mourir...

Et Neil aurait gagné. Comme toujours...

— Et une fois que tu auras disparu, j'aurai Lara pour moi tout seul. Elle ne saura jamais que je ne suis pas son père biologique. Et personne au monde ne pourra jamais lui dire le contraire.

Lara savait déjà, mais bien sûr, Sally n'allait pas faire part de ce détail à Neil. Cela n'aurait rien changé, de toute manière.

A l'évocation de sa fille, Sally comprit brusquement qu'elle ne pouvait pas laisser Neil gagner cette partie-ci. Elle ne pouvait pas le laisser seul avec Lara. L'adolescente avait besoin de sa mère.

Faisant abstraction du couteau, elle poussa brusquement sur ses deux bras, se débattant de toutes ses forces pour essayer de se dégager.

Neil laissa échapper un juron et s'efforça de la maîtriser.

— Essaie un peu, espèce de garce ! hurla-t-il. Essaie, pour voir !

Elle éprouva une douleur vive au niveau de la gorge et sentit un liquide chaud glisser dans son cou.

— Neil ! Noooon !

Il étouffa ses cris du revers de la main.

Soudain elle crut percevoir le bruit de petites pattes sur le carrelage.

Armani bondit avec un grondement sourd, et sa mâchoire puissante se referma sur le bras de Neil.

20.

Neil poussa un hurlement de douleur en sentant les crocs acérés du chien s'enfoncer dans sa chair. Sally entendit le couteau tomber sur le sol, sentit l'emprise de son assaillant se desserrer et se laissa tomber sur le carrelage.

Le souffle court, elle rampa vers Armani qui, s'il avait lâché le bras de Neil, continuait de grogner d'un air menaçant.

— Eloigne ce sale cabot de moi ! balbutia Neil en grimaçant de douleur.

Sally ne répondit pas. Elle posa une main tremblante sur le dos d'Armani et s'aida du comptoir pour se redresser. Puis elle attrapa le téléphone accroché à sa ceinture et composa le numéro d'urgence.

— Va me chercher des serviettes, lui cria Neil. Ton chien a dû me trancher une artère. Je suis en train de me vider de mon sang ! Dépêche-toi !

Il voulut se relever et renonça en voyant Armani s'avancer vers lui d'un air menaçant.

Sally se baissa pour calmer le chien et le tint fermement contre elle.

— C'est bien, Armani. C'est bien… Sage…
— Ça vient, ces serviettes ? répéta Neil avec hargne.

Son visage était d'une pâleur mortelle et le sang continuait de s'échapper de la blessure. Il était possible qu'Armani ait atteint une artère après tout, s'affola soudain Sally. Elle tira quelques torchons du tiroir le plus proche, et les lança à Neil.

— Fais pression sur la morsure, lui dit-elle. Cela devrait suffire.

Neil lui répondit par un vague grognement et s'empressa de se confectionner un énorme bandage.

Dès qu'elle eut le standard des urgences en ligne, Sally donna son nom et son adresse.

— Et quelle est la nature du problème, madame ?

— Mon ex-mari s'est s'introduit chez moi pour essayer de me tuer.

Bien qu'elle ait parlé d'un ton calme, son cœur battait toujours la chamade et ses mains tremblaient tellement que c'est tout juste si elle parvenait à maintenir l'appareil contre son oreille.

— Mon chien l'a attaqué et l'a mordu, ajouta-t-elle. Il perd beaucoup de sang.

Elle croisa le regard de Neil. Ce dernier avait les yeux troubles et devait être en état de choc. Apparemment il ne semblait pas avoir l'intention de bouger. Soudain, elle se mit à trembler de tous ses membres et comprit qu'elle subissait elle aussi le contrecoup de l'agression.

— Non. Non. Je n'ai rien, répondit-elle à la standardiste.

Se souvenant soudain de la douleur qu'elle avait ressentie quelques instants plus tôt, elle porta une main à sa gorge. Le sang avait déjà coagulé.

— Est-ce que votre ex-mari est toujours armé ? lui demanda son interlocutrice.

— Non.

Sally considéra le couteau qui gisait sur le carrelage, là où Neil l'avait laissé tomber quand Armani lui avait sauté dessus.

— Il perd beaucoup de sang, expliqua-t-elle. Je crois qu'il est inconscient.

Mieux valait s'en assurer cependant. Il fallait aussi qu'elle ramasse ce couteau.

Elle préféra attacher Armani au pied de la table, craignant qu'il ne s'en prenne de nouveau à Neil, et tendit la main vers le couteau. Mais avant qu'elle l'ait atteint, la main de Neil surgit de nulle part et se referma sur le manche de l'arme.

Elle hurla et laissa tomber le téléphone, tandis que Neil s'agrippait à elle avec une force étonnante.

— Arrête, Neil ! Tu vas saigner encore plus !

— Je m'en fiche, ricana-t-il. Peu m'importe de saigner à mort, tant que tu pars avec moi.

Armani se mit à aboyer comme un fou en tirant sur sa laisse. Jamais elle n'aurait dû être assez stupide pour l'attacher !

De nouveau, elle sentit le couteau contre sa gorge. Le sang de Neil, poisseux et chaud, lui dégoulinait sur le dos et le long du bras. Cette fois-ci, elle crut que sa dernière heure était venue. Il faudrait une bonne dizaine de minutes aux secours pour arriver jusque chez elle. Et d'ici là…

— Tu vas me payer ça, espèce de garce.

Elle se remit à hurler, dans l'espoir qu'un voisin l'entendrait et volerait à son secours. Neil voulut la faire taire en lui mettant la main sur la bouche. Profitant du bref instant où il relâchait son emprise, elle réussit à se dégager.

A ce moment précis, la porte s'ouvrit à la volée.

Colin fit irruption dans la cuisine en poussant un cri furieux. Il observa rapidement la scène et se précipita sur Neil.

— Attention ! Il a un couteau !

Sally vit Neil lever la lame vers le visage de Colin. Les deux hommes commencèrent à se battre et elle se précipita derrière Neil, s'efforçant d'agripper son poignet brandi dans les airs.

A eux deux, ils parvinrent enfin à le maîtriser et le plaquèrent contre le sol.

Neil jurait comme un beau diable, ses mains et ses bras battant l'air pour contrer Colin qui essayait de lui faire lâcher le couteau. Puis, en un geste vif, Colin le força à se tourner sur le ventre, s'assit à califourchon sur lui, pesant de tout son poids et réussit enfin à l'immobiliser totalement.

Sally entendit les sirènes qui se rapprochaient. Colin la regarda d'un air interrogateur.

— J'ai appelé les secours il y a cinq minutes.

Elle jeta un coup d'œil au téléphone, un peu plus loin, sur le carrelage.

— La standardiste doit toujours être en ligne.

— Va lui parler, lui conseilla Colin.

Elle s'empara de l'appareil mais la voix lui manqua ; elle dut se racler la gorge avant de commencer. En détachant chacun de ses mots, elle expliqua les derniers événements à la standardiste. Cette dernière lui conseilla de ne rien toucher jusqu'à l'arrivée des secours.

Epuisée, Sally se laissa tomber sur le sol, le téléphone contre l'oreille. A quelques pas de là, elle vit Colin s'arc-bouter ; Neil venait de faire une ultime tentative pour se libérer. Mais bientôt, son corps se relâcha et, le visage pressé contre le carrelage, il se mit à jurer.

— Espèce de fumier, souffla-t-il. Tu as couché avec ma femme !

— Sally n'est plus ta femme.

— Je ne te parle pas de la nuit que tu as passée avec elle la semaine dernière. C'est à Lara que je pense. Tu as couché avec ma femme avant notre mariage. C'est toi qui lui as fait cette enfant, ordure !

Il continua d'injurier Colin, usant d'un vocabulaire que Sally ne l'avait jamais entendu utiliser jusque-là.

Colin tira sur le bras valide de Neil et le pressa plus fort contre son dos.

— La ferme Anderson ! Sally ne t'appartient pas. Je ne veux plus t'entendre parler d'elle comme étant ta femme. Plus jamais, compris ?

Brusquement, Neil perdit de sa superbe. Il regarda tour à tour Colin et Sally, un désespoir infini dans les yeux.

— Et… et Lara ? Je veux savoir.

Colin n'hésita qu'une fraction de seconde.

— Lara est ta fille.

Les deux hommes se tournèrent vers Sally qui hocha imperceptiblement la tête. Si Neil ne méritait pas la générosité de Colin, Lara avait droit à certains égards. Même si l'adolescente commençait à éprouver des sentiments contradictoires envers celui qu'elle avait toujours connu comme son père, elle l'aimait. Il n'y avait aucun doute là-dessus.

Et le moment était mal choisi pour dire la vérité à Neil.

A la demande de Sally, Colin alla attendre le bus qui devait déposer sa fille au bout du lotissement.

Dès qu'il la vit descendre, il s'approcha d'elle. Aussitôt, le sourire de l'adolescente s'évanouit, pour laisser place à un froncement de sourcil perplexe.

— Qu'est-ce que vous faites là, monsieur Foster ?

Elle jeta un coup d'œil rapide en direction du pavillon et vit les deux voitures de police garées dans l'allée. Elle pâlit brusquement.

Heureusement, l'ambulance chargée de transporter son père à l'hôpital était déjà repartie.

Colin lui posa doucement une main sur l'épaule.

— Tout va bien, Lara. Ta mère n'a rien et ton père n'est que légèrement blessé. Cela dit, je dois te prévenir qu'il y a eu un accident et…

— Il a essayé de la tuer ! s'exclama-t-elle.

Colin la dévisagea, surpris. Elle savait. Ou du moins avait eu des doutes. Mais, à bien y réfléchir, cela n'avait rien de bien surprenant ; les enfants ne comprennent-ils pas toujours mieux les choses que ne le pensent leurs parents ?

— Ta maman n'a rien, la rassura-t-il de nouveau. Par contre, Armani a mordu ton père au bras et il a perdu beaucoup de sang. Il s'en tirera, bien sûr. On l'a emmené à l'hôpital. Par mesure de sécurité, tu comprends ?

— A l'hôpital ? répéta la jeune fille, visiblement choquée.

— Oui… Ta mère voudrait que tu rentres avec moi, pour l'instant. Si tu veux bien. Elle nous rejoindra un peu plus tard.

La police était toujours là et Sally préférait épargner l'entrevue à sa fille. Ça et la vision du sang paternel sur le carrelage de la cuisine.

— Est-ce que papa va aller en prison ? murmura Lara d'une petite voix en le considérant avec un curieux mélange de confiance et d'angoisse.

— Il y a des chances, oui.

Lara était assez grande, lui sembla-t-il, pour entendre la vérité.

Elle déglutit péniblement avant de hocher la tête.

— Je vois.

Il posa un bras autour de ses épaules et la guida vers sa voiture. Elle fit quelques pas et se figea brusquement.

— Papa ! hurla-t-elle.

Et, portant ses deux mains à son visage, elle se mit à sangloter bruyamment.

Colin n'avait jamais eu à réconforter un enfant auparavant. Pourtant, il attira Lara contre lui comme s'il avait fait cela toute sa vie.

— Ne t'en fais pas pour lui, murmura-t-il. Il s'en sortira.

Il était sincère. Neil écoperait sans aucun doute d'une peine de prison, mais il espérait qu'il tirerait quelque enseignement de son expérience. Par contre il était sûr qu'il n'y avait qu'une chose qui pourrait l'aider au cours des années difficiles qui l'attendaient : l'amour que Lara lui portait.

Le lendemain, Colin prit rendez-vous avec l'inspecteur chargé du dossier et lui remit les photos prises par Harry Reiswig.

Aussitôt, Rick Moore fut interpellé pour interrogatoire et le surlendemain, le *Calgary Sun* titrait :

« LA CANDIDATE A LA SUCCESSION DU JUGE KENDAL PIÉGÉE PAR SON EX-MARI. SA PRÉTENDUE LIAISON ÉTAIT UN COUP MONTÉ »

La confrontation finale entre Sally et Neil fut largement commentée par la presse. La jeune femme fit de son mieux pour minimiser l'incident mais les journalistes éclairèrent leur sujet d'une lumière particulière : non seulement un petit chien s'était porté au secours de sa maîtresse, mais ils tenaient enfin une affaire dans laquelle une femme battue sortait victorieuse d'une dispute avec son mari, au lieu d'y laisser sa peau ; une femme battue qui s'était rebellée et qui avait gagné.

Rick craqua rapidement et avoua à la police le rôle qu'il avait joué dans la supercherie. Aussitôt, Pamela retira sa plainte auprès du barreau et appela Sally pour s'excuser.

La jeune femme reçut également un splendide bouquet de fleurs de la part de ses associés. Par ailleurs, Gérald Thornton l'assura personnellement qu'elle était toujours la bienvenue au sein du cabinet d'avocats, et cela quel que soit le tournant que prendrait sa carrière.

Willa n'appela pas. Elle n'envoya pas de fleurs non plus. Par un samedi après-midi ensoleillé, elle rendit visite à la jeune femme à qui elle exprima ses regrets avec une humilité non feinte.

— Neil a bien trompé son monde et moi la première. Je vous demande de me pardonner, Sally. J'aurais dû avoir davantage confiance en votre jugement.

Ce soir-là, Lara alla voir un film avec des copains et Colin emmena Sally à Bragg Creek pour dîner.

Ils rentrèrent ensuite chez lui pour y prendre un café. Comme d'habitude, ils terminèrent dans la bibliothèque. Une enveloppe était posée sur la table basse, devant le canapé. Elle était adressée à Colin, et Sally reconnut la belle écriture de Beth.

Elle ne parvenait pas à détacher ses yeux de la missive, se demandant pourquoi Colin l'avait posée là, et ce qu'elle contenait.

Colin ne fit pas durer le suspense bien longtemps.

— J'ai enfin terminé de ranger son armoire, commença-t-il. J'ai fait don de la plupart de ses vêtements aux œuvres de charité. Et j'ai trouvé cette enveloppe. J'attendais que nous soyons un peu au calme pour t'en faire lire le contenu.

Il lui tendit la lettre.

A en juger par l'état du papier, Sally comprit que Colin l'avait lue de nombreuses fois. Elle la déplia, l'estomac noué.

« Cher Colin,
» Je suis très fatiguée depuis quelques jours. Je présume que mon temps touche à sa fin. Toutefois, je ne veux pas partir sans t'avoir fait un aveu, sans t'avoir confié une chose que j'aurais préféré avoir le courage de te dire de vive voix.

» Hélas, je ne suis pas suffisamment forte pour cela. Je me console en me disant que, toi aussi, tu aurais sûrement du mal à entendre ce que j'ai à te dire, en ce moment.

» C'est pourquoi j'ai décidé de coucher tout cela sur papier. Ensuite, je rangerai cette lettre dans mon armoire. Te connaissant, il est peu probable que tu la trouves avant longtemps… Quand je serai partie depuis plusieurs mois. D'ici là, tu auras découvert ton cadeau d'anniversaire. (Je l'ai laissé dans le coffre de ma voiture et j'espère qu'il t'a plu). Nul doute que tu auras également examiné les photos, dans le tiroir de ma table de nuit. As-tu pris le temps de te pencher sur celle de Sally et toi ? Je suis certaine que oui. Elle a toujours été ma préférée. »

Sally leva les yeux vers Colin. Il se tenait debout devant la fenêtre, immobile, et la regardait avec attention.

Où voulait en venir Beth ? La posture rigide de Colin ne lui disait rien qui vaille.

« Je souhaite sincèrement que tu sois heureux après mon départ. Tu dois te demander si c'est ma manière de te donner ainsi ma permission (dont tu n'as bien entendu pas besoin) pour te remarier. Tu as bien compris.

» J'ai même ma petite idée sur la personne que tu choisiras. N'aie crainte cependant. Je n'aurais pu rêver meilleur mari que toi, et à aucun moment je n'ai douté de ton amour pour moi.

» Malheureusement, une tierce personne a payé pour mon bonheur. Il y a seize ans de cela, ma meilleure amie s'est sacrifiée pour moi et je l'ai laissée faire. Je ne lui ai même jamais dit que je savais ce à quoi elle renonçait pour moi. »

Sally ne put retenir un petit cri de surprise et sentit sa gorge se nouer. Ainsi, Beth avait toujours su qu'elle avait passé cette fameuse nuit avec Colin. Et elle n'avait rien dit…

« De tout mon être, j'ai espéré que les choix qu'elle avait faits en conséquence se révéleraient les bons. Hélas, cela n'a pas été le cas. Son mariage a été une terrible erreur et je sais que c'est en partie ma faute.

» J'ai un autre secret à te confier, Colin.

» Lara.

» Lara est ta fille. Et si je l'ai deviné il y a déjà plusieurs années, je ne crois pas que ce soit jamais venu à l'esprit de Sally.

» Je regrette de ne t'avoir jamais dit que si nous n'avions pas eu d'enfant, c'était de mon fait. Je regrette d'avoir fait du mal à ma meilleure amie et je suis désolée si je t'ai blessé, toi aussi.

» Pourtant, cela aurait-il changé quoi que ce soit à l'état actuel des choses ? Je me pose parfois la question. Et j'aimerais que la réponse soit autre.

» Car je t'aime, Colin. Tellement que si nous devions recommencer à zéro, je referais exactement la même chose.

» Je te supplie de me pardonner. Je te demande d'être heureux.

» Avec tout mon amour,

» Ta femme,

Beth. »

21.

Colin regarda Sally replier la lettre d'une main tremblante et la remettre soigneusement dans l'enveloppe. La jeune femme semblait aussi choquée que lui lorsqu'il avait lu cette confession pour la première fois.

Il alla s'asseoir auprès d'elle, lui prit les mains et les serra entre les siennes.

Que se passait-il dans sa tête ? Elle n'avait pas prononcé un mot depuis le début de sa lecture.

— Sally ?

Elle leva brièvement les yeux vers lui avant de les poser sur l'enveloppe qu'elle tenait toujours.

Elle secoua la tête, visiblement sidérée par ce qu'elle venait d'apprendre.

— Je me suis toujours demandé si Beth ignorait vraiment que j'étais avec toi, cette nuit-là, commença-t-elle d'une voix cassée.

— Il faut croire que non.

— Comment a-t-elle deviné ? Je suis certaine de ne jamais avoir prononcé ton nom.

— Qui sait ? Elle l'a peut-être appris par mon colocataire de l'époque. C'est lui qui m'avait présenté Beth. A moins qu'elle ne soit venue jusque chez moi, ce soir-là, et qu'elle t'ait aperçue par la fenêtre. Cela n'a pas grande importance maintenant.

— Peut-être pas, non. Pourtant je n'arrive pas à croire qu'elle ait réussi à garder le silence aussi longtemps. C'est tout de même étrange qu'elle ne m'ait jamais fait part de ses soupçons sur l'identité du père de Lara...

— J'avoue que j'ignore totalement comment elle a pu en arriver à cette conclusion.

— Remarque, je ne comprends pas comment j'ai fait pour ne pas m'en rendre compte non plus. Depuis que nous avons eu les résultats du test A.D.N., j'ai beaucoup regardé les albums photo, et la ressemblance est frappante. Lara te ressemble comme deux gouttes d'eau. C'en est presque effrayant !

— Je me demande si elle s'en remettra un jour.

— Il est encore un peu tôt pour elle. Surtout maintenant qu'elle doit affronter la condamnation de son père. Tentative de meurtre... Ce n'est pas une mince affaire. Il va lui falloir du temps pour se sentir de nouveau normale.

Colin songea à la façon dont elle avait pleuré dans ses bras, le jour de l'agression. C'était la première fois qu'il prenait sa fille dans ses bras. La première fois qu'il ressentait ce désir presque animal de la protéger, envers et contre tout.

— Notre rôle est de l'aider à surmonter l'épreuve aussi vite que possible, dit-il doucement.

— Oui... J'ai toujours du mal à croire que Beth ait gardé un secret aussi lourd pour elle toute seule, ajouta-t-elle avec un gros soupir.

— Cela a dû être un sacré fardeau pour elle.

Contrairement à Sally, il avait eu le temps de réfléchir à tout cela. Il avait commencé par se demander ce qu'aurait été son existence, si Beth avait appréhendé la situation d'une manière toute différente. Mais très vite il avait compris qu'il ne gagnerait rien à se perdre dans ce genre de conjectures. Beth et lui avaient été heureux. Vraiment heureux. Et c'était là le principal. A présent, elle n'était plus là et le moment était venu de tourner la page.

D'autant que dans sa lettre, elle leur donnait ni plus ni moins que sa bénédiction.

Sally se tourna vers la fenêtre et, en la voyant ainsi de profil, Colin se souvint de la première fois où elle lui était apparue, assise au premier rang de l'amphithéâtre, en première année de droit.

« Cette fille a quelque chose de peu commun », avait-il songé à l'époque.

Il le pensait toujours.

— Sally ? demanda-t-il brusquement. Veux-tu m'épouser ?

— Que... Quoi ?

Jamais ses yeux bleus ne lui avaient paru aussi grands.

— Je t'aime. Je suis fou de toi. Ne perdons plus de temps. Epouse-moi, et passons le restant de nos vies ensemble.

— Oh, Colin..., murmura-t-elle, les larmes aux yeux.

Ce fut une cérémonie fort discrète. Seuls Lara et un petit groupe d'amis y assistèrent. Colin et Sally prononcèrent leurs vœux à Elbow Falls et tout le monde alla dîner à Bragg Creek.

Plus tard, Sally et Lara aidèrent Colin à transporter quelques affaires chez elles. Sally avait promis à Colin qu'ils se partageraient le bureau, et un camion de déménagement devait apporter son secrétaire, son fauteuil préféré et ses dossiers dès le lundi suivant.

Le reste de ses meubles et autres biens seraient mis en vente avec la maison.

Sally était reconnaissante à Colin d'avoir accepté de s'installer chez elle. Elle savait qu'il le faisait par égard pour Lara.

De même, elle avait été fière de l'attitude de sa fille. A la fin de la cérémonie, elle s'était approchée de Colin et l'avait serré dans ses bras.

— On n'a jamais trop de papas, hein ?

Colin en avait eu les larmes aux yeux, et Sally s'était détournée, trop émue de ce premier geste d'affection entre le père et la fille.

Sally avait prolongé son congé d'une semaine pour s'occuper du mariage et de l'installation de Colin.

Ce soir, elle était occupée à préparer leur premier repas en famille. Elle avait prévu un sauté de porc, et tous les ingrédients étaient disposés devant elle, sur la planche à découper près de la cuisinière. Elle alluma le feu sous le wok et entendit un étrange cliquetis provenant du patio.

Quelques secondes plus tard, Colin pénétrait dans la cuisine, à moitié dissimulé par un énorme carton contenant ses coupes et ses médailles de ski.

— Lara voulait les voir. Je les pose où ?

Sally leva les yeux au ciel et gémit :

— N'importe où sauf sur le manteau de la cheminée !

Le téléphone retentit.

— J'attends un coup de fil d'un client. Tu veux bien répondre, s'il te plaît ? Je vais mettre tout ça dans le bureau et je reviens tout de suite.

Sally baissa la flamme du gaz et s'empara du combiné. Au même instant, Lara fit irruption dans la cuisine, Armani sur les talons, tandis que Colin revenait du bureau.

— Allô ? lança-t-elle d'une voix enjouée.

— Bonsoir. Pourrais-je parler à Mme Sally Stowe, je vous prie ?

— C'est moi.

— Veuillez ne pas quitter. Je vous mets en relation avec le ministre de la Justice.

Sally porta une main à sa gorge et poussa un cri de surprise. Elle regarda successivement Colin puis sa fille en roulant des yeux affolés.

— Qu'est-ce qui se passe ? demanda Colin, soudain inquiet.

L'expression de Lara changea aussi, et elle se rapprocha de Colin, soudain plus pâle.

Sally secoua la tête et leur sourit pour les rassurer. Elle n'en doutait plus à présent : elle était une femme heureuse et comblée. Enfin ! Quelques jours auparavant, elle avait épousé l'homme qui, elle en était certaine, lui était destiné. Sa fille, sa merveilleuse fille, était en bonne santé, heureuse et beaucoup plus forte qu'elle ne l'aurait pensé.

Cela lui suffisait. Amplement.

— Que se passe-t-il, Sally ? demanda de nouveau Colin.

— On va me passer le ministre de la Justice. Il désire me parler.

— Bon sang ! s'exclama Colin en se tournant vers Lara. Tu entends ? Ta mère va devenir juge !

L'attente se prolongeait, mais Sally aurait attendu une semaine s'il avait fallu.

Elle allait devenir juge... Elle qui avait été tellement certaine de ne plus avoir aucune chance...

Tout comme elle avait été certaine, il n'y avait pas si longtemps, que l'homme qu'elle aimait lui était inaccessible.

— Merci, murmura-t-elle, sans bien savoir à qui elle s'adressait, simplement pour le plaisir de prononcer ce mot merveilleux à voix haute.

Elle se tut en entendant une voix masculine, à l'autre bout

du fil. Lorsque son interlocuteur en eut terminé, elle répondit d'un ton ferme et respectueux :

— Oui, monsieur le ministre. Je serai très honorée d'accepter ce poste.

NOUVEAUTÉ OCTOBRE
ÉMOTIONS

L'émotion au cœur de la vie

SI L'AMOUR EST PLUS FORT, de Linda Style • N°985

Enfin, la petite Hollie se réveille du coma dans lequel elle était plongée ! Mais un autre drame survient : la fillette ne reconnaît pas Dana, sa propre mère, qui l'élève seule. Les médecins sont alors formels : pour rentrer chez elle, il faut à Hollie un repère affectif — son père. Seulement, celui-ci vit à l'étranger...

UNE SI LONGUE ABSENCE, de Peggy Nicholson • N°986

Divorcée d'un époux qui n'a pas voulu de leur enfant, Kaley tente de se réfugier sur les terres familiales. Mais quand elle arrive, elle apprend que Tripp McGraw est sur le point de mettre la main sur le domaine. McGraw, l'homme qui lui a brisé le cœur neuf ans plus tôt.

SEPT ANS DE SECRET, de Roz Denny Fox • N°987

Pour sauver sa fille qui a besoin d'un donneur de rein compatible, Mallory Forrest est prête à tout — même à retrouver Connor, le père de la fillette, et à affronter sa colère. Elle se lance à sa recherche...

SOUDAIN, CETTE ANNÉE-LÀ..., de Jean Brashear • N°988

La culpabilité ronge la vie de Victoria. Seul son petit garçon la rattache encore à la vie mais elle ne se sent pas digne d'être mère, et encore moins d'être aimée d'un homme. Sur son chemin, elle va pourtant rencontrer Sandor, qui la réconciliera avec l'amour et la vie.

BEST SELLERS

Les Best-Sellers Harlequin, c'est la promesse d'une lecture intense : romans policiers, thrillers médicaux, drames psychologiques, sagas, ce programme est riche d'émotions.

Ne manquez pas, ce mois-ci :

Le cercle secret, de Suzanne Forster • N°264

En 1982, dans une école privée de Californie, quatre adolescentes humiliées et martyrisées par leur directrice ont formé un club secret en jurant de toujours se soutenir. Jusqu'au jour où l'une d'elles se suicide, et où la directrice de l'établissement est retrouvée assassinée...

Vingt ans plus tard, Mattie, Jane et Breeze ont gardé le silence sur ce qui s'est réellement passé. Mais, parvenues au sommet de l'échelle sociale, elles sont aujourd'hui menacées de tout perdre lorsqu'un journaliste entreprend de faire la lumière sur le drame...

Noirs desseins, de Carla Neggers • N°265

Une balle sur le siège de la voiture. Une vitre brisée dans le salon. Des appels anonymes. Trois ans après la mort de son mari, un ancien agent du FBI, Lucy Blacker Swift sent un danger mortel planer sur elle et ses enfants. Pour ne pas alarmer les siens, elle décide de faire appel en secret à Sebastian Redwing, le meilleur ami de son mari. Sans savoir qu'elle va l'entraîner dans une spirale incontrôlable, où se mêlent chantage, vengeance et trahison...

La piste du tueur, de Christiane Heggan • N°266

Lorsqu'elle découvre un soir le corps sans vie d'une jeune femme, dans une ruelle de New York, Zoe Forster s'empresse de prévenir la police. Mais à l'arrivée des secours, c'est la stupéfaction : le cadavre a disparu. Persuadée que quelqu'un a voulu supprimer toute trace du meurtre, Zoe réalise un portrait de la victime et lance un appel à témoin dans le journal où elle travaille. Au risque de devenir ainsi la prochaine cible de l'assassin...

Le silence des anges, de Dinah McCall • N°267

Dans une maison en travaux, au nord du Texas, un couple découvre une valise contenant le squelette d'un bébé. La découverte sème un vent d'effroi et d'horreur parmi la population : vingt-cinq ans plus tôt, l'endroit avait en effet servi de cachette aux ravisseurs d'une enfant de deux ans, Olivia Sealy. Celle-ci ayant été libérée après le versement d'une énorme rançon, une question se pose alors avec insistance : qui est l'enfant retrouvé mort ?

La fortune des Carstairs, de Fiona Hood-Stewart • N°268

Avocate à Savannah, Meredith Hunter est chargée à la mort de l'excentrique Rowena Carstairs de retrouver celui que la vieille dame a désigné comme son unique héritier : Grant Gallagher, son petit-fils illégitime, dont personne ne soupçonnait l'existence. Contrainte de faire face à la colère de la famille Carstairs, Meredith découvre que Grant lui-même ne lui facilitera pas la tâche : amer d'avoir été abandonné à la naissance, il ne veut pas entendre parler de cet héritage, et refuse même de recevoir la jeune femme...

Les portes du destin, de Catherine Lanigan • N°126 *(Réédition)*

Participer à une exploration de la forêt équatorienne : pour la géologue M.J. Callahan, il s'agit avant tout d'un voyage strictement professionnel. Mais avec ses deux coéquipiers, un aventurier entreprenant et un industriel plus réservé, la jeune femme découvre une jungle au charme envoûtant... et aux dangers mortels. Car une expédition a autrefois suivi le même chemin qu'elle à la recherche d'un trésor fabuleux. Et personne n'en est jamais revenu...

La collection BEST-SELLERS est en vente au rayon poche Harlequin.

ABONNEMENT...ABONNEMENT...ABONNEMENT...

ABONNEZ-VOUS!
2 livres gratuits*
+ 1 bijou
+ 1 cadeau surprise

Choisissez parmi les collections suivantes

AZUR : La force d'une rencontre, l'intensité de la passion.
6 romans de 160 pages par mois. 21,78 € le colis, frais de port inclus.
EMOTIONS : L'émotion au cœur de la vie. 3 romans de 288 pages par mois.
16,38 € le colis, frais de port inclus.
BLANCHE : Passions et ambitions dans l'univers médical.
3 volumes doubles de 320 pages par mois. 18,36 € le colis, frais de port inclus.
LES HISTORIQUES : Le tourbillon de l'Histoire, le souffle de la passion.
3 romans de 352 pages par mois. 18,51 € le colis, frais de port inclus.
PASSION : Rencontres audacieuses et jeux de séduction.
6 romans de 192 pages par mois. 22,38 € le colis, frais de port inclus.
DÉSIRS : Sensualité et passions extrêmes.
2 romans de 192 pages par mois. 9,06 € le colis, frais de port inclus.
DÉSIRS/AUDACE : Sexy, impertinent, osé.
2 romans Désirs de 192 pages et 2 romans Audace de 224 pages par mois.
17,62 € le colis, frais de port inclus.
HORIZON : La magie du rêve et de l'amour.
4 romans en gros caractères de 224 pages par mois. 15,72 € le colis, frais de port inclus.
AMBRE : Romantique, intense, passionnée. 2 volumes doubles de 480 pages par mois. 14,76 € le colis, frais de port inclus.
BEST-SELLERS : Des grands succès de la fiction féminine.
3 romans de plus de 350 pages par mois. 20,94 € le colis, frais de port inclus.
BEST-SELLERS/INTRIGUE : Des romans à grands succès, riches en action, émotion et suspense. 2 romans Best-Sellers de plus de 350 pages et 2 romans Intrigue de 256 pages par mois. 23,70 € le colis, frais de port inclus.
MIRA : La passion de lire. 2 romans grand format de plus de 400 pages par mois. 23,20 € le colis, frais de port inclus.
JADE : Laissez-vous emporter. 2 romans grand format de plus de 400 pages par mois. 23,20 € le colis, frais de port inclus.
Attention: certains titres Mira et Jade sont déjà parus dans la collection Best-Sellers.

VOS AVANTAGES EXCLUSIFS

1.Une totale liberté
Vous n'avez aucune obligation d'achat. Vous avez 10 jours pour consulter les livres et décider ensuite de les garder ou de nous les retourner.

2.Une économie de 5%
Vous bénéficiez d'une remise de 5% sur le prix de vente public.

3.Les livres en avant-première
Les romans que nous vous envoyons, dès le premier colis, sont des inédits de la collection choisie. Nous vous les expédions avant même leur sortie dans le commerce.

ABONNEMENT...ABONNEMENT...ABONNEMENT...

Oui, je désire profiter de votre offre exceptionnelle. J'ai bien noté que je recevrai d'abord gratuitement un colis de 2 livres* ainsi que 2 cadeaux. Ensuite, je recevrai un colis payant de romans inédits régulièrement.

Je choisis la collection que je souhaite recevoir :

(✓ cochez la case de votre choix)

❑ **AZUR :**	Z6ZF56
❑ **EMOTIONS :**	A6ZF53
❑ **BLANCHE :**	B6ZF53
❑ **LES HISTORIQUES :**	H6ZF53
❑ **PASSION :**	R6ZF56
❑ **DÉSIRS :**	D6ZF52
❑ **DÉSIRS/AUDACE :**	D6ZF54
❑ **HORIZON :**	O6ZF54
❑ **AMBRE :**	P6ZF52
❑ **BEST-SELLERS :**	E6ZF53
❑ **BEST-SELLERS/INTRIGUE :**	E6ZF54
❑ **MIRA :**	M6ZF52
❑ **JADE :**	J6ZF52

*sauf pour les collections Désirs, Jade et Mira = 1 livre gratuit.

**Renvoyez ce bon à : Service Lectrices Harlequin
BP 20008 - 59718 Lille Cedex 9.**

N° d'abonnée Harlequin (si vous en avez un) ⎵⎵⎵⎵⎵⎵⎵⎵⎵⎵

Mme ❑   Mlle ❑   NOM _____

Prénom _____

Adresse _____

Code Postal ⎵⎵⎵⎵⎵   Ville _____

Le Service Lectrices est à votre écoute au **01.45.82.44.26**
du lundi au jeudi de 9h à 17h et le vendredi de 9h à 15h.

Conformément à la loi Informatique et Libertés du 6 janvier 1978, vous disposez d'un droit d'accès et de rectification aux données personnelles vous concernant. Vos réponses sont indispensables pour mieux vous servir. Par notre intermédiaire, vous pouvez être amené à recevoir des propositions d'autres entreprises. Si vous ne le souhaitez pas, il vous suffit de nous écrire en nous indiquant vos nom, prénom, adresse et si possible votre référence client. Vous recevrez votre commande environ 20 jours après réception de ce bon. Date limite : 31 décembre 2006.

Offre réservée à la France métropolitaine, soumise à acceptation et limitée à 2 collections par foyer.

L'ASTROLOGIE EN DIRECT
TOUT AU LONG
DE L'ANNÉE.

(France métropolitaine uniquement)
Par téléphone 08.92.68.41.01
0,34 € la minute (Serveur JET MULTIMÉDIA).

Composé et édité par les
*éditions*Harlequin
Achevé d'imprimer en août 2006

BUSSIÈRE
GROUPE CPI

à Saint-Amand-Montrond (Cher)
Dépôt légal : septembre 2006
N° d'imprimeur : 61492 — N° d'éditeur : 12313

Imprimé en France

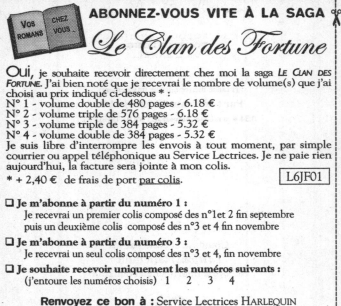